尽くす誠の

——桑名藩の維新

目次

序章　～極北の戦地から～

渺々《びょうびょう》たる平原の、はるか先へ——老将はゆるりと視線を泳がせた。

濛然《もうぜん》と舞う白い砂塵。その向こうに、勝利の雄叫びを上げる兵たちの姿が見える。

咆哮の重奏。

刹那、老将の双眸から滂沱の涙が流れ落ちた。痩せ枯れた頬を幾筋も、幾筋も。

「勝ったのだな」

小刻みに肩を震わせながら、老将はひとりごちる。掠《かす》れたその声には、満足感や達成感よりもむしろ安堵感や解放感が濃密に込められているようだった。

「立見《たつみ》さん」

背後から呼びかけられて、ゆっくりと振り返る。

大柄な士官がひとり、駆け足でこちらへ近づいてきた。

「ああ、秋山《あきやま》さんか」

老将は少しはにかみ、武骨な拳で溢《あふ》れる涙を拭った。

陸軍少将秋山好古《よしふる》。後年、「日本騎兵の父」と呼ばれることになる、帝国陸軍きっての名将である。日本人離れした彫りの深い相貌をくしゃくしゃに崩して、

「見事な逆転勝利でしたな。本営の大山《おおやま》大将もいたくお喜びとうかがいました。これならば、東京の山県《やまがた》参謀総長も文句のつけようがないでしょう」

悪戯《いたずら》っぽく笑いかける。

大山大将とは薩摩藩出身の大山巖《いわお》、そして山県参謀総長とは、長州藩出身の山県有朋《ありとも》のことである。陸軍大将たる大山は、この戦場で直接の采配を振るう彼等の直属の上司だ。一方の山

県は、さらにその上位に当たる陸軍参謀総長として東京にあり、本国から帝国陸軍全体の動きを司る立場にある。

「狭量《きょうりょう》な山県参謀総長は、我等のような旧幕府方の藩出身者を今なお敵視し、事ある毎にいちゃもんとしか思えぬ無理難題を押しつけてくる。維新からもう四十年近くも経っているというのにだ。生来短気な私などは、時々あの骨張った胸倉に掴みかかりそうになる。それに比べれば立見さんは大人だな。つねに飄然《ひょうぜん》とした態度で、どんな嫌味も涼しい顔で受け流してしまわれる。まったく偉いと思いますよ」

「そんなことはないさ」

老将は面映ゆげに手を振ってみせる。

「買い被りすぎだよ、秋山さん。この年齢になってもなお、おのれの未熟さを恥じるばかりの日々だ。近頃では感覚のほうが麻痺してしまったのか、情けなさすら感じなくなったよ」

冗談に紛らわせて話を打ち切ろうとした。だが、秋山はいよいよ勢い込んで、

「いやいや、立派なものです。とはいえ、そんな立見さんでもやはり内心では腹立ちを抑えかねることも少なからずあるでしょう。此度《こたび》の戦果を本国へ持ち帰れば、あのブリキ細工のようないけ好かない鼻をいくらかは明かしてやれるのではないですか」

些《いささ》か興奮気味に捲《まく》し立てた。どうやらそうとう山県という男のことが嫌いらしい。

秋山の生国である伊予松山藩(久松《ひさまつ》家十五万石)は幕末当時、幕府方に属していた。ゆえに「賊軍」の汚名を被り、出身者たちは長きにわたって辛酸を舐めてきた。秋山は海軍に籍を置く弟真之《さねゆき》とともに才覚を認められ、出世を重ねてきたが、その過程では幾度もひどい差別や嫌がら

せを受けた。

「あなたと同じ旧桑名藩士諸君は、此度のあなたの軍功を誇りに思うことでしょう。あるいは、みずからの生きる糧とする者さえいるかもしれない」

立見と呼ばれた老将の口元がかすかに綻《ほころ》ぶ。笑ったのだろうか。だが、その表情に喜色を見て取ることは難しい。むしろ双眸から流れる涙は、勢いを増しているようでさえあった。

「どうなされた」

怪訝《けげん》そうに訊ねる秋山に向かって、

「嬉しさよ」

老将は突然、詩でも吟じるような調子で言った。

「えっ」

咄嗟のことに意味がわからず、驚く秋山。老将はそんな同僚の様子を尻目に、ふたたび平原の彼方へと視線を送った。

遠く遠く、はるか先を見据えるような眼差しを向けたまま、

「嬉しさよ　尽くす誠の　あらわれて　君に代わるる　死出の旅立ち」

重ねてきた星霜《せいそう》の重みを感じさせる、しわがれた声でつづけた。

「それは……、どなたかの辞世ですか」

神妙な面持ちで秋山が問いかける。老将の口振りに何か侵しがたい気魄《きはく》のようなものを感じ取ったからだ。

老将は小さく笑って、

「鳥羽伏見の戦いの後、私たちとともに関東、そして奥州を転戦した桑名藩公用人《こうようにん》、森弥一左衛門《もりやいちざえもん》殿。蝦夷地――つまり北海道では、新選組の一員として新政府軍と戦った武勇の士です。最後は主君松平定敬《まつだいらさだあき》公の身代わりとなり、切腹して果てられた。若き日の私たちが父とも師とも仰ぎ、慕う存在でした」

「森弥一左衛門殿……。恥ずかしながら、初めてその名を聞きました」

「本当に立派な武士でした。桑名の者たちは私などではなく、森殿のような人物をこそ誇りとするべきでしょう」

「立見さんほどの武人がそこまで仰るとは、さぞ素晴らしいお方だったのでしょうな」

「いかにも、まさに桑名武士の鑑というべき人物でした。あの方の存在なくして今の私たちはありません」

「そうですか」

深く頷《うなず》きながら、秋山はふと目の前にいる老将の来歴に思いを馳せた。

立見尚文《なおふみ》――伊勢国桑名藩に生を受けた彼は、鑑三郎《かんざぶろう》と名乗っていた若き日、京都所司代を務める主君松平定敬によって公用方に抜擢され、幕末の混沌に身を投じた。やがて幕府が倒れ、戊辰戦争が勃発すると、関東から奥羽越各地を転戦。巧みな用兵術と勇猛果敢な戦ぶりで新政府軍を大いに悩ませた。

そんな彼も維新後は新政府に出仕。陸軍に入り、帝国軍人として新たな人生を歩み始める。むろん第二の人生は順風満帆とはいかず、いわゆる「賊軍」藩出身ゆえの苦労も少なからず味わった。

「私は歌の道にはとんと不調法ですが、森殿のお気持ちがよく表された、すばらしい句であると感じました。主君の身代わりとなり、残される人々の未来を背負って死ぬわが身の誇らしさ、清々しさ……。しかし、不思議ですな。この歌には、最後まで新政府軍に抵抗しながら志を果たしえず、敗れ去って死ぬことへの口惜しさや憤りといった感情がまるで込められていないように、私には思われます。それどころか、おのれが背負わざるをえなかった過酷な運命に、どこか満足しているかのようにさえ感じられてなりません。いったいなぜでしょうか。そういえば、たしか桑名藩は立見さんたち一部の藩士を除けば、ずいぶん早い段階で新政府軍に降伏したのでしたな」

秋山は探るような眼差しを立見に向けた。

「いわば国元に見捨てられた形での孤独な戦い。立見さんも、さぞ歯痒い思いをされたのではありませんか」

「いや」

意外にも立見は、その言葉に同調せず、

「もちろん私もはじめは大いに憤慨したものです。なぜ一藩挙げて憎むべき敵と戦おうとしないのかと、藩の上層部を恨んだりもしました。しかしながら、後に彼が取った筆舌に尽くしがたいほどの苦心の行動を知って、そんな思いは消え去りました」

「彼とは?」

「当時、藩主定敬公は江戸から越後、会津、最後は蝦夷地にまで渡って新政府軍と戦いつづけ、国元には幼い後継ぎの万之助《まんのすけ》君——後の子爵定教《さだのり》公だけが残されていました。その万之助君を推し立てて新政府軍と交渉し、見事桑名藩を無血開城に導いた男がいたのです」

「ほう」

「驚くべきことに、その男は私と同い年でした。つまり戊辰戦争当時、まだ二十四歳の若さだったのです。それでいながら冷静さを失わず、混乱する藩論をひとつにまとめました。その後、戦をつづける主君定敬公を追って単身蝦夷地へ乗り込んだ彼は、藩士たちやその家族、さらには民百姓のためにと、定敬公に降伏恭順を迫りました。血気盛んな定敬公もついにはその至誠と熱情に心を動かされ、蝦夷地を離れることを決意なされたのです」

「なるほど、その御仁もまた一個の英雄男児ですな」

「さよう。残念ながらその男――酒井孫八郎《さかいまごはちろう》も、今はこの世の人ではありません。しかし、彼もまたすべての旧桑名藩士が胸を張ってその生きざまを語るに足る人物だったと、私は信じています」

「そうか、わかりましたぞ！」

秋山の表情がパッと明るくなった。

「先程の森殿の辞世。なぜ敗軍の将でありながら口惜しさや憤りをあれほど感じさせない、澄み渡る青空のような清々しい歌を最期に詠むことができたのか。それはきっと家中の若者たちの中に、一方では立見さんのように意地や矜持を貫き通す強い心を持った武人がいて、また一方では、その酒井殿のように大局を冷静に見極めながら、時に大胆な行動を取る人物がいることを知り、この若者たちにならば藩の将来を安んじて託すことができると、そう確信したからではないですか。いや、そうに違いない」

興奮気味に語る秋山。立見は相変わらず面映ゆそうに微笑んでいる。その温かみのある笑顔からは、苛烈な戦場を幾度も潜り抜けてきた闘将の激しさなど微塵《みじん》も感じられない。

「森殿も孫サも——孫サというのは酒井孫八郎のことですが、ふたりとも誇り高く生き、そして死んでいきました。彼等だけではありません。多くの桑名藩士たちが同じように動乱の時代を懸命に駆け抜けたのです。みなが精一杯やれることをやった。そういう意味では、おのれの人生そのものに悔いを残して逝った者は少ないかもしれません。しかしながら、誰もが果たしえなかったことがひとつだけあります」

「果たしえなかったこと?」

「京都所司代を務めていたわが桑名藩は、守護職の会津中将容保《かたもり》さまと並び、先帝(孝明天皇《こうめいてんのう》)より絶大なるご信任を賜っていました。しかるに我等は賊軍の汚名を着せられてしまった。新たに即位された今上陛下には、我等が尽くそうとした誠は届かなかったのです。むろん、それは薩長を中心とする敵方の妨害によるものでしたが」

「……」

「此度のロシアとの戦で、私はなんとしても帝国陸軍を勝利へと導きたい。そして、森殿や孫サの分まで陛下に、この日本国に——ひいては、この国の今を生きるすべての人々に誠を尽くしたい。今度こそはきっと届く、必ず届くと信じて……」

そう言うと、苦難多き人生を無数の皺に刻み込ませた老将は、頬を紅潮させている秋山を置いて、ゆっくりと歩き出した。

若い頃は筋骨隆々たる体躯を誇っていたであろう面影を十二分に残しつつも、年齢相応に折れ曲がった背中。幕末維新の動乱から今日に至る激動の時代をひたむきに生き抜いた漢の後ろ姿は、何やら雄弁なようでいて、その実、ひどく寡黙であった。

時は明治三十八年（一九〇五）一月。十年前の日清戦争に勝利をおさめ、列強の仲間入りを果たした日本国は、朝鮮半島や中国大陸における権益をめぐって大国ロシアと激しく対立。前年の二月には全面戦争に突入していた。世にいう「日露戦争」である。

後年、この戦役中もっとも激烈な戦闘のひとつに数えられる黒溝台《こっこうだい》の会戦——旅順要塞を陥落させ、戦いを有利に進めつつあった日本軍をロシア軍が急襲。窮地に陥った秋山好古らを救ったのが、立見尚文率いる陸軍第八師団だった。

立見らは圧倒的な攻勢にさらされながら、果敢な夜襲を仕掛けるなどしてロシア軍を撃退し、ほとんど奇跡といっていい勝利を手にした。過酷な戦に心身とも疲れ果てているはずの将兵たちも、自分たちが挙げた信じがたい戦果に酔い痴れ、その疲労を忘れたかのように雄叫びを上げて、はしゃいでいる。

そんな彼等を慈しむように目を細める老将の背中が、秋山には実際以上に大きく見えた。

——この人は幕末維新期の桑名藩の苦難に満ちた歴史の清算という使命を一身に背負って生きてこられたのだ。なんという重い使命だろうか。だが、その使命があったからこそ、この人は絶望的ともいえる状況を乗り越え、こうして日本国に奇跡的な勝利をもたらすことができたのかもしれない。今、その心を満たしているものは勝利の喜びよりも、むしろその使命をようやく果たしえた安堵感なのだろう。維新から実に三十五年。その間、ずっと背負いつづけてきた使命とは、いったい……。

その重みを慮る時、秋山は何か気の遠くなるような感覚に襲われて、我知らず背筋を正していた。

第一章　揺れる藩論

慶応四年（一八六八）一月八日。

この日、伊勢国桑名城下は異様な空気に包まれていた。

朝早くに上方から早馬の使者がやってきた。全身を泥砂にまみれさせ、ひどく切迫した表情で城の中へ駆け込んでいく。

――何かあったのだな。

そう思って、男は早馬の背中を見送った。

――あまりよい知らせではなさそうだが。

ほどなくして、誰からともなく、

――どうやら散々な負け戦であったらしい。

そんな囁《ささや》きが洩れ聞こえ始めた。大坂城を拠点として薩長との戦に臨んだ幕府軍が大敗を喫したというのである。桑名藩はその幕府軍の中核を担っている。

――なんでも総大将が将兵を捨てて江戸へ逃げ出したそうな。わが殿もそれにご随伴なされたというぞ。

――なんと、殿が我等をお見捨てになったのか。

そこかしこで交わされる会話が男の耳に飛び込んでくる。

「おい」

正面から駆けてくる若侍のひとりを呼び止めて、

「いったい何があったのだ」

訊ねた、この男――名を吉村権左衛門《よしむらごんざえもん》という。普段は江戸詰家老を務めているが、上方の政局が緊迫してきたのを受けて、少し前から国元へ戻っていた。和歌や茶の湯をよくし、読書を好む文人肌の人物だが、剣の腕も一流で、柳生新陰流《やぎゅうしんかげりゅう》の遣い手でもある。表情は温和ながら、長身で堂々とした体躯は威厳と力強さを感じさせた。

「逃げたとは、どういうわけだ。総大将というのは、大坂城におわす上さまのことか」

「さあな、俺も詳しいことは知らねえ」

若侍は苛立たしげに切り返す。どうやら相手が家老とはわかっていないようだ。おそらくまだ二十歳にもなっていないだろう。長く江戸藩邸に身を置き、桑名へは滅多に帰ることもなかった吉村を認識できなくとも無理はない。

「俺なんかじゃなく、もっと偉い人に聞いてくれ」

ぞんざいに言い捨てて慌ただしく走り去る。その後ろ姿を見送りながら、

――どうやら、戦は思いもよらぬ展開であったらしい。

吉村には、かろうじてそれだけが理解できた。

慶応三年（一八六七）十月十四日。徳川十五代将軍慶喜は在京諸侯を二条城二の丸御殿に集め、政権を朝廷に返上すると告げた。世にいう「大政奉還」である。

開国政策を推し進め、攘夷を唱える抵抗勢力を「安政の大獄」と呼ばれる政治弾圧で一網打尽にした大老井伊直弼《いいなおすけ》が桜田門外で水戸浪士らに白昼暗殺されて以来、世情は十年近くも混乱しつづけている。もはや幕府にそれを抑える力はなく、窮余《きゅうよ》の一策として土佐藩から差し出された、

――この上は、大政を朝廷に返上奉るべし。

との建白書を慶喜が採択したのである。

ところが、薩摩・長州の両藩がこれに猛反発した。

彼等の念願とする武力討幕の実現まで、あと一歩というところまで迫っているのだ。今ここで敵の大将に大政奉還などという「逃げの一手」を許せば、ここまで漕ぎ着けた苦労は水の泡になる。とりわけ幕末動乱のさなかに多くの同志を失った長州藩の幕府への恨みは凄まじかった。

――何がなんでも慶喜の首を獲り、徳川家を滅亡させなければならぬ。中途半端な幕引きでは、死んだ者たちへの申し訳が立たぬ。

徹底した武力闘争による一種の革命を目論む薩摩藩が、これに同調する。既に土佐藩出身の坂本龍馬《さかもとりょうま》・中岡慎太郎《なかおかしんたろう》らの仲立ちによって長州藩と軍事同盟を結んでいた薩摩藩は、朝廷内随一の武力討幕推進論者である岩倉具視《いわくらともみ》や、穏健派が多い土佐藩にあって大政奉還をよしとせず、密かに幕府との全面戦争を画策していた乾《いぬい》（板垣《いたがき》）退助《たいすけ》らと共謀。朝廷に働きかけて、大政奉還上表書の受理からわずか一ヶ月後の十二月九日に御所で会議を催し、「王政復古の大号令」を出させることに成功した。

会議の席上、岩倉らは徳川慶喜に辞官納地《じかんのうち》――すなわち将軍職のみならず内大臣の官職をも辞し、さらには保有する領地をすべて返上させよと主張。それほどの大事を当人不在の中で一方的に決めるのは理不尽と食い下がる山内容堂《やまうちようどう》を激論の末に退けた。

この決定を受けた幕府側は激怒し、京畿《けいき》一帯は不穏な空気に包まれる。

年が明けて一月三日、くすぶりつづけていた火種が、ついに爆発した。

前日に大坂城を出立し、京へ進発した幕府軍と、それを迎え撃つべく鳥羽街道の小枝橋あたりに着陣した薩摩軍が鉢合わせし、押し問答の末に小競り合いとなった。すぐさま近くにいた長州軍が駆けつけて薩摩軍に加勢し、戦闘の火蓋が切って落とされる。

鳥羽での開戦の報せを受けて、伏見奉行所を包囲していた薩摩軍の別動隊が砲撃を開始した。対する幕府軍も会津・桑名両藩や新選組・京都見廻組らの面々を中心に応戦。こうして激しい戦いが洛中各地で展開されることとなった。

数の上からいえば、圧倒的に幕府軍が優勢だった。何しろ幕府軍が総勢一万五千を誇っていたのに対し、薩長軍は約五千と、およそ三分の一に過ぎなかったのだ。

ところが、戦は薩長軍の圧勝に終わる。敗れた幕府軍の主力部隊は、ひとまず近郊の淀城へ逃げ込んで態勢を立て直そうと図ったが、淀藩は城門を固く閉ざし、幕府軍の入城を拒絶した。会津・桑名の将兵らはやむなく撤退し、山崎天王山にほど近い八幡・橋本あたりに陣を張った。

勢いに乗る薩長軍はこれを追撃。激しい戦闘のさなか、味方と信じていた伊勢津藩の藤堂《とうどう》軍から奇襲を仕掛けられ、幕府軍はここでも敗走の憂き目を見る。

それでも彼等の戦意は衰えない。何しろ幕府軍の総大将徳川慶喜は、今なお大坂城に健在なのである。難攻不落を謳われた堅牢無比なこの城で態勢を立て直し、将軍みずから陣頭に立って采配を振るってくれれば、逆転勝利の目はまだ十分にある——誰もがそう信じて疑わなかった。

ところが、その大坂城へ戻った彼等を待っていたのは信じがたい出来事だった。古今あらゆる戦場を眺めても、これほどの椿事《ちんじ》は類を見ないだろう。

もはや「事件」といっていいその出来事によって、彼等は戦闘の継続を諦《あきら》めざるをえなくなった。城内に残っていた若年寄並陸軍奉行竹中重固《たけなかしげかた》は、なおも抗戦を主張する者たちを退け、幕府軍の解散を決めた。

かくして将兵たちは行き場を失い、紀州を目指して南へと落ちていった。


「よし、今度は俺に貸してみろ」

少し甲高い特徴的な声で言って、七つか八つばかりの男児から真っ赤な駒を受け取ったのは、ようやく二十歳を過ぎたかどうかというぐらいの青年だった。

背は低く、体つきも華奢《きゃしゃ》である。遠目に見れば女性と見間違えてしまいそうだ。身なりからしてそれなりに身分の高い侍のようだが、どことなく頼りない印象を受ける。

「本当にうまく廻せるんか？」

横合いから揶揄《やゆ》するような声が飛んだ。こちらは十歳そこそこと思しき少年である。いかにもやんちゃそうな顔をした子で、背格好は青年とほとんど変わらない。

「あたりまえだ。いいか、よく見てろよ」

駄々っ子のように口を尖らせた青年は、駒に紐をぐるぐると巻き付けると、地面に向かって勢いよく投じてみせた。

「おおっ、さすが孫サ、うまいもんじゃ。ほんに孫サは駒廻しの天才じゃな」

「いや、駒廻しだけじゃないぞ。凧揚げだって、俺たちの誰よりもうまい」

「そうじゃった。すごいのう、孫サは。とても偉いお武家さんとは思えんわ」

口々に囃《はや》し立てる。孫サと呼ばれた青年は、得意げにその絶賛を浴びながら、

「馬鹿だなあ、おまえたち」

おどけた調子で言った。

「俺なんて、ちっとも偉くないさ」

「え、でも、孫サはご家老さまなんだろ」

「ご家老さまといったって俺の他に何人もいるんだ。俺みたいな若僧は味噌っかすさ」

「なんだい、味噌っかすって」

「半人前ってことだよ」

孫サは屈託なく笑う。なるほど、その笑顔に溢れる無邪気さは、周りの少年たちとそれほど変わらないように見える。これで本当に一国の家老が務まるのかと誰もが疑いたくなるだろう。だが、紛れもなく彼はその「ご家老さま」なのである。それも親藩大名の雄、桑名藩松平家の家老だ。

孫サこと、酒井孫八郎。当年二十四歳。

「なあ、孫サ」

同年配の友人に話しかけるような気安さで、ひとりの少年が呼びかけた。

「上方での戦は、どうなっとるんじゃ」

先程までとは打って変わって、不安げな声音である。

「桑名は負けんよな」

縋《すが》るような眼差しに、

「ああ、負けないさ」

孫サは強い口調で応えた。

「俺たち桑名は会津と並んで帝の篤いご信任を受け、京の治安をずっと守ってきたんだ。薩長の奴等なんかに負けるもんか」

「本当か、本当に勝てるんか」

少年は、なおも不安げな様子だ。駒吉《こまきち》という大工の倅《せがれ》で、仲間内ではもっとも幼い。ころころとよく笑う愛嬌のある子だが、その駒吉が、これまで見せたことがないような浮かない顔をしている。

「うちの父ちゃんは昨日も今日も宗社さまにお参りして、家の神棚にも手を合わせてる。今度の戦に桑名が勝てますようにと。だから、俺は訊いたんじゃ。神頼みなんかせんと、今度の戦には勝てんのかって。そんなに難しい戦なんかって」

「ほう、親父さんはなんと言っていた」

「わからんって。わからんが、とりあえず祈っておいて損することはなかろうって」

「たしかにそうだな。神頼みしたから戦に負けたなんて話は聞いたことがない」

「なあ、孫サ。本当のところはどうなんじゃ。うちの父ちゃんはそんなに信心深いほうやない。そんな父ちゃんが神頼みするなんて、今度の戦、よっぽど危ないのと違うんか」

「心配するな、俺たちは勝てる。間違いないよ」

「本当か。本当に間違いないんか」

「ああ、間違いない。知ってるか、駒吉。うちの藩にはな、森弥一左衛門という剣の達人がいるんだ」

「もり、やいちざえもん？」

「森さんは強いぞ。壬生狼《みぶろ》と恐れられた新選組の面々さえ一目置いているぐらいだ」

「みぶろ？　しんせんぐみ？」

桑名で生まれ、桑名で育つ少年たちは、ここ数年上方で起きている出来事をそれほど詳しく知っているわけではない。せいぜい大人たちの噂話で緊迫した空気感を伝え聞く程度である。

「新選組ってのはな、殿の兄上である会津中将容保公の指揮のもと、ご公儀の命に従わず、京の治安を乱す不逞の輩を次々と斬って捨てる凄腕の剣客集団さ」

「へえ、京にはそんな凄いのがいるのか」

「その新選組の副長を務める土方歳三《ひじかたとしぞう》って人がいてな。これがまた滅法《めっぽう》強い遣い手なんだが、その土方歳三を、なんと森さんは道場で打ち負かしてみせたというんだ」

「すげえ」

「道場には沖田総司《おきたそうじ》とか永倉新八《ながくらしんぱち》とか、泣く子も黙るような剣士たちがずらりと顔を揃えてたんだが、みんな森さんの太刀筋の鋭さに度肝を抜かれていたそうだ」

孫サの話を聞く少年たちの目が、きらきらと輝き出した。

「森さんだけじゃないぞ。俺と同い年の立見鑑三郎って奴がいる。ガキの頃からの友人で、俺はずっと鑑ノ字って呼んでるんだが、この鑑ノ字がなかなかの軍略家でな」

「ぐんりゃくか？」

「戦国の世でいうところの軍師ってやつさ。あいつならきっと竹中半兵衛《たけなかはんべえ》や黒田官兵衛《くろだかんべえ》も顔負けの采配で、薩長の奴等をきりきり舞いさせてくれるに違いない」

「頭がいいんだな、その鑑ノ字って人は」

「ああ、頭もいいし度胸もある。もちろん薩長にだって優れた人物は多いが、鑑ノ字なら絶対に引けを取ることはない。だから、この戦に桑名が負けるなんてことはありえないんだ。少なくとも俺はそう信じてる」

口吻《こうふん》が熱を帯びる。その熱に浮かされたように少年たちも明るさを取り戻す。ついさっきまでの不安そうな表情はもうすっかり消え去っていた。だが、きらきらとした眼差しを向けている彼等の中に、誰かひとりでも気付いた者がいただろうか。

自信に満ちた言葉を紡《つむ》ぐ孫サの目の奥に、覆《おお》いようのない憂《うれ》いの色が滲んでいたことを……。


戦国時代の有名な忍び頭、服部半蔵正成《はっとりはんぞうまさなり》の流れを汲む服部家に生を受けた孫八郎が、桑名藩で代々家老職を務める名門酒井家の養子となり、その家督を継いだのは、安政五年（一八五八）のことである。

主君松平定敬が美濃高須藩から桑名に養子入りしたのが、その翌年。以後、度重なる幕府の御役目で不在がちな藩主に代わって藩政の舵取りをこなし、さらに定敬が京都所司代職を拝命した後は、京と桑名を頻繁に往復する多忙な日々を送っていた。

孫八郎の上には江戸藩邸詰めの吉村権左衛門や国元の留守を預かる山脇十左衛門《やまわきじゅうざえもん》といった

経験豊富な上役がいたが、いずれも孫八郎を若僧と侮るような素振りは見せず、むしろ積極的にその意見に耳を傾け、時に助言を与えてくれた。彼等は孫八郎の才を高く評価し、その成長を温かく見守ろうとしていたのだ。

実際、孫八郎の頭の回転の速さは幼い頃から抜きん出ていた。少年時代は藩校立教館で出色の成績を修め、さらに漢学者大塚晩香《おおつかばんこう》の私塾へも掛け持ちで通った。

晩香は藩の学頭を務める傍ら自宅で私塾を開き、後進の指導に当たっていた。塾には多くの若者が集い、学問に励んだ。孫八郎と同い年の立見鑑三郎も、さらには後年、明治法曹界の重鎮となる加太邦憲《かぶとくにのり》（当時は三治郎《さんじろう》と名乗っていた）などもこの塾で学んでいる。

そうした俊秀たちの中にあって、孫八郎の存在は異彩を放っていた。

どちらかといえば、その異彩は学才によるものではない。

むろん学問はできた。だが、彼はとにかく塾へやってこなかった。

講義にはほとんど顔を出さず、そのくせ時々ふらりと姿を見せると、教材の字句解釈はつねに完璧だし、その内容に関する議論も卓越していて、他をまるで寄せつけない。後に加太邦憲は自叙伝の中で、このなんとも捉えどころのない先輩のことを、

——余の同室する頃にはあまり出席を見ず、閑居勤学の模様なりき。

と、述懐している。みな些か呆れつつも、その才は認めざるをえず、師の晩香も、

——あいつには特異な才能がある。好きなようにやらせてやれ。

そう言って、彼の自儘とも取れる振舞いを黙認していた。むろん中にはよくない印象を持ち、

——たしかに頭は切れるが、いかにも才気走っていて危うい。所詮、大事を成す人物ではな

いのではあるまいか。

と陰口を叩く者もいたが、晩香はそうした声を苦笑交じりに受け流し、

──あいつの真骨頂は才よりもむしろ旺盛な叛骨心だ。治世の折には役立たずのひねくれ者で終わるかもしれないが、かような乱世なればこそ、あいつのような男が必要とされるだろう。つまらぬ枷《かせ》を嵌《は》めて大器の芽を摘んではならぬ。

そんなふうに擁護した後、

──ただ、あいつにとってそれが幸せなことかどうか……。

嘆息して顔を曇らせるのがつねであった。

孫八郎は幼い頃から病弱で、しばしば高熱を発しては何日も寝込んだ。長じていくらか丈夫になったとはいえ、同い年の立見鑑三郎が風邪ひとつひかぬ頑健さを誇っているのとはおよそ対照的なひ弱さだった。

このふたり、対照的という意味では内面から外見までほとんどすべてにおいてがそうで、鑑三郎は決して長身ではないが筋骨隆々として逞しく、性格も生真面目で一本気なのに対し、孫八郎は女性のように小柄で華奢。つねに飄然としていて掴《つか》みどころがなく、何を考えているのかわからぬようなところがある。

──鑑三郎は日増しに立派な侍に成長していくのに、孫八郎はいつまで経っても子どものままだな。

周囲の人々は、そんなふたりがことのほか親しく、時に余人が入り込めないふたりだけの世界さえ共有している様子なのが、不思議でならなかった。

——鑑三郎と交わることで、孫八郎の奴も少しは逞《たくま》しくなってくれるといいのだが。

酒井孫八郎という男の「真価」に気付いている者は、まだ誰もいなかった。


「孫八郎さま」

遠くから駆けてくる若者の姿を目の端に捉え、孫八郎は駒に紐を巻く手を止めた。

息を切らしてやってきたのは、生駒伝之丞《いこまでんのじょう》という男だった。下級武士ながら学才優れ、藩の公費留学生として江戸昌平坂学問所の書生寮へ入ったこともある俊秀だ。

「よかった。お屋敷でお聞きしてもどこへ行かれたかわからぬというので、探しまわっていたのです」

「どうした、何があったのだ」

いつも冷静で我を失うことのない伝之丞らしからぬ慌てぶりを、孫八郎は訝《いぶか》しんだ。

「評定を行うゆえ急ぎ城へお越しくださるようにと、吉村さまよりのお達しでございます」

「評定?」

「上方より早馬の使者が大変な報せを持ち帰られたようなのです。私にも仔細はわかりませぬが、先程吉村さまが登城なされ、すぐに主立った方々を集めるようにと命じられました」

「上方から大変な報せ……」

戦のことだというのは、すぐにわかった。そして、あまりよい報せではないだろうということも。

「お急ぎくださいませ。既に軍奉行の杉山さまをはじめ、みなさまお集まりでございます」

「わかった」

孫八郎は鋭い眼差しを伝之丞に向ける。

「着替えている暇はなさそうだ。このまま、すぐに行こう」

その口調の厳しさに、周りの少年たちは心なしか怯えたような表情を見せている。無理もない。これほど険しい顔をした孫八郎を、彼等は今まで一度も見たことがなかった。そのことに気付いたのか、孫八郎はフッと小さく笑うと、

「さて、と」

いつもの軽い調子で少年たちに向かって言った。

「ご家老さまは、ちょっとこれからひと仕事だ。おまえたち、あまり遅くならぬうちに家へ帰るんだぞ」

「はい」

駒吉の声はかすかに震えている。それでも懸命に胸を張り、つとめて明るく振る舞おうとしているのがわかった。

他のみなも同じように、不安な胸の内を悟られまいとしている。とはいえ、そこはまだ年端《としは》もいかぬ子どものこと。どうしても顔を上げられない者、今にも泣き出しそうな顔をしている者もいた。その様子を見て、胸の奥を素手で掴まれるような痛みを覚えながら、

「行こうか、伝之丞。あまり待たせると、杉山の爺さんがうるさいからな」

孫八郎は、あえて軽口を叩いてみせた。

「はい」

根が真面目な伝之丞は、突っ込みもせず頷く。

孫八郎は苦笑して、すたすたと歩き出した。

「お務め、ご苦労様ですッ！」

ひどく薄っぺらい頼りなげな背中が見えなくなるまで、子どもたちはずっと手を振りつづけた。


城内の大広間では、集まった藩士たちが既に喧々諤々《けんけんがくがく》の議論を戦わせていた。

「降伏恭順など、もってのほかでござる」

口角泡を飛ばす勢いで怒号を響かせているのは、軍事奉行杉山広枝《ひろえ》。老齢ながら矍鑠《かくしゃく》としており、背筋もぴんと伸びている。

「たった一度の敗戦――それも総大将たる上さまが臆病風に吹かれ、兵たちを置き去りにして逃亡されたがゆえの潰走《かいそう》と聞いては、いよいよもって我慢がならぬ。ここでおめおめ引き下がるなど言語道断。そのような弱腰で、わが桑名藩の面目が立つと思うのか」

「そうは申されるが、杉山殿、主のおらぬ戦に勝ち目がござろうか」

宥めるような口振りは、小森九郎右衛門《こもりくろうえもん》。政事奉行を務めており、性穏便。年齢こそ近いが、血の気の多い杉山とはおよそ対照的な人物だ。

「さよう」

同役の山本主馬《やまもとしゅめ》が追従する。彼もまた小森と同じく温和な文人肌の男である。

「我等がどれほど堅固な意志をもって戦に臨もうとも、肝心の殿がおられぬ今、いったい誰が軍勢を指揮いたすのでござる。無謀な戦いは厳に慎むべきかと存ずる。無辜《むこ》なる民百姓を守ることこそ我等に課せられた使命と心得ねば――」

「甘い、両名とも甘すぎるわッ！」

杉山が激昂した。

「薩長の連中は、一会桑の一角を成す我等を心底憎んでいる。今さら恭順などしたところで受け入れられるはずがなかろう。今こそ京での恨みを晴らす好機とばかり無理難題を押し付けてまいるに違いないわ」

「しかし、仮にも向こうは錦旗を掲げ、官軍を称しているのでござる。さように無体な真似はできますまい」

「何が官軍じゃ。おのれの意のままにならぬと見れば、帝すら毒を盛って弑《しい》し奉る卑劣な奴等ではないか」

「シッ、そのような大それたこと、声高に申されるな」

「なんの、京にいた連中はみな口を揃えてそう申しておるわ。先帝の亡くなりかたには不審な点が多すぎる。おそらく薩長の奴等が岩倉具視あたりを抱き込み、宮中の女官に言い含めてお食事に毒を――」

「あー、ちょっとよろしいでしょうか」

どこか間延びした調子の声が、背後から杉山の言葉を遮《さえぎ》る。

「なんじゃ」

ムッとした様子で、声のしたほうを振り返る杉山。

「ああ、酒井殿か」

酒井孫八郎の小柄な体が、そこにあった。

「いつからそこにおられたのじゃ」

「いつからも何も、はじめからずっと聞いていましたよ」

肩を竦《すく》めながら告げる。

「相変わらず威勢のいいことですね」

年甲斐もなく、とつづけるつもりだった言葉は、さすがに呑み込んだ。杉山は些か鼻白んだ様子で、

「酒井殿、お若いとはいえ貴殿は惣宰、すなわち家老の身じゃ。ぜひともご意見をお聞かせ願いたい。徹底抗戦か、はたまた降伏恭順か。貴殿はどちらを是となさる」

「いや、その前に、もう少し詳しく説明してもらえませんか」

「何をでござる」

「先程からずっとお聞きしていましたが、杉山殿のお話にはどうにもわからないことが多すぎる。私だけではなく、ここにいるみなさま方も今ひとつお話についてこられていないようです。違いますか、小森殿、山本殿」

呼び掛けに、ふたりは苦笑しながら頷いてみせる。

「なんじゃ、儂の話の何がわからぬ。わかるように話してやるゆえ申してみよ」

「それでは、まず総大将たる上さまが逃亡されたというくだりを」

「おう、話してやるわい」

杉山はみずからを落ち着かせるべく、大きくひとつ深呼吸をした。

「よいか、そもそも鳥羽伏見における戦は一進一退、どちらが勝つともわからぬ接戦であったそうじゃ。ところが、薩長の奴等は蒙昧《もうまい》なる公家どもを誑《たら》し込み、錦旗——すなわち、帝の御旗印を押し立てるという暴挙に出た。我等の総大将はもとより上さまじゃが、勤王藩として名高い水戸のご出身である上さまは、錦旗を相手取って戦をすることを恐れ、夜陰に紛れてわずかな供回りのみを従え、軍艦開陽丸を強引に動かして、江戸へ逃げ帰ってしまわれた」

「なんという無責任な……」

「それでも天下の将軍かッ！」

憤りを抑えきれず、藩士たちが怒号を発する。だが、孫八郎は冷静さを失わず、

「なるほど、山本殿の言っておられた錦旗というのは、そのことですね。では、籠城すれば主なき戦になるというのは？」

「今も申したとおり、上さまは兵たちに悟られぬよう、わずかな供回りだけを連れて江戸へ帰ってしまわれた。そのわずかな供回りの中に、わが殿も含まれていたのじゃ」

「なんと、わが殿が我等を見捨てたと言われるのですか」

まだ若い藩士のひとりが、声を上ずらせた。

「狼狽《うろた》えるでないッ！」

杉山が一喝する。しわがれた声だが、老齢とは思えぬ迫力だ。

「わが殿が、そのような卑怯なことをされるはずがなかろう。上さまに無理やり随伴を命じられたのじゃ。上さまは強硬な抗戦論者であるわが殿を大坂へ残すことを恐れたのじゃろう。そ

の証拠に、会津中将さまもともに江戸へ向かわれたと聞く」

京都守護職を務めた会津中将こと松平容保は、桑名藩主定敬の兄に当たる。高名な新選組を支配下に置き、尊攘派の志士たちを徹底的に取り締まって、京の治安維持に努めた。誠実な人柄で、時の孝明天皇からも絶大な信頼を寄せられた。その容保までが、今なお戦っている部下を置き去りにして江戸へ逃げ帰ったという。

杉山の言うとおり、みずからの意志による行動とは考えられなかった。おそらく容保も定敬と同じように慶喜の命を受け、やむにやまれず従ったのに違いない。

一同、驚きと戸惑いに言葉を失っていると、

「なるほど、その点もよくわかりました」

たったひとり、先程からまったく感情の動きを見せずにいる孫八郎の声が響いた。

「ついでに、もうひとつ」

「まだ何か不審な点があるのか」

「たしか先程、帝が毒を盛られて弑し奉られた、とおっしゃいましたね」

「おお、そのことか」

杉山はますますいきり立ち、

「先帝の御崩御に際し、薩長の連中が岩倉具視ら朝廷内の君側《くんそく》の奸《かん》と相語らい、畏《おそ》れ多くも毒を盛ってお命を落とさしめたという風聞は、あの頃京にいた人間ならば知らぬ者はあるまい。そのような奴等に天下の権を委ねてよいはずがない」

血を吐くような剣幕で吼えた。

「大義は我等にある。何を躊躇《ためら》うことがあろう。この城に立て籠もり、悪逆無道の薩長に正義の鉄槌《てっつい》を下すべし」

「落ち着かれよ、杉山殿」

制したのは山本主馬だ。

「勝ち目のない戦を挑んだとて、正義の鉄槌は下せますまい」

「なぜ勝ち目がないと決めつける」

「主がおらぬのですぞ。いったい誰が兵を指揮するのでござるか」

「指揮など――」

杉山はぎりぎりと歯軋りしながら、

「誰でもよいではないか。そうだ、酒井殿がよい。聞けば、立教館でも大塚塾でも優秀な成績を修めたそうではないか。酒井殿、貴殿が指揮を取られよ」

「よさぬか、杉山」

背後から峻厳《しゅんげん》な声が飛んだ。

「孫八郎が困っている」

「しかし、吉村さま……」

なおも不服そうに言い募ろうとする杉山を、その声の主――吉村権左衛門は鋭い眼差しで制して、

「口惜しさはよくわかる。だが、冷静に考えれば、ここは怨みを捨てて恭順いたし、桑名藩十一万石の存続と民百姓の安寧を守ることこそ第一義とすべきではないか。孫八郎、そなたは

どう考える」

　と、孫八郎のほうへ向き直った。

「孫八郎、もしこの城に立て籠もって薩長と戦えば、おぬしは勝てると思うか」

「さあ、私は薩長の軍勢というものを見たことがありませんから、なんとも――」

「ごまかすな」

　吉村は容赦がない。

「若いとはいえ、そなたはこの桑名藩を預かる惣宰の身であろう。真剣に考えよ」

　桑名藩ではこの前年に大規模な組織改革が行われ、各役職の呼び名が一新された。「惣宰」とは家老の新しい呼び名である。とはいえ、肝心の本人がその呼び名に今ひとつ馴染《なじ》んでおらず、「惣宰」と言われると一瞬、

――はて、誰のことだろう。

　などと考えてしまうのだが。

「改めて問う。ここで戦をして、勝てるか」

　吉村の口調には、有無を言わせぬ強さがある。

――理不尽だなあ。

　孫八郎は閉口した。

――今、この状況で「勝てません」などと言えるものか。城を出た瞬間、抗戦派の連中に膾《なます》の如く斬り刻まれるのが落ちだろう。

　胸の内で不満を洩らしつつ、

「申し訳ありませんが、やはりこの場で勝ち負けを明言することは、私にはできません。しかしながら——」

大きくひとつ深呼吸をして、

「この桑名の町を、そして民百姓を、戦火に巻き込むようなことは、したくありません」

おのれの言葉を噛み締めるような調子で言った。

「それが我等の務めだと、私は思います」

「酒井殿、貴殿はこの桑名藩が敵の軍門に降ってもよいと申されるのか」

杉山の顔は憤りのあまり紅潮し、体は瘧《おこり》にかかったように小刻みに震えている。

「よいか、酒井殿。わが桑名藩は十一万石と、身代こそそれほど大きくはないが、そんじょそこらの藩とは成り立ちがまるで違うのじゃ。そもそも藩祖本多忠勝《ほんだただかつ》公は神君家康《いえやす》公がもっとも信頼を寄せられた四天王のひとりにして——」

目を閉じて語り出す杉山。その様子を見て、

——ああ、しまったな。

孫八郎は悟られぬよう、小さく嘆息した。

この杉山という老人、人一倍郷土愛が強く、藩の歴史に滅法詳しい。それだけならば別段害はないのだが、彼にはその知識を事ある毎に、所かまわず誰彼なしに語って聞かせる「悪癖」があった。

由緒ある藩の歴史を語ることの何が「悪癖」か。そう思われる向きもあるだろう。だが、聞かされる側からすれば、そうとしか言いようがないのである。

何しろ彼の話は、とにかく「長い」のだ。知識が豊富な上に愛が溢れすぎているから、要点をかいつまんで話すということをしない。まさに微に入り細に入り、おのれが満足するところまで延々と講釈がつづく。

――吉村さま、なんとかしてください。

孫八郎は目で訴えかけてみた。

吉村は微苦笑で応じる。その表情は、

――観念しろ。語るきっかけを与えたそなたが悪いのだ。

そう言っているようだった。

――心ゆくまで聞いてやれ。

――薄情者！

――仕方なかろう。下手に話の腰を折ったりすれば、たちまち臍《へそ》を曲げられてしまうことは、そなたとてよくわかっているはずだぞ。

――それは、そうですが……。

視線だけで語り合うふたりの様子を、山本と小森が訝しげに見詰めている。

それに気付いた吉村が、わざとらしく咳払いをする。

――わかりましたよ。聞けばいいのでしょう、聞けば。

孫八郎は、胸の内だけでそっと嘆息した。かくなる上は、孫八郎自身も諳《そら》んじてしまうほどに幾度となく聞かされた桑名藩十一万石の誇り高き歴史を、今ここでもう一度、この老人の口からすべて吐き出してもらうよりないと肚《はら》を括《くく》った。

桑名藩の藩祖は、本多平八郎《へいはちろう》忠勝である。類稀《たぐいまれ》なる武勇と篤い忠誠心で家康の覇業を助け、酒井忠次《さかいただつぐ》・榊原康政《さかきばらやすまさ》・井伊直政《いいなおまさ》と並んで「徳川四天王」の一角に数えられた忠勝が伊勢国桑名の地に十二万石の領封を与えられたのは、関ヶ原の合戦で徳川家の天下がほぼ決まった直後のことだった。

その後、十年近くを桑名で過ごした忠勝は慶長十五年（一六一〇）に病没。後を長男の忠政《ただまさ》が継いだ。

慶長十九年（一六一四）、大坂冬の陣が勃発《ぼっぱつ》すると、忠政は三千の兵を率いて城攻めの先鋒を務める。さらに翌年の夏の陣でも豊臣《とよとみ》方の勇将毛利勝永《もうりかつなが》と死闘を演じ、弟忠朝《ただとも》を失うという犠牲を払いながらも戦勝に貢献。その功が認められて、播州姫路十五万石に移封された。

本多家の後を受けて桑名藩へ入ったのは、元伏見城代の松平定勝《さだかつ》である。石高は十一万石。定勝の本姓は久松氏といい、徳川家康の生母於《お》大の方の再婚先であった。於大の方は家康の父松平広忠《ひろただ》と離縁した後、久松《ひさまつ》家に再嫁して定勝を生んだ。つまり定勝は家康の異父弟に当たる。四天王の一角たる本多忠勝につづいて、濃い血縁で結ばれた定勝を配したあたりからも、幕府がどれほど桑名の地を重要視していたかを窺《うかが》い知ることができよう。

定勝の死後、息子の定行《さだゆき》は四万石を加増されて伊予松山へ転封。代わって美濃大垣藩から、その弟の松平定綱《さだつな》が桑名へと移された。慈悲深い性格で善政を行い、名君と慕われた定綱の後、その血統に何度かの入れ替わりはあったものの、桑名藩は一貫して松平家の治めるところとなる。

文政六年（一八二三）には「寛政の改革」で名高い松平定信《さだのぶ》の子定永《さだなが》が白河藩から移封され、藩主の座に着いた。これは父定信の強い意向による国替えとされ、定信自身は既に隠居の身であったため桑名の地へ赴くことはなかったが、前任地白河から移設させた藩校立教館を中心に学問を奨励し、藩の文化的発展を促した。

定永の後は息子定和《さだかず》、さらにその子定猷《さだみち》へと藩主の座が受け継がれる。定猷は京都警備の大役を拝命するなど幕府のために尽くしたが、その重責が祟ってか、江戸で急死してしまう。まだ二十六歳の若さだった。

青年藩主の訃報《ふほう》を受け、国元の藩士たちは御家の危機を救うべく奔走した。そして、ようやく末期養子として、ひとりの少年を迎え入れることに成功する。これが現当主の定敬である。

末期養子とは当主が死亡する直前に迎える養子のことをいい、一般的に許可を得るのが非常に難しいとされた。許可されなければ当然ながら御家は断絶となり、家臣たちは路頭に迷うことになる。いかに由緒正しき桑名松平家といえども交渉は緊迫感に満ちたものだったに違いない。それを乗り切ってみせたのは、まさしく藩士たちの努力の賜物であった。

かくして迎えられた新藩主定敬。歳わずかに十四である。実家は美濃高須藩。この高須藩というのがなかなかにきらびやかな広がりを持つ一族で、当主義建《よしたつ》は次男慶勝《よしかつ》を御三家の尾張徳川家へ、六男容保を三代将軍家光《いえみつ》の異母弟保科正之《ほしなまさゆき》を藩祖とする会津松平家へ、それぞれ養子に送り込んでいる。定敬はその義建の八男であった。

闊達な少年で、殿さま育ちらしい真っ直ぐな気質の持ち主だった。やや我儘《わがまま》なところはあるが、藩士たちからはおおむね好意的に受け入れられた。文武を奨励し、藩の気風を引き締めようと、みずからも倹約を心掛けた定敬のもと、藩政は順調に営まれていくかと思われた。

　ところが、激動の時代がそれを許さなかった。黒船来航から日米和親条約、そして日米修好通商条約へとつづく「開国」への動きに反発する勢力が京都朝廷に働きかけ、病弱な将軍家定《いえさだ》の後嗣問題にまで介入した。それを嫌った大老井伊直弼は、彼等が推す将軍候補一橋《ひとつばし》慶喜を排し、半ば強引に紀州徳川家から十四歳の少年徳川慶福《よしとみ》を迎えることを決定。これを家茂《いえもち》と名乗らせて十四代将軍の座に据えると、敵対者をことごとく断罪した。世にいう「安政の大獄」である。一橋慶喜を強く次期将軍に推していた実父徳川斉昭《なりあき》（水戸藩）や親藩越前福井の松平慶永《よしなが》、有力大名の山内豊信《とよしげ》（土佐藩）、伊達《だて》宗城《むねなり》（宇和島藩）らが隠退に追い込まれたほか、橋本《はしもと》左内《さない》、梅田《うめだ》雲浜《うんぴん》、吉田《よしだ》松陰《しょういん》など多くの有為の人材が犠牲となった。

　大獄を断行した井伊直弼は翌年三月、江戸城桜田門外で水戸浪士らの襲撃を受けて命を落とす。「桜田門外の変」と呼ばれるこの事件によって、幕府の権威は地に堕ちた。

　直弼の死後、幕府はそれまでの強硬路線を捨て、京の朝廷と手を携えて国難を乗り切るべく、いわゆる「公武合体」に活路を見出そうとした。時の帝孝明天皇の妹和宮《かずのみや》を将軍家茂の正室に迎えるなど積極的な朝幕融和策が展開されたが、その推進者のひとりだった老中安藤信正《あんどうのぶまさ》が江戸城坂下門外で刺客に襲われ、傷を負って退陣すると、政局の混迷はいよいよ深まりを見せる。

　京では「尊王攘夷」を叫ぶ浪士たちの天誅騒ぎが猖獗をきわめ、人々を恐怖と不安に陥れた。対応に苦慮した幕府は、京洛の地に秩序を取り戻すべく新たな役職を置く。「京都守護職」である。

この大役を拝命したのが会津藩主松平容保。先にも述べた美濃高須藩の出身で、定敬の兄に当たる人物だ。この時、二十八歳の若さである。

会津藩の藩祖保科正之は三代将軍家光の異母弟だった。家光の父秀忠《ひでただ》は謹厳実直な人物で、正室お江与《えよ》の方以外にいっさい側室を置かなかった。そんな秀忠が、おそらく人生でただ一度の「出来心」で手を付けたとされる侍女から、この正之が生まれた。

お江与の方の悋気《りんき》を恐れた秀忠によって信濃の名門保科家へ預けられた正之は、不遇の少年時代を過ごしたことが結果的に吉と出たのか、長じて優れた人格者となり、家光とその子家綱《いえつな》をよく補佐して、その治世を助けた。

一度は世捨て人同然の境遇に甘んじていた正之を幕政の中枢に呼び寄せたのは、他ならぬ異母兄の家光であった。正之は終生その恩を忘れず、子孫たちに、

——何があっても一途に徳川将軍家の御為に尽くせ。

と、言い残した。

以後、会津藩ではこの遺言を絶対の家訓としている。容保もまた、この遺訓を忠実に守ろうとした。特に彼のように他家から養子に入った者のほうが、こうしたことにはより過敏になるものかもしれない。

京都守護職を拝命すれば当然ながら出費がかさむ。また、尊王攘夷派の勢力と正面切って対峙すれば、恨みを買う機会とて少なくはないだろう。藩の安全を第一に考え、

——お引き受けしてはなりませぬ。

強く諫止した家老西郷頼母《さいごうたのも》らの言葉を振り切って、容保は兵を率いて上洛。決死の覚悟を胸

に、黒谷の地に本営を置いた。

相次ぐ閣僚の受難以後、幕府の権威は失墜し、洛中の治安は悪化の一途を辿っていた。容保はこれに対抗するため、独自の警察組織をその支配下に置いた。

新選組である。

水戸藩出身の芹沢鴨《せりざわかも》らと、武州多摩の道場試衛館からやって来た近藤勇《こんどういさみ》・土方歳三・沖田総司・永倉新八など総勢二十余名が会津藩御預りの肩書を得て、洛中の警固に当たった。後に内部抗争で芹沢ら水戸派が粛清され、局長近藤勇、副長土方歳三を中心として鉄の結束を誇る剣客集団に成長を遂げる。

文久三年（一八六三）八月十八日、かねてより長州藩の京での勢力伸長を苦々しく思っていた薩摩藩が、会津藩を抱き込む形で政変を引き起こす。同調する淀藩を加えた三藩の兵力で御所を抑え、長州藩を宮門警備の役目から追い落としたのである。

切歯扼腕《せっしやくわん》した長州藩だったが、三藩は勅命を奉じており、逆らえば「賊軍」――すなわち朝廷に弓引く逆賊の汚名を被ることとなる。打つ手を失った彼等は、三条実美《さんじょうさねとみ》ら自派の公卿七名を伴っての都落ちを余儀なくされた。

この政変によって親長州派の勢力は京から一掃されたが、これで洛中の治安が保たれたかといえば、必ずしもそうではなかった。一度は国元へ退いた長州藩士らが相次いで京へ舞い戻り、挽回の機会をうかがいはじめたのである。窮地に追い込まれたことで彼等は逆に尖鋭化《せんえいか》し、容保らはかえって緊張感を強めた。定敬のもとへ、

――京都所司代を拝命し、京へ上《のぼ》るべし。

との命が下されたのは、まさしくそのような折であった。

「思えば、あれが我等の運命の分岐点であったな」

杉山が遠い目をして、しみじみと慨嘆する。

彼が話し始めてから、既に半刻（約一時間）近くが経つ。聞いている藩士たちの中には、時折うつらうつらと船を漕いでいる者や、話を他所《よそ》に何か別の書き物をしている者もいたが、杉山はすっかり悦に入っており、そうした不埒者のことは目に入っていないようだ。こほん、とひとつ小さな咳払いをすると、

「そもそも京都所司代というのは――」

ふたたび話のつづきを始めた。

江戸時代における京都所司代という職制は、関ヶ原で勝利した徳川家康が西国に睨みを利かせるべく功臣奥平信昌《おくだいらのぶまさ》を任じたのが嚆矢《こうし》とされる。

信昌は家康の長女亀姫《かめひめ》を妻に持ち、武田勝頼《たけだかつより》の大軍から居城長篠城を守り抜いて、織田・徳川連合軍の設楽原《したらがはら》合戦における歴史的大勝利を導くきっかけを作った。地方豪族の惣領にありがちな粘り腰が身上の人物で、その後も武功ひとかたならぬものがあったが、朝廷や寺社勢力といった海千山千の曲者たちを相手取って政治的な駆け引きをするといった性分ではなく、わずか一年でこの職を辞している。

後を受けたのが、稀代《きだい》の能吏と名高い板倉伊賀守勝重《いたくらいがのかみかつしげ》である。鋭敏な頭脳と謹直な人柄で家

康の信頼篤く、京にあって畿内近国の統治と京の民政を一手に委ねられた。彼と息子の重宗《しげむね》はその信頼によく応え、後に彼等の下した裁定や判例が『板倉政要』なる書物にまとめられて政治の要諦《ようてい》とされるほどの実績を残した。この親子が職に就いていた五十余年の間に、京都所司代の存在意義が確立したといっていい。

その後、所司代職は次第に形骸化《けいがいか》し、老中職への足掛かりという一種の名誉職へと変質する。幕末動乱の折、跋扈《ばっこ》する尊王攘夷派の勢力に太刀打ちできぬと考えた幕府首脳は、機能低下著しいこの所司代職に代わるものとして京都守護職を設置し、新進気鋭の会津藩主松平容保を起用したわけだが、所司代職そのものは依然として存在し、いわば守護職の補完的な役割を担わされることとなった。

江戸にいた定敬のもとへ所司代就任の要請が届いたのは、容保が悪化の一途《いっと》を辿《たど》る京の治安維持に苦慮するあまり体調を崩したのを受けてのことだった。容保は生来体が丈夫でなく、上洛してからもたびたび病床に臥せっていた。

「お受けしてはなりませぬ」

江戸詰家老の吉村権左衛門は、定敬の上洛に強く反対した。

「今、わが藩の財政は火の車でござりまする。この上、所司代のような大役を仰せ付かっては藩士や領民たちの暮らしはとうてい立ちゆかなくなります。それに昨今の京洛の情勢はまことに不穏極まりなく、所司代をお引き受けなされることはすなわち火中に身を投じるのと同じこと。断じてお受けしてはなりませぬぞ」

幕閣の周章狼狽《しゅうしょうろうばい》ぶりを近くで眺めることで、京洛の情勢がいかに混沌としているかを窺い知ることは、十分にできた。ことに都落ちした三条実美ら公卿衆を迎え入れた長州藩は、勢力挽回の機会を虎視眈々《こしたんたん》と狙っている。多数の藩士が密かに京へ入り、何事か計画を練っているとの風聞もあり、予断を許さぬ状況がつづいていた。

　年若い将軍家茂の後見役として幕政の実権を握りつつあった一橋慶喜——皮肉にも、かつて将軍の座を家茂と争い、敗れ去った当事者である——は、京都守護職に任じた松平容保に加えて薩摩藩主島津忠義《しまづただよし》の父久光《ひさみつ》や山内容堂、松平春嶽、伊達宗城ら有力諸侯を招集し、彼等を「朝廷参与」なる役職に就かせて合議による政局運営を試みた。

　ところが、横浜開港の是非をめぐる外交政策の意見の喰い違いから参与会議は行き詰まる。やがて諸侯が相次いで京を引き払う事態となって、慶喜の目論見《もくろみ》は頓挫《とんざ》。結果、ただひとり残った松平容保がふたたび京都守護職として京の治安維持に当たることとなった。

「であるからこそ、兄上のご苦労をお助けせねばならぬのではないか」

　情勢を懇々と説かれ、所司代職を固辞するよう釘を刺された定敬は、吉村に反論する。

「わが桑名は藩祖本多忠勝公以来、一朝事《いっちょうこと》ある時は幕府の藩屏《はんぺい》たることを義務付けられた藩である。加えて会津中将容保公は、余にとっては血を分けた兄上だ。公私いずれの面から見ても、余には所司代職を拝命してただちに上洛し、お勤めに励むべき宿命がある。そうではないか、吉村」

「恐れながら、桑名のことはいかがなさいます。逼迫《ひっぱく》した財政をいよいよ苦しくし、民百姓に無用の困難を強いることは、藩主として正しき道と言えましょうか」

「無用ではない。混乱する日の本の国に平穏をもたらすために、誰かが身を切らねばならぬとしたら、わが桑名藩にはその役割を引き受ける使命があると申しておるのだ」

「殿や我等武士にはあるかもしれませぬが、民百姓にさような使命はありますまい」

「なぜだ。彼等とてわが桑名藩の人間であることに変わりはないではないか」

「好んでそうなったわけではありませぬ。彼等はたまたま桑名という地に生を受け、育ったに過ぎませせぬ」

「それは武士とて同じであろう。人はみなそうして生まれ落ちた国や土地——すなわち故郷を守り、そこに住まう家族や朋友《とも》を守るために、時には刀や槍をもって戦わなければならぬ」

「仮に戦わずしてそれが叶う方法があるとすれば、いかがにござる」

「そなたの言いたいことはわかる。だが、平時ならばいざ知らず、このような乱世にそれを欲するのは、ただの自儘に過ぎぬ」

ふたりのやり取りは堂々巡りをつづける。あくまで冷静さを失わず、落ち着いて論理を展開する吉村とは対照的に、定敬の若さは昂ぶりを隠せなくなっていた。

「参与会議が不発に終わり、京の政局はいよいよ混迷の度を強めつつあると聞く。巻き返しの機会をうかがう長州派の動きはまことにもって油断ならず、一度は沈静化していた天誅騒ぎもふたたび活発になりつつある。かような折に兄上はひとり身を挺して盾になろうと、悲壮な決意を固めておいでなのだ。これをお助けせずして、なんの兄弟ぞ。なんの松平一門ぞ」

まくし立てるうちに感情が激しきってしまったのか、定敬の双眸から大粒の涙が幾筋も流れ落ちる。

「頼む、吉村。このとおりだ、余を漢にさせてくれ」

定敬はほとんど懇願に近い口調で、声を震わせながら深々と頭を下げた。

「おやめくだされ、殿」

吉村は困惑したが、さすがに主君にこうまでされては抗《あらが》うことなどできない。

「……わかりました。そこまで仰せならば、これ以上は何も申し上げませぬ。お心のままになさりませ」

「おお、わかってくれたか。かたじけない、かたじけない」

無邪気な笑顔を浮かべて、何度も礼を言う定敬。その様子は可憐な少年そのものだった。純真な心根の持ち主だが、一途に過ぎて後先を考えぬ性格がよく出ている。

――はたして、これでよかったのか。

吉村の心は晴れなかった。あるいは自分はとんでもない過ちを犯してしまったのではないか。いつの日か、

――あの時、腹を切ってでも踏み止まらせておくべきであった。

そんなふうに後悔する日がやってくるのではないか。

暗澹《あんたん》たる思いに襲われ、吉村は上気した定敬の顔を見詰めた。

こうして桑名藩は京都所司代の大役を担い、上洛することとなった。

定敬たちを待っていたのは、不穏な空気が漂う「魔都」であった。

そこかしこに潜伏する尊王派の志士たちは、確実に何事かを画策している気配だった。だが、その濃厚すぎる気配の奥にある「何事か」の実体がいっこうに掴めない。

そんなある日、新選組がひとりの男を捕縛した。枡屋という古道具屋の主で、名を喜右衛門《きえもん》といった。年の頃は四十前後。一見すると地味な小男だが、その眼光の奥にただならぬものを見て取った新選組副長土方歳三は、彼を拷問にかけた。

喜右衛門は頑強に粘ったが、「鬼」と恐れられた土方の苛烈な責めにとうとう音を上げ、同志たちと練り上げていた驚天動地の計画を白状した。

——風の強い日を選んで御所に火を放ち、帝を長州に動座させる。それを阻止すべく立ちはだかるであろう松平容保・定敬兄弟は殺害し、後顧の憂いを取り除く。

あまりにも大胆不敵な企みに、新選組の面々も、報告を受けた容保・定敬のふたりも、しばし戦慄《せんりつ》を禁じえなかった。

——口では勤王だ、世直しだと言っているが、奴等のやろうとしていることは野盗盗賊の類と少しも変わるところがないではないか。

憤激《ふんげき》した容保は、首謀者らを一網打尽《いちもうだじん》にするよう厳命を下した。

かくして元治元年（一八六四）六月五日、三条木屋町の旅籠池田屋で会合中だった尊攘過激派の志士たちを新選組の精鋭部隊が急襲した。「池田屋事件」である。

肥後勤王党の領袖宮部鼎蔵《りょうしゅうみやべていぞう》、松下村塾四天王のひとりに数えられた長州藩の俊英吉田稔麿《よしだとしまろ》ら名高い志士たちが幾人も命を落とした。後年、この事件が明治維新を一年遅らせたとまで言われる所以《ゆえん》である。

多くの同志を失った長州藩は激昂し、ついに京へ向かって軍勢を進発させた。会津・桑名・薩摩など諸藩の兵がこれを迎え撃つ。

七月十九日、両軍は御所付近で激突した。「禁門の変」である。

戦いは終始幕府方が優勢であった。意気盛んに攻め寄せたはずの長州軍は完膚なきまでの返り討ちに遭い、潰走した。長州藩若手随一の俊秀といわれた久坂玄瑞《くさかげんずい》や、久留米の神官出身で過激派グループの軍師的な役割を担い、「今楠公」の異名を冠されて尊崇を集めていた真木和《まきい》泉《すみ》など、尊攘派はここでも多くの人材を失うこととなった。

その後、幕府は長州征伐を断行。長州藩は国司信濃《くにししなの》・益田右衛門介《ますだうえもんのすけ》・福原越後《ふくはらえちご》の三家老に切腹を命じ、その首級を差し出すことで恭順の意を示した。

幕府にとって最大の敵対勢力だった長州藩が膝を屈したことで、ようやく世情の混乱がおさまる兆しを見せたかと思われたのも束の間、藩内の主流から外れていた討幕派の高杉晋作《たかすぎしんさく》らが蜂起して政変を起こし、藩論をひっくり返すという事態が起きた。

さらに長州は土佐脱藩浪士の坂本龍馬・中岡慎太郎らの仲立ちで、事もあろうに犬猿の仲だったはずの薩摩藩と盟約を結ぶに至る。かつて会津・桑名と歩調を一にして長州追い落としを果たした薩摩藩は密かに幕府の将来を見限り、藩論を武力討幕へと転じさせていたのだった。

そんなこととはつゆ知らず、幕府は長州に止めを刺すべく二度目の征西を敢行する。

戦端が開かれたのは、慶応二年（一八六六）六月七日。

一度目とは打って変わって、戦局は圧倒的な長州優位で推移した。数において勝るはずの幕府軍は各地で敗戦を重ねる。さらに七月二十日、大坂城内において将軍家茂が二十一歳の若さで病を得て死去すると、幕府軍全体に激しい動揺が走り、八月一日に北九州の要衝小倉城が陥落したところで、その敗北が決定的なものとなった。

十二月五日、一橋慶喜が十五代将軍の座に着いた。しかしながら、英明の誉れ高い慶喜をもってしても、もはや幕府の頽勢《たいせい》を立て直すことはできなかった。万策尽きた慶喜は土佐前藩主山内容堂の献言を受け入れて政権を朝廷に返上する決断を下す。

かくて慶応三年（一八六七）十月十四日、二条城において慶喜の口から大政奉還が宣言され、二百六十余年つづいた徳川幕府はその幕を下ろしたのである。

幕府は消滅したが、薩摩・長州及び土佐の過激派志士たちはおさまらなかった。ここに至るまで多くの同志を失ってきた彼等は復仇《ふっきゅう》の念に燃えていた。

――徳川家の領地を根こそぎ没収し、慶喜を切腹させなければ、亡くなった者たちが浮かばれぬ。

それはもはや国家戦略と呼ぶには程遠い私怨であったが、とにかく彼等にしてみれば、政権を手放して恭順の意を示すという慶喜のやりかたは、まるで望まぬものだった。なんとしても抵抗し、慶喜に「罪」を被ってもらわなければならなかった。

彼等は、強引な手に打って出た。薩摩藩を主導する西郷吉之助《さいごうきちのすけ》が、同郷の伊牟田尚平《いむたしょうへい》や益満休之助《ますみつきゅうのすけ》らに働きかけ、後に「赤報隊」を組織する浪士相良総三《さがらそうぞう》など五百名余を動員して、江戸の町に火付け強盗の狼藉三昧を働かせたのである。幕府がこれを鎮圧すべく兵を動かせば、ただちに戦を仕掛けたものと断じ、一気に戦端を開く肚積もりであった。

慶喜の留守を預かる幕閣は慎重な姿勢を崩さず、その挑発に乗らなかったが、江戸市中の取り締まりを職務としていた庄内藩の堪忍袋の緒が切れた。彼等は三田にあった薩摩藩邸を焼き討ちし、江戸暴動の首謀者たる益満らを捕縛した。

折しも慶喜は上方にあって朝廷に辞官納地《じかんのうち》し、その代償として「議定《ぎじょう》」に任ぜられることで新政権での地位保全を目論んでいた。徹頭徹尾《てっとうてつび》、恭順の姿勢を崩さぬという慶喜の作戦は薩長勢力に開戦の口実をいっさい与えぬところにこそ真骨頂があり、そのためには、いかなる屈辱をも呑み込む覚悟ができていた。

ところが、庄内藩による薩摩藩邸焼き討ちの報せを受けた上方の幕臣たちは俄然《がぜん》、勢いづいた。ずっと重ねてきた我慢はとうに臨界点に達しており、その箍《たが》はいとも容易く外れた。慶喜は不本意ながら薩長と一戦交えることを認め、両軍は激突。

そして幕府軍は、無惨に敗れ去ったのである。


「一度は後れを取ったかもしれぬ。だが、わが藩そのものが戦に敗れたわけではない。かくも誇り高きわが桑名藩が、一兵たりとも損なわぬまま敵におめおめ屈するなど、断じてあってはならぬこと。儂が言いたいのは、つまりはそういうことなのだ」

杉山は、強い口調で言い切った。

そこかしこで、大小の溜息が洩れる。杉山の話に感動して嘆息した――わけではない。やっとこの長い講釈が終わったという、安堵の溜息だった。

「おぬしの申すことは、よくわかる。だが――」

老練な吉村は、ひと呼吸置いて周りの空気を落ち着かせてから、

「儂は孫八郎の考えに賛同する」

と、告げた。

「たしかに杉山の申すとおり、わが桑名藩は徳川幕府の藩屏として、重大な役割を担ってきた。その桑名藩に籍を置く者として、此度の敗戦を受け入れることは難しい。しかし、現実は現実。幕府軍は上さまおんみずからを総大将とし、難攻不落の大坂城を本営として圧倒的な数的優位を誇ったにもかかわらず惨敗した。その事実は、桑名藩がどれほどきらびやかな歴史を持っていたところで変わることはない。敵に倍する兵力を有していた幕府軍でさえ鎧袖一触《がいしゅういっしょく》に敗れ去った相手と、桑名一藩のみでどうやって戦うか。今の儂にはまるで妙案が浮かばぬ」

「それは違いますぞ、吉村さま」

杉山は喰い下がる。

「上方に集うていた幕府軍は、所詮は烏合の衆でござった。しかも肝心の上さまが大坂城をお出にならず、采配を振るうこともなかったと聞き及びまする。それでは、ひとたび浮足立った兵たちを叱咤激励し、態勢を立て直すことなどできようはずもござるまい。しかるにわが桑名藩は――」

なおも抗弁しようとするのを、吉村が押し止める。

「総大将がおらぬという点では今の我等とて変わるまい。何しろ殿は上さまの御供をして江戸へ向かってしまわれたのだからな」

「それは……」

さすがの杉山も、厳然たる事実を前に口を噤まざるをえない。

そうなのだ。彼等の主君である定敬は今、この桑名の地にはいない。戻ってくることもない。

なぜなら彼は慶喜とともに上方の戦場を離脱し、今まさに江戸へ向かう船に乗っているだろうからだ。

おそらくそれは定敬自身の意志ではあるまい。彼はきっと踏み止まって戦いつづけたかったはずだ。ともに江戸へ随従した会津中将容保も、その思いは同じだろう。だが、将軍の命とあらば背くわけにはいかない。ふたりは断腸の思いで大坂城を後にしたのだ。多くの家臣を戦場に置き去りにして。その口惜しさを思えば、

――殿が戻られるまで我等がこの城を守ろう。そして、今度こそともに戦い、勝利をおさめるのだ。

そう熱望する者たちの心情は、吉村には痛いほどよくわかる。だが、現実にはやはり指揮する者のない戦いは避けるべきだ。吉村は、そう判断するだけの冷静さを失っていなかった。

「孫八郎、改めてそなたの考えを――どうした、急に立ち上がって」

怪訝そうに問いかける吉村に、

「厠《かわや》ですよ。さっきからずっと我慢していたんです」

孫八郎はゆるく笑いながら答え、そそくさと部屋を出ていく。その薄い背中を見送りながら、

「はてさて、どうにも掴みどころのない男よ。立教館開校以来の俊英という噂は、まことであろうか」

杉山はさも不思議そうに、ぽつりと呟いた。

廊下へ出た孫八郎の表情から、すぐに笑顔は消えた。

どうすれば、この桑名の地を戦火に巻き込むことを避けられるか。彼の思考はその一点に集約されていた。

いつにも増して長かった杉山の話は、少なくとも今日に限っては、あながち苦痛なばかりではなかった。孫八郎は桑名藩の輝かしい歴史を頭の中で咀嚼《そしゃく》しながら

――だからこそ、守らなければならないのだ。

決意を新たにしていた。

むろん孫八郎にも武士としての誇りはある。公然と牙《きば》を剥《む》いてきた敵に対して一度も刃を交えることなく屈服することなど、したくはなかった。

叶うことならば、この城で正々堂々敵を迎え撃ちたい。攻め寄せる相手を返り討ちにして、天下に桑名武士の名を轟《とどろ》かせてやりたい。そして幕府を再興し、欧米列強に対抗しうる真の強国に日本を生まれ変わらせるのだ。会津藩と桑名藩が、その中心的な役割を担う。むろん桑名藩を主導するのは、この自分だ。

だが、上方での幕府軍の惨敗は薩長軍の強さを裏付けるのに十分だった。たしかに総大将が兵を捨てて逃げ出すなど前代未聞の醜態《しゅうたい》だが、たとえそれがなくても結局、幕府軍は敗北の憂き目を見ていただろう。聡明な慶喜にはその結果が見えていた。だからこそ単身逃走という挙に出たのだ。

その現実を思う時、孫八郎は自分の願いが嗤《わら》うべき夢想に過ぎないことを強く認識せざるをえない。

桑名は負ける。戦えば、必ず。

負ければ、すべてを失う。城も、領地も、そこに住まう人々の暮らしも、おのれの夢や将来も。

雪隠《せっちん》の前へ立って袴をずらしたが、さっきまであれほど強烈だった尿意は、いつの間にかすっかりおさまってしまっていた。


広間へ戻ると、ひとりの男が先程の杉山に負けず劣らず熱弁を振るっていた。

「よろしいか、皆の衆。以上のようなことを踏まえて考えれば、此度の戦に対処する方策は、すなわち次に掲げる三つのいずれかでござる」

――ああ、これまたずいぶんと厄介な人に喋らせてしまったのだな。

ちらりと目を向けた先の吉村は、表情を完全に消していた。

やれやれという顔で腰を下ろす孫八郎を一瞥して、男はつづける。

「ひとつ目は城を明け渡して許しを請う恭順策、ふたつ目は城に立て籠もって薩長軍を迎え撃つ抗戦策、そして三つ目は、江戸へ下って殿と合流し、そこで薩長軍と雌雄を決する東下策でござる」

そう言うと、男は孫八郎のほうを鋭い目で見据えながら、

「そうであろう、孫八郎――いや、惣宰殿」

威厳に満ちた声音で問いかけた。

「後でそなたにも意見を求めたいゆえ、しかと聞いておくように」

「かしこまりました」

孫八郎の返答がいくぶん畏まった調子になったのは、相手が藩校立教館でも屈指の強面教官

として知られる硬骨漢、秋山白賁堂《あきやまはくむどう》だったからに他ならない。

立教館で儒学を教えていた秋山の指導はとにかく峻烈《しゅんれつ》で、孫八郎の中にはこっぴどく叱られた記憶しか残っていない。ただし、その学識は群を抜いており、精神にも一本筋が通っていて、尊敬に値する人物なのはたしかだった。

その白賁堂が、ただでさえ少し赤らんだ顔をいっそう紅潮させながら捲し立てる。

「さて、今挙げた三つのうち、もっとも愚策というべきは、申すまでもないが、ひとつ目の恭順策でござる。一戦も交えることなく敵に屈するなど、そもそも武士たる者の取るべき行動ではない。したがって、この策は論外と考えていただいて結構」

興《きょう》が乗ってきたのか、徐々に声が大きく、そして口調が速くなる。こうなると、いよいよ誰もこの人を止められないということを、孫八郎はよく知っている。

相変わらず無表情のまま端座《たんざ》している吉村にちらりと恨みがましい視線を送ると、孫八郎は、師の長話に付き合う覚悟を決めて、姿勢を正した。

「ふたつ目と三つ目の策は、どちらも敵と一戦交えるという点においては同じだが、その戦いかたを異にしている。すなわちふたつ目の策では慣れ親しんだ桑名の地を戦場に選ぶのに対して、三つ目の策では戦場は江戸になる。そこが最大の違いでござる。普通に考えればふたつ目の策で決まりなのだが、なんといっても今、この桑名の地には我等の総大将たる殿がおられぬ。殿は江戸におられる。ならば我等が殿を追って江戸へ行き、かの地でともに戦おうというのが三つ目の策でござる」

「なるほど、それならば殿のもとで存分に戦ができるというわけですな」

何人かの藩士が身を乗り出した。

「しかし、これにも、ひとつ大きな問題がござる」

と、秋山が語気を強める。

「江戸詰めを経験した者ならともかく、我等はみな必ずしも江戸の地理に明るいわけではない。そうなれば、地の利を活かすことができなくなる。戦において地の利を得ることが大切なのは言うまでもないが、江戸での戦ということになれば、その点に多くは望めぬ。となれば、同じ戦なら地の利のあるこの桑名の地で、と考えるのが筋というもの」

「しかし、殿は江戸におられます」

「我等がこの城を長く守りつづけていれば、殿とてこの桑名へお戻りになられよう。何しろ敵は西から攻めてくるのだ。我等が突破を許さなければ、東から殿が駆けつけてこられるのは決して難しくない」

「上さまが殿をお放しくださるでしょうか。おそらく上さまは薩長との戦をこれ以上つづけたくないがために、もっとも危険と思われたわが殿と会津中将さまを強引に連れていかれたのだと思いますが」

「上さまの思惑は、そなたの言うとおりだろう。しかし、わが殿が同じ考えでおられるとは思われぬ。我等がこの桑名の地で城を守り抜いていれば、殿は必ずや我等を助けに駆けつけてくださる。そうは思わぬか、皆の衆」

秋山の問いかけに、みなが頷き合う。

——そうだ、殿は我等を見捨てたりはなさらぬ。殿が戻られるまで我等がこの城をお守りせねば。

　昂揚感が場を支配しかけた、その時である。

「あの……、少しよろしいでしょうか」

　遠慮がちに声を発した者がいる。

「どうした、伝之丞」

　一同の訝し気な視線の先にいたのは生駒伝之丞だった。

　本来ならば、軽輩の身である彼にはこのような場での発言権はない。むろん当人にもそれはわかっている。だからこそ、おずおずと様子をうかがうような態度になっているのだ。そうと悟った吉村が、

「かまわぬ、今は非常時だ。思うところがあるのならば存分に申せ」

　すかさず助け舟を出した。

　伝之丞は深々と一礼してから、

「恐れながら、江戸へ行く路銀の手当てはいかが相成りましょうか」

「路銀だと」

　咄嗟《とっさ》に嘲笑《ちょうしょう》するような調子で、そう言った者がいる。

　ざわつく一同。その中から、

　――やれやれ、これだから軽輩は困る。藩の行方を決める大事な戦を前にして、金の心配とは。

　などと囁く声が洩れ聞こえてきた。

　ばつの悪い顔をして俯《うつむ》く伝之丞。その彼に向かって、秋山の冷ややかな視線が注がれている。

いたたまれなくなった伝之丞が唇を噛んでいると、

「伝之丞の申すこと、たしかによくよく考えねばならぬ問題だと儂は思う」

吉村が重々しい口振りで言った。

「みな知ってのとおり、わが藩の財政は所司代のお勤めもあって、ことのほか苦しい。我等は自前で行くとして、下士らもことごとく江戸へ向かえというのであれば、藩としては相応の路銀を支給せねばなるまい。だが、わが藩にはそれだけの金はない」

「吉村さま、戦は金でするものではござらぬぞ」

「わかっている。だが、金がなければ戦ができぬこともまた自明の理ではないか」

理路整然とした吉村の返答に、秋山は言葉を詰まらせた。憤然と唇を震わせているが、抗弁をつづけることができない。

場に流れた重苦しい沈黙。それを破ったのは、

「いったんお開きにしませんか」

孫八郎の間延びした声だった。

「このまま話をつづけたところで埒が明かないでしょう。みんな頭に血が上っていて、人の意見なんてまるで聞く余裕がない。夜も更けてきたことだし、ここはひとまず屋敷へ戻って、おのおの頭を冷やしましょう」

「何を悠長なことを。勢いに乗った薩長軍が攻め寄せてくるのだぞ」

「まだそうと決まったわけではないでしょう。それに、来るとしても今日、明日の話じゃない。明日もう一度集まって協議するぐらいの時は我々にもあるはずだ。今、熱に浮かされて軽率な

結論を下すよりも、日を改めてきちんと話をしたほうが絶対にいいに決まっている。そうではありませんか、吉村さま」

「ああ、そうだな」

吉村が頷く。

「孫八郎の言うとおりだ。おのおの今日のところは、ひとまず帰って休むがよい。明日、改めて参集し、協議のつづきをいたそう」

その宣言に対する反応は、さまざまであった。明らかに不満そうな顔をしている者、どこか安堵したような表情を見せる者、疲れを隠しきれない者……。

そんな彼等をぐるりと見回して、吉村は立ち上がった。

「どのような行動を選ぶにせよ、これから我等の長い戦いが始まる。みな頭と体と、そして心を、しっかりと休めておくようにな」

穏やかな君子人らしい慈愛を言葉に含ませて、彼は広間を後にする。かくして評定はひとまず散会となった。


「孫八郎」

呼び掛ける声に振り返ると、吉村が小走りに駆けてくるのが見えた。

足を止め、小さく一礼する。

「いやはや、大変なことになったな」

肩を並べて歩き出すふたり。吉村は背丈もあり、武芸で鍛えた体躯はがっしりと逞しい。小柄な孫八郎と並んでいると、まるで親子のようだった。

「何しろわからぬことが多すぎる。上さまに従って江戸へ行かれたのが殿のご本意でなかったことはおそらくたしかだろうが、上さまはこの後、江戸でどうされるおつもりなのか。態勢を立て直してふたたび戦われるか、あるいはこのまま恭順の姿勢を貫かれるのか。そして、殿はその時、どういう行動をお取りになるか。とにかく何ひとつ定かになっておらぬ今、我等も迂闊なことはできぬ。慎重に事を運ばねばならぬな」

「そうですね」

「聞けば、そなたはこのところ毎日遅くまで城に詰め、ろくに屋敷へも戻っておらぬそうではないか。奥方もさぞ気を揉んでおるのではないか」

たしかにこのところ連日深夜まで城で仕事をし、ようやく帰ったと思ったら少し眠っただけで、また朝には登城するという生活を送っていた。生来あまり体の強いほうではない孫八郎にとって、この繰り返しはひどくこたえた。

「むろん、どのような事態が起きてもいいように備えは万全にしておかなければならぬ。そのためにも藩士たちには、その時点でわかっていることはつねに知らせておき、いざという時にはいつでも身動きが取れるよう心積もりをさせておくことが肝要だ。その一方で江戸へ早馬を遣わし、あちらの動きも逐一我等の耳に入るよう手筈を整えておかなければならぬ。そなたも疲れておろうが、ここからもうひと踏ん張り必要になるゆえ、今宵はゆっくりと休めよ」

「ありがとうございます」

頭を下げる孫八郎の肩を、吉村の大きな手が叩いた。分厚くて温かい掌から彼の優しさが滲み出てくるようだった。

「儂はな、孫八郎。やはり、どうあっても戦は避けなければならぬと思っている」

吉村はおのれの言葉を噛み締めるように告げた。

「儂は江戸詰めだから、幕閣のお偉方の周章狼狽ぶりをみなよりも近いところで見てきた。正直なところ、あの方々にこの国の行く末を預けるのは難しい。むろん薩長のやりかたが正しいとは思っておらぬ。だが、少なくとも人材という点においてのみ言えば、今の薩長を動かしている西郷吉之助、大久保一蔵《おおくぼいちぞう》、桂小五郎《かつらこごろう》といった人物に比肩しうる者は、江戸にはほとんどおらぬ。いや、おらぬことはないのだろうが、そうした者たちは往々にして身分が低く、発言権を持っていないのだ。これではいけない。幕府の命脈は、いってみれば尽きるべくして尽きたのだ。いかに由緒正しき親藩の桑名藩といえども、その最期にまで付き合ういわれはない。藩士たちや民百姓の安寧を思えば、むしろ絶対に付き合ってはならないのだ」

「大丈夫ですか、吉村さま。そんなことを言っていると、お命を狙われかねませんよ」

「かまうものか。覚悟はできている」

吉村は迷いなく言い切った。

「いたずらに昂揚した状態では、判断を誤ってしまうことがある。憎まれることを承知で、誰かが冷や水を浴びせなければならないのだ。わが藩において、その役目を果たせるのは儂しかいないと自負している」

——ああ、これは漢の顔だな。

と、孫八郎は思った。あくまで穏やかな表情だが、双眸には強い決意が漲《みなぎ》っている。

「なあに、そもそも儂のような年寄りの仕事は、憎まれ役を買って出ることなのだよ」

「年寄りなどと」

なるほど孫八郎らにしてみれば父親のような存在ではあるが、吉村は未だ壮年である。文政三年（一八二〇）生まれだから、数えで四十九歳だ。

「それに、もし本当に命を狙われるようなことになっても、わが藩に儂を斬れるほどの腕を持つ者がどれだけいようか」

「ああ、たしかに」

孫八郎は苦笑して頷く。

吉村は新陰流の達人である。まともに立ち合えば敵《かな》う者はいないだろう。

なおも肩を並べて、しばらく無言で歩いていたが、

「吉村さまは、口惜しくはないのですか」

孫八郎がぽつりと呟くように問いかけた。

「このまま戦をせず、薩長に屈するなんて」

「……」

「正直に言えば、私は口惜しくてならないのです。むろん戦をしてはならないという吉村さまのお考えには、全面的に同意します。我等が守るべきは何を措いてもまず藩士たちや民百姓の安寧だと思いますから」

「そのとおりだ」

「しかし、ここに至るまでの薩長の連中のやりかたは、あまりにも汚すぎる。さっき吉村さま

は、幕閣には人材がいない。だから、この国の行く末を預けることはできないと言われました。では、薩長の連中にならば、この国を任せられますか。大政を奉還し、みずからの手で幕府の幕引きを図られた上さまを、奴等は無理やり戦場に引きずり出し、武力討幕による政権交代を強引に実現させようとしている。しかも、その大義名分を未だ幼く、おそらくご自身では何ひとつまともに判断などできぬであろう帝のご意志に託している」

「控えよ、孫八郎。不敬だぞ」

吉村が窘《たしな》めたが、その声は怒っていない。むしろ愉快そうに笑って、

「そなたは命を狙われるようなことを言わぬほうがいい。剣は苦手だろう」

「ええ、まあ」

孫八郎はまた苦笑した。一応、人並みに修練は積んでみたが、武芸の天稟《てんぴん》はどうやら備わっていないらしく、まるでものにならなかった。運動神経そのものが悪いというわけではないが、とにかく膂力《りょりょく》がないものだから、打ち込んでも容易にはじき返されてしまうし、逆に攻められると受けきれずにやられてしまう。

「しかし、公然の事実でしょう」

「で、あったとしてもだ」

吉村は表情を引き締める。

「こういう時だからこそ、人の気が立っている。言動は慎重にしたほうがいい」

「わかりました。気をつけます」

孫八郎は素直に頭を下げた。

「まあ、そなたの思いはわからぬではないがな。儂とて薩長のやりかたは腹に据えかねている」

少しだけ語気を強めて、吉村は言った。

「長州の奴等は池田屋や禁門の変の恨みを晴らそうと躍起《やっき》になっている。そこに権力欲に駆られた薩摩と、時勢に乗り遅れまいと焦る土佐が相乗りしたのが、今の官軍だ。むろん真の官軍ではない。僭称《せんしょう》だ。もし儂が今のような立場ではなく、一藩士に生まれていたならば、きっと脱藩してでも上方の幕府軍に加わり、力の限り薩長の兵たちを斬り倒していただろうさ」

孫八郎は意外な面持ちで吉村の顔を見詰めた。風雅の道を好む穏やかな君子人だと思っていた吉村のまったく違う一面を見たような気がしたのだ。あるいは、これこそが吉村という人物の本当の姿なのかもしれない。

「私だって、そうしたい気持ちはあります」

「ほう、らしくないことを言うな」

吉村はにこやかに孫八郎を見遣る。

「そんなことありませんよ。私は意外とそういう奴なんです」

「そうだったのか」

「もっとも、私の腕では雑兵ひとり、まともに倒せやしないでしょうけれど」

そうだろうな、とは吉村は言わない。ただ好もしげな視線を送りながら、

「まあ、そうは言っても、お互い思うようには動けぬ立場だからな。辛いところさ」

「そうですね」

「我等の役目は、この桑名に住まうすべての人々を守ること。その一言に尽きる」

吉村の言葉には、強い決意が漲っている。

「薩長の奴等を許せぬ気持ちに変わりはない。だが、冷静に考えれば、今戦えば十中八九、我等は敗れる。みずからの意志で戦うことを選んだ武士たちはいざ知らず、なんの罪もない民百姓までもが傷ついてしまうのは、絶対に避けなければならない。そのためならば、いかなる屈辱にも耐える覚悟が、儂はできているつもりだ」

「問題は今、上方で戦っている者たちをどうやって納得させるかですね」

孫八郎は腕組みをして考え込む。

「山脇十左衛門さまあたりは、籠城抗戦以外の意見を決してお認めにならないでしょう。息子の隼太郎《しゅんたろう》や、その友人で私の従兄弟に当たる高木剛次郎《たかぎごうじろう》なども黙ってはいないはずです。何しろ血の気の多い連中ですから」

「そうだろうな。立見鑑三郎あたりも鼻息は荒かろう」

「ああ、鑑ノ字ですか」

「たしか、そなたとは同い年であったな」

「そうです。あいつは頑固者ですからね。一度戦うと決めたら、それこそ地獄の底へ叩き落としでもしないかぎり、意志を曲げようとはしないでしょう。いや、もしかしたら地獄の底でもまだ戦えと叫びつづけるかもしれない」

「殿はずいぶんあの者を買っておられるようだが」

「能力は保証しますよ。薩摩や長州にも、あいつ以上の男はいないと思います」

「京でずいぶん名を上げたらしいとは聞いている。なんでも討幕派の連中から鬼と恐れられている新選組の土方歳三にも一目置かれているそうではないか」

「鑑ノ字ならば、当然のことでしょう」

淡々とした口振りの中に、盟友の活躍への誇らしさが滲《にじ》み出ている。およそ感情の表に出ないこの飄々《ひょうひょう》とした若者の意外な一面を見た気がして、吉村は少し心が和《なご》んだ。

「あいつが帰ってきたら、抗戦派は勢いづくでしょうね。特に若い者たちの中には、熱に浮かされるようにあいつの意見に同調してしまう者も少なくないでしょう」

ここ数年、京洛における新選組の活躍は、とかく押されがちだった佐幕派の人々にとって数少ない光明であり、とりわけ若者たちの間で、局長の近藤勇や「天才剣士」沖田総司、「鬼の副長」土方歳三らの名は、生きながらにしてほとんど「伝説」と化していた。立見鑑三郎はその土方に認められたほどの男である。影響力の大きさは推《お》して知るべしであった。

「彼等が帰ってくるまでに、わが藩が進むべき道を明らかにしておかなければ」

わが藩の進むべき道――。それが戦を回避する道であることはいうまでもない。そして、多くの藩士たちにとって受け入れがたい道であることもまた明らかだった。

「さて、どうしたものかな」

しみじみとした吉村の呟きは、静寂の夜にどこか物悲しく響いた。真冬の夜の突き刺すような冷気が、ふたりの体を――心までも凍らせるように襲ってくる。

「ああ、寒い」

殊更に大きな声で孫八郎が言った。

「今宵はことのほか冷え込むな」

吉村も肩を竦めてみせる。

「もうし、酒井さまではございませんか」

後ろから誰かが声を掛けてきた。

振り返ると、四十絡みの小太りの男が、腰を屈めながら微笑んでいた。

「やっぱりそうだ。遅くまでお勤めご苦労さまでございやす」

「ああ」

相手が誰かを認識した孫八郎は相好を崩す。隣で怪訝そうな顔をしている吉村に向かって、

「友人の父親です」

そんなふうに紹介した。男は、昼間一緒に駒廻しをして遊んでいた少年の父親である。たしか平三《へいぞう》という名だったろうか。城下で大工をしているはずだ。夜目にも顔が赤いところを見ると、どこかで一杯ひっかけてきた帰りなのだろう。

「うちの馬鹿息子がいつもお世話になっておりやす。まったく冗談でもご家老さまに友だちだなんて言ってもらえるあいつは日の本一の果報者でさあ。明日、目が覚めたらとっくとそのありがたみを言い聞かせておきやすんで」

「いいよ、別に」

どうやらかなり機嫌よく酔っているらしい。呂律《ろれつ》は怪しいし、吐く息も酒臭い。下戸の吉村が隣で顔を顰《しか》めているのが可笑しくもあり、なんだか申し訳なくもある。

「酒井さま、いよいよ薩長の奴等と一戦交えるんでございやしょう」

平三は、そんなことにはお構いなしだ。ただでも赤い顔をいっそう興奮の色に染めて、

「うちの馬鹿息子から聞きやした。桑名のお武家さん方は京でも武名を轟かせた猛者《もさ》揃いだから、薩長の芋どもなんかにゃ絶対に負けないって、そう仰ってくださったそうですね。いやはや、心強い。ご家老——ああ、今はたしか惣宰とお呼びするんでしたっけね。その惣宰の酒井さまがそんなふうに言ってくださるのだから、俺たちは安心して仕事に打ち込んでいられる。そうでしょう、酒井さま」

「ああ、そうだな」

孫八郎は小さく笑って頷く。

「戦のことは俺たちに任せておいてくれ」

「ありがてえ。そうやってズバッと言い切ってもらえれば、こちとら心が休まるってものでさあ。いやね、もちろん俺たちだって桑名のお武家さん方が薩長のへっぽこ侍なんかに負けるはずがないって、信じちゃいるんですよ。でも、やっぱり俺たち庶民は、どっかこう肝が据わらねえというか、ついつい弱気になっちまいましてね。なんとなく不安に駆られて、こんなもんに頼ったりしてしまうんでさあねえ」

平三はそう言って、懐から小さく折り畳まれた紙切れを取り出した。

差し出されたその紙切れを、孫八郎は受け取って、ゆっくりと開いてみる。

神籤《みくじ》であった。真ん中に「大吉」と大書されている。

「さっき宗社さんで引いてまいりやしてね」

平三は照れ臭そうに頭を掻きながら、

「俺はこう見えて根は信心深いほうでしてね。来たるべき戦の勝ち負けを占ってもらおうと思ったんでさあ。そしたら、ご覧のとおりの大吉。そこへきて今の酒井さまの力強いお言葉だ。ようやく俺は確信しやしたよ。戦は必ず桑名の勝ちだ。間違《まちげ》えねえ」

「どれどれ」

吉村もその神籤を覗き込むようにして、

「ほう、これは頼もしいな」

と、笑いかけた。

「そうでしょう」

平三が満面の笑みで応じる。彼はむろん江戸詰家老の吉村の顔を知らない。

「頼みましたよ、お武家さん。俺たちの暮らしを守ってくれるのは、お武家さん方しかいねえんですから」

「うむ」

苦笑交じりに頷く吉村。

「大丈夫か、ずいぶん酔っているようだが、ひとりで家まで帰れるか。なんなら送っていってやろうか」

孫八郎が心配そうに問いかける。

「いえいえ」

平三はいよいよ上機嫌に手を振って、

「心配事がなくなって、なんだかいい気分になってまいりやした。もう少し夜風に当たりながら、ぶらぶら帰りますから、どうぞご心配なく」

覚束《おぼつか》ない足取りで歩き出す。その危なっかしい背中を、孫八郎は苦笑して見送った。

「守らねばならぬ」

吉村が呟いたのは、平三の姿が完全に見えなくなった後だった。

「彼のような無辜《むこ》の民百姓が塗炭《とたん》の苦しみを味わうことのないよう、我等は決して舵取《かじと》りを誤ってはならぬのだ。そうであろう、孫八郎」

孫八郎は無言である。吉村のほうを見向きもしない。

「どうした、孫八郎」

ふと見ると、彼はじっと腕を組み、瞑目《めいもく》して何事かを思案している様子だった。

「何を考えている」

「吉村さま、わかりましたよ」

先程までとは明らかに言葉の調子が変わっている。

「桑名を救う道がわかりました」

「なんだと」

吉村は驚きの声を上げた。

「どうするのだ」

「吉村さま、明日の評定、私は少し遅れて行くかもしれません。それまで話をつないでおいてもらえませんか」

「なに」

吉村はいよいよ怪訝そうな表情を浮かべた。

「なぜ遅れるのだ」

「お願いします。そう遅くはならないと思いますから」

「別にかまわぬが……、そなた、いったい何をするつもりだ」

眉を顰《ひそ》める吉村。対照的に孫八郎の目は輝き始めている。

「ありがたい、あの酔っ払いのおかげですよ。これで桑名を救うことができる」

心の昂ぶりを抑えきれぬ口振りだった。平素の彼には珍しいことだ。

「さて、後は段取りをどうするかだな……」

孫八郎は何やらぶつぶつと独り言を呟きながら、呆気に取られる吉村を置いて、ひんやりとする夜の道をひとり早足で歩いていった。

翌日、宣言どおり評定に遅れて来た孫八郎が開口一番に提案した意見は、誰もが一瞬、わが耳を疑ったほど突拍子もないものだった。しばし驚きで言葉を失った後、

「そなた、正気か」

ようやくそう問い返したのは、前日に「三つの策」を論じ立てた秋山白賁堂である。

「かかる大事を籤引きで決めるなど……、そのような話、聞いたことがないわ」

「そんなことはありません」

孫八郎が即座に反論する。

「かつては籤引きで決まった将軍すらいたぐらいです」

「なに」

目を剥《む》く秋山の後ろから、

「酒井殿、その前例はあまり縁起がよくないな」

歴史好きの杉山が割り込んできた。

「貴殿が言っているのは足利義教《あしかがたかのり》公のことであろう。義教公は家臣たちの信望を得られず、暗殺されてしまったではないか」

足利義教は室町幕府の六代将軍である。彼の異母兄義持《よしもち》はみずからの臨終に際し、後継者を誰にするかを言い残さなかった。争いが起きることを恐れた幕閣の面々は「黒衣の宰相」として絶大な権勢を誇っていた醍醐寺三宝院の門主満済《まんさい》に助言を仰いだ。その結果、石清水八幡宮において神前の籤引きを行い、出家の身だった義教を還俗させて、次の将軍の座に据えることにしたのだった。

特異な経緯で将軍職に就いた義教は、そのことを引け目に感じてか、強硬な政治姿勢で有力守護大名を次々と排斥し、幕権の強化を図った。しかしながら、その強引すぎるやりかたが多くの反発を招き、やがて標的のひとりだった赤松満祐《あかまつみつすけ》の手にかかって殺された。満祐はその後、山名宗全《やまなそうぜん》率いる追討軍に滅ぼされたが、この事件によって室町幕府の権威は地に堕ち、その無力化がやがて応仁・文明の乱勃発から戦国乱世の到来へとつながっていくのである。

「たしかに、足利義教公の籤引きは成功だったとはいえないかもしれません。しかし、今回は違います」

「何が違うのだ」

「籤引きは、鎮国守国神社の神前にて執り行います」

孫八郎が告げた瞬間、杉山も秋山も顔色を変えた。

鎮国守国神社とは、桑名城の本丸に鎮座する神社である。もとは桑名松平家の家祖松平定綱を「鎮国大明神」として祀るために松平定信が白河城内に設けたものを、定信の子定永が桑名移封に際して遷座し、父定信を「守国大明神」として合祀したのが現在の形である。当然ながら藩士たちにとっては、この上なく神聖な存在であった。

「鎮国守国神社の神意によって導き出された答えに誤りがあろうとは、思われません。いかがです、ご一同」

みな返答に窮《きゅう》して俯く。何しろ彼等は幼い頃から先人たちを敬うことの大切さを叩き込まれて育ってきた。中でも最大級の敬意を払うべき定綱公、そして名君の誉れ高き定信公の意向を神籤《みくじ》によって問うという孫八郎の提案は、たとえどれほど無茶だと思ったとしても、決して反論が許されないものだった。

「孫八郎、そなたの申す籤引きとは――」

ここまでひとことも発せず、やり取りを見守っていた吉村が口を開く。

「抗戦と恭順のいずれかを選ぶということか」

「いいえ、籤は三つ用意します」

「三つ?」

「昨日、秋山先生が仰っていたではありませんか。わが藩が取るべき道は三つある。すなわち抗戦か、恭順か、あるいは江戸東下だと。籤はその三つを用意します」

「たしかにそういう話だったが……、抗戦と恭順はともかく、東下はどうであろう。儂にはあまり意味のないことのように思えるが」

「そんなことはありません」

　吉村の言葉を遮るようにして、孫八郎は言った。

「上さまの真意はわかりかねますが、少なくとも殿は向こうで再起を図るおつもりに相違ないと、私は思います。江戸には旗本八万騎と呼ばれる直参の精鋭たちがほぼ無傷で残っている。それに、勝安房守《かつあわのかみ》さまや小栗上野介《おぐりこうずけのすけ》さま、あるいは榎本対馬守《えのもとつしまのかみ》さまといった優れた幕臣の方々も健在です。加えて上さまが手塩にかけて育て上げたフランス式陸海軍も控えている。これに東国や会津・米沢・仙台など奥羽の列強諸藩が加われば、薩長に決して引けは取らないでしょう。これら幕府軍が江戸で反撃に転じるとなれば、殿は必ずや上さまや会津中将さまとともに陣頭に立ち、勇戦されるに違いありません。その時、我等がお側近くにいなくてどうするのです。みなで江戸へ向かい、殿の元へ馳せ参じる。これが第三の選択肢、江戸東下策の持つ意味です」

　その口吻はいつになく熱を帯びている。

「なるほど」

　杉山が膝を打った。

「道理かもしれぬ。要は最後に勝てばよいのだ。古来、戦とはそうしたもの。室町幕府を開かれた足利尊氏《たかうじ》公も一度は九州まで落ちながら、そこで勢力を盛り返し、最後に勝ちをおさめて天下を手中になされた。我等もまたその例に倣《なら》えということか」

「そういうことです」

　孫八郎は、わが意を得たりとばかりに微笑む。

その袖を強く引いたのは、吉村だった。

「おい、ちょっと来い」

孫八郎を引っ張って、部屋の外へ出る。

「そなた、どういうつもりだ」

「何がです」

「東下策など……、抗戦派を勢いづかせるだけではないか」

吉村が厳しい顔で詰め寄る。

「だいいち現実味がなさすぎる。昨夜も伝之丞が言っていたではないか。多くの下士たちには江戸へ行くだけの金が工面できないのだ。まさか藩が金を出してやるわけではあるまい」

「それが藩論と定まれば、もちろん金のことも考えてやらなければいけないでしょう」

「馬鹿な。わが藩のどこにそんな金がある」

吉村の語気が激しさを増す。

「それにだ。仮に藩士たちがみな江戸へ向かうことができたとして、残されたその家族たちや民百姓はどうなる。薩長の軍勢がこの城へ押し寄せてきた時、いったい誰が彼等を守るのだ」

「いいから、ここはひとつ私に任せてください」

「任せておけるか、これほどの大事を。それに、もし恭順の籤が出たとして、みながおとなしくそれに従うと思うか」

「私を見損なわないでくださいよ。それぐらいのことは、ちゃんと考えてあります」

孫八郎はそう言って、不敵とも取れる笑みを浮かべてみせた。

「もちろん籤ですから、何が出るかは引いてみるまでわかりません。しかし、たとえどの籤が出ようとも、後のことは私がきちんと始末します」

「ずいぶんな自信だな」

些か揶揄《やゆ》するような口調になったのは、少し挑発的な気持ちがあったせいかもしれない。しかし、そんな吉村の思いとは裏腹に、孫八郎は大きく頷き返して、

「あたりまえでしょう。自信がなければ、こんな危ない橋を渡ろうとはしません」

強い口調で言いきった。

「私は、どんなことをしてもこの桑名の地を守りたいんです。これからやろうとしていることで、私はもしかすると卑怯者の誹《そし》りを受けることになるかもしれない。しかし、その覚悟はできているつもりです。桑名の地を——ここに暮らす人々の安寧を守れるのならば、私はどんな卑劣な策だって用いてみせる。私はそう決めたんです」

いつも飄然として捉えどころのない若者の、かつて見せたことのない真摯な表情に、吉村はどこか気圧《けお》される自分自身を感じていた。

「さあ、戻りましょう、吉村さま。評定をつづけないと」

「あ、ああ」

孫八郎に促されるまま、ふたりはふたたび評定の場へ戻った。

その後は特段の反論も出ることなく、桑名藩の行く末は神籤の裁定に委ねられることとなった。

第二章　神籤の結末

夕刻、藩の命運を賭けた籤引きが始まった。

既に日はほとんど落ちている。薄暗闇を松明の灯だけが照らす。そのさまがかえって厳粛で、どこか幻想的な雰囲気すら醸し出していた。

緊張した面持ちで座っている孫八郎のもとへ、生駒伝之丞が駆け寄ってくる。

「みなさま、お揃いになりました」

「うむ」

力強く頷いて、孫八郎は立ち上がった。全身白装束である
「これより藩の行く末を決する神籤を引かせていただきます。私は先程、屋敷で沐浴して身を清め、このようないでたちでここへやってまいりました。この籤を引くことは、それだけ大切なお役目と心得ています。私の覚悟をしかとお認めいただき、導き出された神意を決して軽んじることなきよう、どうかお願いいたします」

「あいわかった」

応えたのは秋山白賁堂である。

「もとより鎮国守国大明神のお導きに背くつもりなど毛頭ない。みなでしかと見届けるゆえ、心して籤を引かれよ」

「心得ました」

微笑む孫八郎を、杉山広枝も、山本主馬も、小森九郎衛門も、そして吉村権左衛門も、無言のまま凝視している。彼等の視線を痛いほど感じながら、

「では、まいります」

孫八郎は一礼すると、神殿のほうへゆっくりと歩を進めた。

神殿からは、宮司が漆塗りの盆を高く掲げながら進み出てくる。

盆の上には、幾重にも重ね折られた小さな紙切れが三つ並べられている。

一同が固唾《かたず》を呑んで見守る中、両者一礼。

「いざ、お選びませい」

宮司が高らかに呼び掛ける。その声が少し震えているのは、緊張のせいだろうか。

「心得ました」

応える孫八郎の声音も、いつもに比べればどこか固い。

ゆっくりと手を伸ばし、しばし盆の上で逡巡《しゅんじゅん》する動きを見せた後、思い切るように勢いよく、その中の一枚に手を添えた。

「そちらでよろしゅうございますか」

「けっこうです」

「では、お取りください」

促されるままに籤を掴み取ると、宮司にそれを差し出す。

盆を傍らに置いた宮司が、渡された籤をそろりと開き始める。

静かに守っていた面々の間から、かすかなざわめきが洩れる。

不意に誰かが咳をするのが聞こえた。

宮司が思わず手を震わせ、籤を落としそうになる。危うく持ちこたえたところへ、

「気をつけてください」

孫八郎が小声で叱責した。

「藩の命運が託された大切な籤なのです。地面に落としたりしては縁起が悪い」

「申し訳ありません」

消え入りそうな声で詫びた宮司は、いよいよ震えが激しくなった手で、それでもなんとか無事に籤を開き切った。

「おたしかめください」

押し付けるような仕種で、孫八郎に手渡そうとする。

緊張した面持ちで、孫八郎は両手を差し出し、恭《うやうや》しくその籤を受け取った。

籤に視線を落とし、大きくひとつ深呼吸をしてから、ゆっくりと籤を開き始める。

――なんと書いてあるのだ。恭順か、抗戦か、あるいは江戸東下か。

みなの息遣いが、張り詰めた空気を伝って孫八郎のところまで届いてくる。

籤が開かれた。孫八郎の表情は動かない。

沈黙の中、藩士たちの眼差しが孫八郎の瘦軀《そうく》に集まる。

突き刺さる無数の視線。その重圧から逃れようとするかのように、孫八郎はまたひとつ大きく息を吐いた。

「どうなのだ、孫八郎」

たまりかねて声をかけたのは、吉村だ。

「早くみなに結果を知らせてくれ。いったい籤にはなんと書かれていたのだ」

つづいて、杉山のしわがれた声。

「早く結果を」

「我等はどうすればよろしいのですか」

堰を切ったように、みなが口を開き始める。

「神意をお伝えいたします」

孫八郎が甲高い声を張り上げた。

一同、呼吸することさえ忘れたかのように静まり、その言葉のつづきを待つ。

「神意は――」

不意に、風が吹いた。

風は、孫八郎の手から籤を攫《さら》う。

籤はひらひらと花弁のように舞い、吉村の足元にはらりと落ちた。

吉村はそれを拾い上げて、恐る恐る視線を落とす。

刹那、表情が強張った。

「どうなされました、吉村さま」

「なんと書かれているのです」

みなが口々に訊ねたが、吉村は応えない。

「吉村さまッ！」

誰かの焦れたような呼び掛けにも、やはり無言のままである。

「御免」

たまりかねた杉山が、吉村の手から籤を奪い取る。

慌ただしくそれを開き、記されている文字を目にした瞬間、

「おおっ」

と、声を上げた。

山本と小森が背後から籤を覗《のぞ》き込む。

「なんと書かれていたのだ」

さらにその後ろから、秋山の声が飛んだ。

「山本殿、小森殿、神意はいかに」

「神意は――」

みなのほうを振り返って、山本が叫ぶ。

「神意は、東下！」

「なんと」

「みなで江戸へ向かい、殿のもとで戦うのでござる！」

藩士たちの間にどよめきが起きた。

――そうだ、江戸へ行けば殿のもとで戦ができる。

――しかし、それでは桑名を捨てることになりはしないか。

――一時的なことだ。江戸での戦に勝ち、薩長の奴等を追い払えば、また戻ってこられるさ。

――そうだとも。みなで江戸へ行こう。殿はきっと我等を待っておられる。

昂揚した空気がたちまち広がっていく。

「酒井殿」

籤を握り締めたまま、杉山が問いかけた。

「よいのだな、これで」

「もとより、この籤の示す結果こそ藩論と定めていましたから。異論はございません」

「聞いたか、みなの衆。わが藩の行く末は江戸東下による徹底抗戦と相成り申したぞ」

うおおおおっ。

夜の帳《とばり》が降り始めた桑名の空に、男たちの喚声がこだまする。そのさまを呆然と見詰める吉村の傍らに、いつの間にか孫八郎が立っていた。

「吉村さま」

耳元で囁くように、そっと声をかける。

「私は行くところがありますので、これで失礼します。申し訳ありませんが、この場の後始末をお願いできますか」

「どこへ行くのだ」

「少し頼みごとをしたい方がいるのです。あまり夜遅くには訪ねづらいところですので、これからすぐに向かいます。ですから、後はお願いします」

「気軽に言いおって。いったい、どうやってこの場を収拾せよというのだ」

「適当にみなの昂ぶりを抑えておいてください。そして、おのおの急ぎ支度を整え、速やかに江戸へ向けて出立するよう伝えておいていただければ」

「勝手な奴め。まあ、いい。なんとかうまくやっておく」

「ありがとうございます」

言い捨てるようにして、孫八郎は小走りにその場から去っていく。

後に残された吉村は、

――やれやれ。

といった調子で肩を竦《すく》め――その実、満更でもないような微苦笑を浮かべながら、

「みな、聞いてくれ」

よく通る声で、藩士たちに語りかけ始めた。


半刻（約一時間）ほど後、孫八郎の姿はふたたび桑名城内にあった。

目の前には、婦人がいる。孫八郎よりいくらか年長だろうか。若さに似合わぬ落ち着きと気品を漂わせている。そして、とにかく美しい。切れ長の双眸に高く通った鼻筋、引き締まった唇。どこを取っても聡明さと慈悲深さ、明朗さが感じられる。

「どうだったのです、孫八郎。神籤の結果は」

問いかける声もやわらかい。それでいて、一本しっかりと芯が通っている感じだ。

「江戸東下に決まりました」

「東下……」

婦人の面差しに翳《かげ》りが浮かぶ。

「では、みな江戸へ向かうのですね」

呟く声は、憂いを帯びていた。

「得心がいかれませんか、大方さま」

大方さま――亡き先代藩主松平定猷の未亡人である。信州松代藩真田《さなだ》家から嫁いできた。定猷が若くして病死した時、ふたりの間には子がなく、庶子の万之助も未だ幼年で家督を継ぐことが困難だったために、美濃高須藩から定敬が養子に迎えられた。それに伴って彼女は剃髪し、珠光院《じゅこういん》と名乗って夫の菩提《ぼだい》を弔《とむら》う日々に入った。

聡明で意志が強く、誰に対しても優しく接することのできる彼女は、多くの若い藩士たちにとって憧憬《しょうけい》の的であったが、とりわけ孫八郎は幼い頃から彼女になつき、彼女もまた、利かん気ながらもどこか憎めぬところのあるこましゃくれた孫八郎を実の弟のように可愛がってくれた。

「そなたも江戸へ行くのですか?」

「いずれはそうなるでしょう。しかし、その前にやらねばならぬことがあります」

「やらねばならぬこと?」

「この桑名をひとまず薩長に預けるのです」

孫八郎の言葉に、珠光院は驚きの表情を浮かべた。

「城を明け渡すのですか」

「あくまで一時的なことです。江戸での戦に勝てば、ふたたび征西してこの城は取り返します」

「江戸での戦に敗れたら?」

「敗れませんよ。敗れぬように戦います」

「自信があるのですね」

「もちろん」

「戦になど一度も出たことがないくせに」

珠光院は辛辣《しんらつ》な言葉を吐きつつ、あくまで可憐に笑う。

彼女の言うとおり、孫八郎にはこれまで戦場経験がまるでない。禁門の変の時も此度の鳥羽伏見の戦いも、彼は国元にいて戦に加わっていないのだ。

「私が指揮を執ったら、もちろん負けますよ」

孫八郎はおどけたように口を尖らせてみせる。こんな表情を見せ合えるのも、互いの信頼関係ができているからこそである。孫八郎もまた珠光院のことを実の姉同様に慕い、時に甘えているのだった。

「では、誰が指揮を執るのです。山脇十左衛門あたりですか」

「ああ、山脇殿」

孫八郎の脳裏に赤ら顔の中年男が浮かび上がる。藩内では武断派の筆頭格ともいうべき男だ。京では定敬の傍近くで働き、禁門の変で大いに武勇を示して名を上げた。典型的な直情径行型の人物だが、情に脆《もろ》く仲間思いな一面を持ち、若い藩士たちから敬愛されている。

「まあ、総大将はあの人でもいいでしょう。しかし、実際の指揮は鑑ノ字に執ってもらいます」

「鑑ノ字?　ああ、立見鑑三郎ですね」

珠光院の顔がパッと明るくなった。

「殿のお供をして京へ出立する前に、ここへ挨拶にやってきました。たしかそなたとは同い年の親友なのでしたね。心映えの涼やかな好もしい若者でした」

「私とは違って、とでも言いたげですね」

孫八郎が減らず口を叩く。

「そうそう、そなたとは違って」

珠光院は愉《たの》しげにそれに乗った。

「殿もずいぶん高く買っておいでのようでしたが、あの若者にそれほどの軍才が？」

「もちろん私も実際に戦の指揮を執ったところを見たわけではありませんよ。しかし、あいつには間違いなく名将の素質があります。あいつにもし百万の軍勢を与えたら、薩長軍を破ることは言うに及ばず、天下だって取ってしまうかもしれません」

「そなたが友人のことをそれほど誇らしげに語るなんて、意外ですね」

「そうですか」

「頭のよさなら自分が一番だと思っているものとばかり」

「むろん頭は私のほうがいいに決まっていますよ」

孫八郎は少しむきになって言う。

「ただ、将才に関していえば、鑑ノ字が些か勝っているということです」

「はいはい、わかりました」

幼子をあやすように、珠光院は笑いかけた。

「で、今宵はどうしたのです。籤引きの結果を伝えるためだけにここへ来たわけではないのでしょう」

「あ、そうでした」

孫八郎は慌てて姿勢を正し、

「大方さま、実は折り入ってお願いいたしたき儀があって、まかり越しました」

しかつめらしく口調を改めた。

「申し上げましたとおり、わが藩はこの城をいったん薩長軍に明け渡し、江戸にて再起を図ることと相成りました。既に藩士たちは東下の仕度を始めており、準備が整った者から順次、江戸を目指すこととなります。私も遠からずここを離れることになるでしょう。となると、この城をどなたかに託して、できるかぎり円滑に薩長軍に明け渡していただかなければなりません」

「その役目を、私に担えというのですか」

珠光院は小さく首を傾げてみせる。

「なぜ、女の私が」

「このような大事の折、真に頼りになるお方に男も女もありませんよ。それに、大方さまは――」

「信州松代藩の出だから、と言うつもりですか」

「ご明察」

孫八郎が悪びれもせず頷くと、

「そなたのことです。そんなことだろうと思っていましたよ」

珠光院は溜息交じりに微苦笑してみせた。

彼女の祖父真田幸貫《ゆきつら》は桑名藩にも所縁の深い松平定信の子で、信州松代藩十万石を領有する真田家の養子となり、一時は幕府の老中職まで務めた男である。西洋文化に造詣が深く、「蘭《らん》癖《べき》大名」の異名を冠されたほど開明的な人物だった。孫娘の珠光院が当時の女性には珍しいほど自己主張のはっきりした強気な性格に育ったのも、この個性的な祖父の影響が大きかったたかもしれない。

この真田家が治める信州松代藩というところは、とりわけ長州系の志士たちにとって、一種独特の神聖さを帯びた藩であった。

というのも、松代藩はひとりの怪物を世に送り出していた。その名は佐久間象山《さくましょうざん》。洋学者である。

幼くして神童の誉れ高く、世子真田幸良《ゆきよし》の近習として出仕。後に江戸へ上って諸学を修め、藩内随一の学識を身に着けた。生来傲岸不遜《ごうがんふそん》な性格で、藩の重役らに対しても臆することなく物を言い、しばしば過激な意見を具申して煙たがられた。そんな象山の跳ね返りぶりを愛し、優れた資質を認めた藩主幸貫は、彼をみずからの顧問に任じ、藩の軍制近代化などの施策に携わらせた。

その後、江戸木挽町に私塾を開いた象山は、勝海舟《かつかいしゅう》・河井継之助《かわいつぐのすけ》ら多彩な弟子たちに薫陶《くんとう》を与えたが、そんな弟子たちのひとりに長州の吉田松陰がいた。

後年、松陰は郷里に開いた松下村塾で後進の指導に当たり、教え子だった高杉晋作や久坂玄瑞らが討幕運動の中心となって長州藩の舵を取った。その高杉も久坂も、ともに短い期間ではあったが、いわば「師の師」である象山に教えを受けていた。

今、桑名に迫ろうとしている敵軍の中枢には、長州出身者が数多く含まれている。彼等にとっての信州松代藩は、ここまで自分たちを導いてきてくれた高杉・久坂の両雄、そして彼等が神の如く崇める吉田松陰の師を生んだ、特別な存在なのだ。そんな松代藩の姫君である珠光院のことを、だから彼等は決して粗略に扱えない。

「そういうことでしょう」

拗《す》ねたように頬を膨らませてみせる珠光院。少女のような仕種に、図星を突かれた孫八郎は頭を掻く。

「まったく、そなたらしい発想ですね。この私を駆け引きの道具に使おうだなんて」

「道具だなんてとんでもない。すべてはこの桑名を戦禍から守るためです」

「わかりました。他ならぬそなたの頼みです。それが藩のためになるのならば、喜んで引き受けましょう」

「ありがとうございます」

深々と下げた頭を元に戻した時、孫八郎の面上からは笑みが消えていた。

「大方さま、無礼の段は重々承知しています。でも、私は本当にこの桑名を救いたいんです。ここに暮らす人々を守るためなら私はどんなことだってするつもりですよ」

——だから貴女も覚悟を決めて協力しなさい、というのね。

不器用な伝えかたが、いかにも孫八郎らしいと思った。

「もちろん私も同じです」

真摯な眼差しを向けながら、

「ただ、ひとつだけいいですか」

珠光院は声音を改めて言った。

「なんです。お説教ですか」

おどけたような調子に戻って、孫八郎が切り返す。

「どうせまた、おのれの才知を恃《たの》みすぎるな、とでもおっしゃりたいのでしょう」

「そのとおりです。そこがそなたの悪い癖なのですから。あまり事を急ぎ過ぎると、周りの者たちはついてこられなくなりますよ。何しろそなたは頭がよすぎるのです」

「いやいや、ゆっくり慎重に、なんて言っている時ではないでしょう」

「それはそうですが……。しかし、藩士たちの中には、そもそも薩長と戦をすること自体に否定的な者たちもいるようですし、その者たちにしてみれば、江戸まで出向いていって戦をするなど、とんでもない話ではありませんか」

「行きたくない者は行かなければいいのです。ここに残って恭順していれば、戦には出なくて済む」

「彼等の立場になってみれば、そんなわけにはいかないでしょう。卑怯者と嘲《あざけ》られ、誹謗中傷にさらされることは目に見えています」

「誹《そし》られ、貶《けな》されるのが厭なら江戸へ行けばいいんです。しかし、戦に出たくないという強い気持ちがあるのなら、その強い気持ちでここに残り、いかなる誹謗中傷にも耐えて生きていけばいい。いずれにしろ道を選択するのは自分自身なんですから」

「孫八郎、みながそなたのように強い心を持てるわけではないのです」

珠光院の強い視線が孫八郎に注がれる。

「もし東下に反対する者たちが一斉に決起でもしたら、それこそ藩内は収拾のつかぬ状態に陥ります。そのようなことは断じて避けなければいけません」

「だからこそ、事を急がなければいけないのではありませんか」

孫八郎は苛立たしげに反駁《はんばく》した。

「今は誰もわかってくれないかもしれない。しかし、私はそれでもいいんです。結果として、この桑名を守ることができるのなら、誰にどう思われようとかまわない」

「そなたの気概は認めます。しかし、それだけで、みなを納得させられますか。今日、明日にも非戦派の者たちが暴発するかもしれませんよ」

「暴発？」

「もしも彼等が東下策に異を唱え、大挙して城へ押しかけでもしたら、そなたはどう対処します」

「ああ、それならば、ご懸念には及びません」

「どうしてです」

「明日には尾張藩に、薩長軍への口利きをしてくれるよう使者を送るつもりでいます。尾張藩の前藩主慶勝公は殿の兄上に当たられますから、頼れば悪いようにはされないでしょう。だから今宵一晩、何事もなく乗り切れば、明日には明け渡しに向けた具体的な話が動き出します。今宵は山本殿と小森殿が城に残っておいでですから、万が一そうした者たちが直談判にやってきても、年の功でうまく追い返してくれるでしょう」

「あのふたりに、そんなことができるでしょうか」

「それぐらいは頑張ってもらわないと困りますよ。何しろ藩の存亡がかかっているのですから」

「しかし……」

「なに、簡単なことなのです。要は、ここに残ってさえいれば、戦には出なくていい。城を明け渡すことは既に決まっているのですから。おそらく非戦論を唱える者の多くは下士だと思いますが、幸いなことに彼等には金がない。江戸へ行って戦いたいという気持ちはあっても路銀が捻出できなかったのだといえば、卑怯未練の誹りからも逃れることができます。仮に本人たちがそれに気づいていないようなら、山本殿と小森殿がそれとなく気づかせてやればいい」

——ああ。

珠光院は深く嘆息した。孫八郎の言葉に、計り知れぬ危うさを感じ取ったのだ。

彼には悪い癖がある。少なくとも珠光院はそう思っている。

孫八郎は幼い頃から人並み外れて賢かったが、決して他人を馬鹿にしたり、不当に低く見たりすることはなかった。多少ひねくれてはいるが、昔から一貫して性根は悪くないのである。むしろ純良で、性格的にも可愛げがないわけではなかった。しかし、孫八郎の決定的な欠点は、

——誰だって、これぐらいのことは思いつくだろう。

しばしばそんなふうに決めてかかることだった。

実際のところ、多くの者たちの頭脳は孫八郎のように高速では回転しないし、いつも思い切った決断が下せるわけでもない。惣宰として藩を支えていく上で、孫八郎にはそのあたりの機微をもう少し理解させなければ、と珠光院はかねてより密かに危惧していた。今、孫八郎が口にした言葉の裏には、まさにその「危うさ」が潜《ひそ》んでいる。

「孫八郎、くどいとお思いでしょうけれど、くれぐれも気を付けなさい。おのれの知を恃みすぎてはいけませんよ」

「……珠光院さま」

「なんです」

「よくおわかりですね。くどいです」

言うなり白い歯を見せて、いたずらっ子のような顔をした孫八郎は、クックッと楽しげに喉を鳴らしながら退室した。

後に残された珠光院はもう一度、今度は先程よりもいっそう深い溜息を吐いた。


この夜、珠光院の危惧は不幸にも的中する。

ちょうど孫八郎が珠光院のもとを訪ねていたのと同じ頃、下士たちの一団が城へ押しかけ、上士らに談判を求めていた。

「何事じゃ、騒々しい」

対応に出たのは山本主馬である。籤引きの後、ここへ戻って一杯引っかけていたようだ。少しばかり顔が赤い。

「そのようなところに突っ立っておらず、中へ入るがよい。なんなら、そなたらも一杯やっていくか」

いかにも人の好さげな笑顔で誘うが、下士たちは硬い表情を崩さない。

「我等、江戸東下には反対でござりまする」

先頭に立つ男が声を震わせて言った。長身だが、ひどく華奢な印象の若者である。

「そなた、名は」

傍らにいた小森九郎右衛門の目が鋭く光る。

若者は負けじと胸をそびやかせ、

「矢田半右衛門《やだはんえもん》と申しまする」

と、名乗った。

「わが藩の行く末を左右する重大な決定が、事もあろうに籤引きでなされたと聞き、我等一同居ても立ってもおられず、かように罷《まか》り越した次第。無礼は百も承知ゆえ、お咎《とが》めも覚悟の上でござりまする。どうか要職の方々に話を聞いていただきたい」

「わかった。ちょうど奥に何人かおるゆえ、みなで聞こう。ともあれ中へ入れ。ここでは落ち着いて話ができぬ」

今度は矢田たちも山本の言葉に従う。奥へ入ると、

「どうしたのだ、このような夜更けに騒々しい」

「無礼であろうが。明朝、出直してまいれ」

既にそうとう出来上がり、呂律も怪しくなった上士たちが胴間声《どうまごえ》でがなり立ててきた。

「まあまあ、よいではないか」

山本が宥《なだ》める。

「この者たちはこの者たちなりに藩の行く末を案じてやって来たのだ。まずは話を聞いてやろうではないか」

「今さら話などしてなんになる。我等はもうすぐ江戸で大戦をやるのだ。そんな暇があったら一滴でも多く酒でも飲んでおいたほうがよいぞ」

「そのことでござりまする」

矢田の後ろにいた小柄な男が、体躯に似合わぬ大声を上げた。こちらもまだ若い。

「みなさまはその大戦、幕府軍に勝ち目があるとお考えですか」

「なに」

「申し上げにくいことながら、私はおそらく幕府軍に勝ち目はないと睨んでいます」

「これはまたずいぶんと大胆なことを言いおる」

小森が些か鼻白んだ様子で、

「そなた、名はなんと申す」

「大塚《おおつか》久《きゅう》兵衛《べえ》でござりまする」

「ほう、では大塚よ。勝ち目がなければ、わが藩はどうすればよい」

「恭順すべきかと存じまする」

大塚は淀みなく言いきった。

「薩長に許しを請えと申すのか」

その場にいたみなが気色ばむ。

「そなた、それでも桑名の侍か」

「恥を知れ、恥を」

口々に責め立てるが、

「勝ち目のない戦に無辜の民百姓を巻き込み、多くの犠牲者を出すことが、わが桑名の士道だというのですか」

大塚も負けてはいない。

「私はそうは思いませぬ。むしろわが身を犠牲にしても民百姓の安寧を守ることこそ、まことの士道ではありませぬか」

憤然と喰ってかかる。

「お歴々のみなさま方には、その覚悟を持っていただきたい」

「覚悟だと。ようもぬけぬけと。そなたこそ身命を賭して敵と戦う覚悟がないだけではないのか」

「敵とは誰のことを言っておられるのです。そもそも己丑《きちゅう》以来、我等が真に立ち向かうべき相手は薩摩でも長州でもなく、メリケンに代表される欧米列強だったのではありませぬか。この十年余りに及ぶ内紛は、わが国の歩みを大きく後退させています。そんなことをしている暇はないのに……」

「貴様は、わが藩が京でしてきたことを真っ向から否定するのか」

「では、逆にお訊ねします。我等が京でしてきたことは、この国にいったい何をもたらしましたか」

「なんだと」

「薩長の横暴を押し止めることはできず、結局は戦に敗れて、この有様です。これでも我等のやってきたことは正しかったと胸を張れるのですか」

「おのれ、雑言を。許せぬ、そこへなおれッ！」

「反論できなくなったから、斬るというのですか。なんという短絡的な」

「黙れ。そなたのような奴は、わが桑名藩の面汚しだ。この手で斬って捨ててやる」

激昂して立ち上がった小森を、山本が目顔で制止した。

「よせ、身内同士で言い争っている時か」

「しかし、この男――」

「大塚といったな」

憤懣やるかたなしといった様子の小森を横目に、山本は大塚に正対して語り掛ける。

「そなたの考えはよくわかった。だが、我等も桑名武士の端くれぞ。覚悟があるや否や、その答えをしかと見せてやろう。明日、もう一度ここを訪ねてくるがよい」

「明日でござりまするか」

「そうだ。そなたたちもともにまいれ。まことの武士の覚悟とはどのようなものか、とくと教えてやろう」

後ろに控える矢田たちにも声をかける。その口振りはどこまでも穏やかで、怒りや憤りといった感情はつゆほども感じられず、むしろ懸命にみずからの思いを伝えようとする下士たちへの慈愛の念さえ込められているように、大塚たちの耳には響いた。


「……で、夜のうちに山本殿と小森殿は腹を切ったというのですか」

報せを受けて、取るものも取り合えずに駆けつけた孫八郎は、荒い呼吸を整える暇もなく珠光院に問うた。珠光院は沈痛な面持ちで頷き、

「白けきった他の面々が帰った後も、ふたりはしばらく酒を酌み交わした後、その場で自害して果てたのだそうです」

と、告げた。

「なぜ、そんな……」

　孫八郎は拳を強く握り締めて、声を震わせる。

「どんなに責められたか知りませんが、何も死ぬことはないでしょう。だいたい江戸東下策なんて、はなからうまくいくはずがないんですから」

　地団駄を踏まんばかりの勢いで、孫八郎は捲し立てる。

「そもそも、どうやって全員が江戸へ行くつもりなのですか。藩士たち全員の路銀を藩が用立てるなど、どだい無理な話ですよ。それに、江戸へ辿り着いたところで肝腎の上さまに戦う気がないのだから、私たちにはどうすることもできません。いくらわが殿や会津中将さまが戦おうと躍起《やっき》になり、家臣たちがそのご指示に従いたくても、上さまがそれを許してくださらなければ、結局は何もできないのです」

「そなたは、はじめからそうと知っていて、あえて江戸東下に藩論が決まるように持っていったのですね」

「ええ、そうですよ。血気にはやる者たちをここへ残していては、恭順開城に支障が出ることは目に見えていますから」

「やはり、そういうことでしたか」

「そもそも敗戦の報せを受けたばかりの今、冷静な判断なんて下せるはずがないんです。しかし、少し時間をかけて考えれば、我等が取るべき道は恭順しかないことが誰だってわかるはずだ。それは私だって口惜しいですよ。戦わずして敵に膝を屈するなんて。しかし、私たちは意地でもそれをうまくやり通さなければいけないんです。藩のまつりごとを預かる身としてね。

徹底抗戦を唱える者たちは、そのためには邪魔なんです。ここにいてもらっては困る」

「……」

「だから、山本殿も小森殿も、明日までなんとか誤魔化し通してもらえれば、それでよかったんです。下士たちの言うとおり、抗戦派がいなくなった桑名は粛々と恭順開城の準備を進めていくことになるんです。何も腹を切らなくたって……」

「孫八郎」

珠光院が眉を顰める。

「そなた、今の話を山本や小森にわずかでも伝えていましたか」

「いいえ、言っていませんよ」

孫八郎は口を尖らせる。

「言えるもんですか、あの場の雰囲気で。それに、いちいち言わなくたってわかるでしょう、それぐらいは」

不貞腐《ふてくさ》れたような言い草に、珠光院は深々と溜息を吐いてみせる。

「だから私は言ったのですよ、才知を恃みすぎてはならぬと」

「何がです」

「なぜ山本や小森が、そなたの考えていることを、なんの説明も受けずに汲み取らねばならぬのです」

「いや、だからそれは――」

「誰でもわかるような簡単なことだから、ですか」

「……」

「聞けば、下士たちは山本や小森に対して、武士としての覚悟を示せと迫ったそうです。正面切ってそのようなことを言われては、彼等とて他に取るべき道が見つからなかったのでしょう。死をもっておのれの矜持を見せつけたのに違いありません。不器用ですし、それを正しいと言うつもりもありませんが、それでも誠実な彼等らしい身の処し方だったとは思います。そなたは、それをも愚劣と嘲笑うのですか」

そうだ、とは孫八郎は言わない。内心ではそう思っているが、あえて言葉は呑み込んだ。どのみち反駁されることはわかっている。この上、不毛な言い争いなどしたくはなかった。

しかし、

「そなたには、誠が欠けています」

珠光院は、そんな孫八郎の肺腑の深奥部《しんおうぶ》へ突き刺すようなひとことを浴びせてきた。

「はぁ？」

さすがの孫八郎も、こうはっきり言われては黙っていられない。

「私の何がいけないというのです」

憤然と喰ってかかる。

「こういう時は往々にして威勢のいい意見が通ってしまうものです。でも、それは一時的な感情の昂ぶりに過ぎない。冷静になって考えてみれば、きっと違う答えが見つかるはずなんです」

「そのために、しばらく時を稼ぐつもりだったというのでしょう。しかし、そなたはその考えを誰にも伝えていなかった」

「だから、伝えられませんよ。そんなことを言ったと知られたら、私は抗戦派の連中に殺されてしまう」

「それで黙っていた。なのに、山本や小森にはそれがわかるはずだったと？」

「わかりませんか」

「わからなかったから、彼等は死ななければいけなかったのではありませんか」

「私のせいだというのですか」

孫八郎の声音が怒気を孕《はら》む。血走った双眸は、正気を失いかけている。

「藩を、民百姓を守るために、私ひとりがこんなに必死になって考え、策を講じ……、なのに、それがわからない奴等が次々と勝手なことをして、挙句、人ふたりの命まで奪う結果になって……。それがすべて私のせいだとおっしゃるのですね」

「何もそこまでは言っていませんが――」

「言っているではありませんか！」

「孫八郎、落ち着きなさい。私が言いたいのはそういうことではなく――」

「わかりました。もうけっこうです」

狼狽える珠光院に、孫八郎は決然と言い放った。

「なんだかもう馬鹿馬鹿しくなってきました。こんな藩、どうにでもなればいい。戦いたければ勝手に戦えばいいいんですよ。そして滅べばいい。みんな討死して、士道とやらにパッと華を咲かせればいい」

「孫八郎！」

「帰って寝ます。このところ、連日ずっと遅くまで城に詰めていて、ろくに眠っていないんだ」

「待ちなさい、孫八郎！」

「御免！」

珠光院の制止を振り切って、孫八郎は早足でその場をあとにした。


「まったく腹が立つ」

その夜、屋敷へ戻った孫八郎は妻の膝枕にその小さな頭を乗せて、憤懣《ふんまん》のかぎりをぶつけた。

「とにかく、戦だけは絶対に避けなければいけないんだ。総大将はいない、戦場での指揮経験がある者もいない、兵の数でも負けている。これでいったいどうやって戦えというんだ。あっという間に城を獲《と》られて、勝ちに気をよくした奴等の乱暴狼藉、略奪が始まる。どいつもこいつも、どうしてそんな簡単なことがわからないんだ」

「別にわかっていないわけではないでしょう」

妻のはつが笑いながら言った。

はつは豊橋藩士酒井直之進《さかいなおのしん》の妹で、孫八郎の遠縁に当たる。酒井家といえば三河譜代の武士の中では名門中の名門だが、直之進の家はその中でも本家筋に当たる一家だった。孫八郎の酒井家は分家である。

親同士の決めた縁で、互いの顔も知らぬうちに結ばれたふたりだったが、思いのほか馬は合った。というより、とかく子どもじみたところの残る孫八郎の性分をよく理解し、包み込むだけの大らかさが、はつという女性にはあったということである。年齢は孫八郎のほうが上なのだが、実際にははつのほうが姉のような、時には母のような情愛を孫八郎に注いでいた。

「みなさん、この桑名の地を守りたいという思いは同じなのでは？」

「思いだけで守れるのならば苦労はしないよ。どうすれば戦を避けられるか、もっと具体的に考えないと」

「下士のみなさんは、速やかに恭順すべきだと主張しておられるのですね」

「ああ、そうらしい」

「恭順すれば、あなたがおっしゃるように、戦を避けることができるのではありませぬか」

「恭順がすんなり受け入れられればな」

「受け入れられないこともあるのですか」

「俺たちは薩長から恨まれている。特に京で多くの死者を出した長州は、京都所司代職を務めていたわが藩を蛇蝎《だかつ》の如く憎んでいるはずだ。今さら『まいりました』などと言ったところで、簡単に『はい、わかりました』というわけにはいかないだろうさ」

「でも、桑名には桑名の言い分があるのでしょう」

「もちろん、あるよ。我等は京都所司代の職務に従って、都の治安を守っていたに過ぎない。理は明らかにこちらにあるんだ」

「だからこそ、このまま屈服するべきでないと主張する方も多いのですね」

「彼等の気持ちはよくわかる。俺だって口惜しいさ。でも、この桑名の地を、ここに住む民百姓の暮らしを守るためには、戦は絶対に避けなければならない。そう思ったからこそ俺は、抗戦派を江戸へ追いやる工夫をしたんだ。籤に細工までして」

「大胆なことをなさいましたね。相手は神さまですよ」

「それぐらいの覚悟をもって当たらないと、恭順を勝ち取ることはできないということだよ」

孫八郎は上体を起こして、はつのほうへ向き直った。

「もしかすると俺は独走してしまっているのかもしれない。しかし、この藩は今、一枚岩になっていない。戦いたい者、恭順したい者、あるいは逃げ出したい者。思いは人それぞれだろう。そうした中にあって、俺がやらなければいけないことはたったひとつ。この桑名の地を戦火に巻き込まないことだ。そのためには何が必要か。俺が思うに、まずはその『たったひとつのこと』さえわかっていない奴等、つまり、おのれが武士の矜持を立てるためだけに無謀な戦を挑もうとしている奴等を出し抜くこと。一方では、冷静さを失うほど恐れ、怯えている者たちが余計な動きをしないように目を配ること。つまり、この『たったひとつのこと』をともに成し遂げられる者がいったい誰なのかを見極めることだ。そのためにも今は、おのれの胸の内をすべてさらけ出すことはできない」

「なるほど。しかし、それでは山本さまも小森さまも、あなたの本当のお考えがわからなかったのではありませんか」

はつは小さく首を傾げてみせる。

「だって、あなたは山本さまにも小森さまにも、今おっしゃったことをお伝えしてはいなかったのでしょう」

「ああ、伝えていない」

「山本さまも小森さまも、お気持ちの優しい方とうかがいました。おふたりは藩論が江戸東下と決まったにもかかわらず、異を唱えに来た下士のみなさんを得心させられなかったことに責任や無力感を覚えて、ご自害なされたのではないですか」

「……」

「あなたはきっと『なぜそんなことまでいちいち説明してやらなければいけないんだ』とおっしゃるのでしょう。けれど、人とはそういうものではありませんか。それぞれに性格の違いがあり、考え方の違いもある。何も言わなくてもわかるはず、などというのは思い込みに過ぎません」

「そうか」

孫八郎は口を尖らせ、拗ねたような顔をしている。

しばしの沈黙の後、

「俺のやりかたは間違っているのかなあ」

ぽつりと呟く言葉の最後が、少し震えた。

泣いているのか。覗き込んだはつから顔を背けるようにして、後ろを向いた孫八郎の小さな背中が、小刻みに震えている。その頼りない背中を優しく撫でながら、

「しっかりしてくださいな、惣宰さま。この難局から桑名を救えるのは、あなたしかいないのですから」

はつは笑いかけた。

「大方さまだって、きっとわかっておられますよ」

「どうだかな。俺のことなんて所詮、役立たずの小才子《こざいし》ぐらいにしか思っていないんじゃない

か」

「またそんな子どもみたいなことを言う。あなたほど頭のいい人が、この藩にどれだけいますか」

「……」

「大方さまだって、わかっておいでなのです。だからこそ、つい厳しい言葉をかけてしまうのですよ。はじめから期待していない相手に、そんなことを言うものですか」

「それは、まあ――」

そうかもしれない、とは思う。

「たしかに山本さまや小森さまにはお気の毒なことをしました。しかし、おふたりの願いもまた、この難局から桑名の地を守り抜くことだったはずです。違いますか」

「そう、だと思う」

「だったら、そのご遺志はあなたがきちんと引き継いで差し上げないと」

そう言って、はつは孫八郎の華奢な背中を力いっぱい叩いた。

「痛い」

「わかっておられるのでしょう、どうしたら、この桑名を守ることができるか」

「だから言っているだろう。とにかく、戦を避けること。それしか道はないんだ」

「ならば、あなたがそれを実現させないと」

「もちろん、そのつもりだよ。でも……」

「でも、なんです」

「結局、誰もわかってくれないのだから、どうしようもないんだ。どうすれば、みながこの単純なことを理解してくれるのか、もう俺にはまったくわからないんだよ」

「何を弱気なことを」

はつは大きく溜息を吐くと、さっきよりもいっそう強く夫の背を叩いた。

「痛いな。疲れているのだから、もう少し手加減してくれよ」

「誰もわかってくれないのなら、なおさらあなた自身がやるしかないでしょう」

「うん？」

膝の上で姿勢を変え、はつのほうへ向き直る。

「俺自身がやる？」

「そうですとも。こういうことは、時がかかればかかるほど難しくなるものです。もちろん、みなさんと協力して事に当たるに越したことはないでしょうが、すぐにはそれが難しいというのならば、まずはあなたひとりで動き出すしかないではありませんか。それが正しい道であれば、みなさんは後から必ずついてきてくださいます。独走？　よいではありませんか。それでこの桑名を守ることができるのなら」

はつが真っ直ぐに向けてくる眼差しに、孫八郎は吸い込まれそうな感覚をおぼえた。

「私は知っています。あなたはたしかに人並外れて賢いけれど、真骨頂はそこではありません。あなたが本当に凄いのは即断できる決断力と、それを行動に移せる実行力です。あとは――繊細そうな見た目とはおよそ正反対の図太さと」

「……褒めているか？」

「もちろんです。他の方なら躊躇《ちゅうちょ》してしまうようなことでも、あなたはそれが正しいと思ったら迷いなくやってみせる。でなければ、恐れ多くも神籤に細工なんてできるものですか」

「よせ、声が高いよ」

孫八郎は慌ててはつの口を塞いだ。

「俺だって罪の意識がないわけじゃないんだ。これしか他に方法はないとみずからに言い聞かせてだな――」

「わかっています。すべては藩を救うためでしょう。ならば、神さまだってお許しくださいますよ、きっと」

「おまえという奴は……。俺なんかよりもよっぽど図太い性根をしているよ」

呆れたような顔で見詰める孫八郎に、

「そうかもしれません」

はつは悪戯《いたずら》っぽく笑いかけた。

「よいではありませんか、お互い図太い者同士。繊細な者同士が一緒にふさぎ込んでいる家なんて、暗くて帰る気もしなくなりますよ」

「そうやって開き直るところが、また図太い」

ふたりは顔を見合わせ、声を立てて笑い合った。そうしているうちに少しずつ心がほぐれ、頭の中を埋め尽くしていた靄《もや》のようなものが解けていく。

「真正面から当たってみるか」

何かが吹っ切れたような口調で、孫八郎は言った。

「あれこれ策を弄《ろう》するのは、もうやめだ」

「やめて、どうなさるのです」

「明日、評定の席へ大方さまにおいでいただき、江戸東下策を却下していただくんだ。その上で、改めて開城恭順を藩論とする」

「反対される方もたくさんおられるのでは？」

「説き伏せるさ、全力でな」

「敵は、わが藩の恭順を受け入れてくれるでしょうか」

「もちろん、それも説き伏せる」

「自信がおありなのですね」

「いや、そういうわけではないんだ。やってみなければわからない。ただ――」

「ただ？」

「俺にできることはただひとつ。誠を尽くしてこの思いを伝えること、それだけだ。おまえと話して、やっとそれがわかったよ」

そう言って微笑む孫八郎の表情は、長患いから解放されたように晴れやかだった。


翌日、評定の場に姿を現した珠光院は、江戸東下策の無謀さを諄々《じゅんじゅん》と説き、主不在の今は口惜しさを押し殺して恭順し、戦を避けるべきではないかと藩士たちに訴えかけた。珠光院を国母と慕う藩士たちは涙ながらにその言葉を受け入れ、藩論は急転直下、恭順開城へと転化した。

となると、既に桑名へ向かって進軍している薩長軍への使者を選ばなければならない。旧幕府時代の恨みを晴らさんと躍起になっているであろう相手に無条件での恭順を受け入れさせる難しさは並大抵ではない。

「私がまいりましょう」

孫八郎はこの大役に名乗りを上げた。

「これは惣宰たる私の務めです」

平素飄々とした印象が強かった孫八郎が、かつてないほど決然とした調子でそう言ってのけたことに一同は驚いたが、同時にこれまで感じたことのないような頼もしさを覚えた。おそらく多くの者たちにとって、孫八郎の華奢な体がこの時ほど大きく見えたことはなかっただろう。

その思いは珠光院も同じだったらしい。彼女は孫八郎に向かって何度も嬉しそうに頷きながら、

「それでは、わが藩の行く末をあなたに託します」

と、宣言した。

「必ずや和平を勝ち取ってきてください。難しい役目ですが、相手も同じ人間です。誠を尽くして話し合えば必ずわかってもらえるはず。そして、あなたならそれをきっとやり遂げられると私は信じています。ここにいる藩士たちはもちろんのこと、この地に暮らす民百姓の命運もすべてあなたに託します。頼みましたよ、孫八郎」

「承知いたしました」

力強く返答した、この瞬間——酒井孫八郎の長く険しい闘いの日々が始まった。

第三章　和平を勝ち取れ

「なに、桑名から使者がやってきただと」

斥候《せっこう》からの報せを受けて勢いよく立ち上がったのは、いかにも「薩摩隼人」という言葉がぴったりの風姿を持つ大柄な男だった。

「どんな奴だ」

「何やら女子《おなご》のような、細っこい男でござりまする。見たところ、ずいぶん若いようなのですが、こちらが何を言っても『参謀の海江田《かいえだ》殿に会わせろ』の一点張りで、まるで埒が明きませぬ」

「ひとりで来たのか」

「いいえ、先頃恭順した亀山藩の名川力輔《ながわりきすけ》なる者が案内《あない》役として同道しておりますが……。いかがいたしましょう。力づくで追い返しましょうか」

「いや、待て。その男、名指しで儂に会いたいと言っているのだろう」

「なんでも京で何度かお会いしたことがあるとか」

「ほう、儂にか。なんという名だ」

「さあ、それは……。こちらが訊いても、お会いすればわかると言うばかりで」

「面倒臭い奴だな。よかろう、会ってやる」

大柄な男——東海道鎮撫総督《ちんぶそうとく》海江田信義《のぶよし》は、そう言って大儀そうに腰を上げた。

「ご無沙汰いたしております」

海江田の姿を見ると、孫八郎はまっすぐ顔を上げたまま言った。

しばし記憶の糸を手繰《たぐ》り寄せていた海江田は、やがてポンと手を叩き、

「思い出した。たしか酒井殿と申されたな」

と、笑いかけた。

「いかにも、酒井孫八郎と申します。京ではずいぶんとお世話になった時期もありました」

孫八郎の言葉には痛烈な皮肉が込められている。さすがに豪胆な海江田も一瞬、顔を強張らせたが、そこはさすがにすぐ立ち直り、

「政治とは複雑怪奇な鵺《ぬえ》の如きもの。昨日の味方が今日の敵となることもあれば、その逆もまたありえる。戦と同じでござるよ」

と、苦笑交じりに言った。

薩摩藩ははじめの頃、会津や桑名と手を組んで、京から長州派の勢力を積極的に排斥《はいせき》した。ところが、後に幕府が昔日の威を取り戻すことは不可能と見るや方針を一変させ、その長州と手を組んで討幕を推し進めた。昨日の盟友は今日の宿敵となり、対手の喉元に刃を突き付ける危険な存在に変質してしまっていた。

どことなくぎこちない挨拶と、それにつづく沈黙。重苦しい空気が流れ始めたのを、

「桑名といえば――」

先に破ったのは海江田のほうだった。

「公用方におられた立見鑑三郎殿は息災でござるか」

「さて、上方での戦より未だ戻りませせぬゆえ、しかとはわかりませぬが……。なかなかしつこき男ゆえ、そう容易《たやす》くくたばってはおりますまい」

「そうか、彼の御仁が鳥羽伏見での戦に加わっておられたのか。どうりで桑名の軍勢が手強かっ

たわけだ」

海江田は嘆息してみせた。

「わが藩にも腕自慢の猛者はあまたおるが、彼の御仁と立ち合うて確実に勝ちをおさめられると自信を持って言える者は、ほとんどおらぬであろう。わずかに中村半次郎《なかむらはんじろう》あたりが『おいならば』と申しておったが、それでも三本に一本は取られたに違いないと、みなで噂し合っておったほどだ」

「さて、どうでしょうか。何しろわが藩と違い、貴藩の方々は京洛の地で幾多の修羅場を潜《くぐ》り抜けておられますゆえ」

「また皮肉でござるか」

「とんでもない。実際のところ、わが藩には『人斬り』の称号を冠されるような者は誰ひとりおりませぬゆえ、その違いを申し上げたまで」

中村半次郎は「人斬り半次郎」の異名で知られた剣客である。ほとんど独学で示現流《じげんりゅう》を極めた彼が一度狙いを定めれば、その魔の手から逃れることは至難《しなん》の業《わざ》であるといわれた。

「なるほど、貴殿もなかなか喰えぬ御仁のようだ」

海江田が莞爾《かんじ》と笑った。その表情や口調に怒りや憤りはなく、むしろからりとした清々しさえ感じられた。

「貴藩のご意志は先に尾張藩を通して出された嘆願書にて、しかと拝読いたした。恭順を望まれておるようだな」

「いかにも」

珠光院を交えて行われた評定の後、孫八郎はすぐに伝手《つて》を頼って、西軍に宛てた恭順の嘆願書を尾張藩に託していた。尾張藩の前藩主徳川慶勝は、美濃高須藩から養子に入った人物で、桑名藩主定敬の兄に当たる。母こそ違うが平素から仲がよく、しばしば文なども送り交わしていた間柄である。

尾張徳川家は御三家に列せられる名門だが時勢を見る目がたしかで、穏健な性格の慶勝は幕府の限界を知り、新政府軍に与することを決めていた。その尾張藩に恭順の仲立ちをしてもらうべく、孫八郎は藩士の日下部武右衛門《くさかべたけうえもん》を使者として送り込んだ。

ところが、尾張藩の首脳らは言を左右し、西軍への橋渡しを拒絶した。

実のところ、この時期の尾張藩は内紛による混乱のさなかにあった。藩内で「金鉄組《きんてつぐみ》」と呼ばれた尊王派と「ふいご党」を称する佐幕派が激しく対立。ついには「青松葉事件」と呼ばれる一大疑獄事件に発展する。孫八郎が使者を送った十日ほど後には、家老以下十名を超える佐幕派藩士が処刑されるなど、藩内に粛清の嵐が吹き荒れた。そんな状況下の尾張藩に、他所《よそ》の面倒を見ている余裕などあるはずがなかった。

それならばと、孫八郎が次に目を付けたのは同じ伊勢国の亀山藩だった。

亀山藩は石川《いしかわ》家五万石。当時の藩主成之《なりゆき》ははじめのうち佐幕論者だったが、進軍してきた西軍に砲撃を仕掛けられると、とうてい勝ち目はないと判断し、一転恭順の姿勢を見せた。

この亀山藩の重臣名川力輔という人物は、孫八郎とは旧知の間柄だった。孫八郎は彼に本営までの案内役を頼んだのだ。

「恭順と申されるが、はたして本当に信じてよいものか。何しろ貴藩はつい先頃まで京都所司代として我等の同志を数多く捕え、あるいは斬り捨てておられたゆえな」

「お言葉ながら、それはお役目ゆえのこと。逆に我等の仲間もそちらの同志の方々の手にかかって大勢傷を負い、命も落としております」

「なるほど、それはそうだ」

海江田はあっさりと引き下がった。

「こういう時代だからな。お互い恨みは水に流していくべきかもしれぬ」

「できることならば」

「ならば、ここからは建設的な話をしよう」

大きな体を揺らしながら、海江田は言う。

「まずは貴藩の恭順の意志が確固たるものだということを、なんらかの形で示してもらう必要がある。でなければ、我等はともかく長州の者たちが納得しないだろうからな」

「と、申されますと?」

孫八郎が探るような口調で問いかける。

「まずは武器弾薬をすべて接収《せっしゅう》するところから始めたい」

「言われるまでもありません。わが藩にはもはや必要のないものです」

「そのように安請け合いをして大丈夫か。貴藩にも血の気の多い者は少なくなかろう」

「そうかもしれませんが、藩論は恭順と定まりましたから」

否やは言わせませんよ、と孫八郎は小さく笑う。

ほう、と海江田が声を上げた。些か驚いた表情を見せている。目の前にいる一見、女性《にょしょう》のような風貌の青年が存外、強い意志の持ち主であることを見て取ったようだ。
京にいた時、藩同士の交渉事の席などで何度か顔を合わせた記憶はある。だが、この華奢な若者はほとんど発言らしい発言もせず、端のほうで静かに座って話を聞いているという、淡い印象しかなかった。

桑名藩の公用方には森弥一左衛門や立見鑑三郎といった、いかにも武張《ぶば》った感じの面々が揃っていただけに、時折会談の席に加わる酒井孫八郎という小柄な青年の存在は、どこか異質だった。郷里の薩摩にはあまりいない型の人物といってよく、それも聞けば、若くして家老職に就いているという。旧藩の重役など所詮、家柄だけで選ばれるのだろうが、それにしてもどのような男か、という好奇心はしかし一瞬のうちに忘れ去られ、それ以来、この若者のことを思い出す機会さえないままになっていた。

「わかった。ならば、武器弾薬の接収は貴殿にお任せしよう」

「うけたまわりました」

「次に藩士たちの処遇だが、やはり多少は不便な思いをしていただく必要があろうな」

「もとより覚悟の上です」

「おそらく貴殿も含めて、すべての藩士に屋敷で蟄居《ちっきょ》してもらうことになるだろう。城の明け渡しが済んだ後も、しばらくは外出は控えていただくことになろうが、それでよろしいか」

「恐れながら」

ここで孫八郎は眦《まなじり》を決して、

「屋敷からは出させていただきます」

毅然たる口調で告げた。

「ほう、蟄居には従えぬということか」

「さにあらず」

孫八郎は一段と語気を強め、

「藩士一同、ことごとく屋敷より出て城下の寺に分宿し、謹慎させていただきます」

「なんだと」

さすがの海江田も、この申し出には驚きを禁じえなかった。

「本気か、酒井殿。我等はあくまで屋敷にて蟄居せよとしか指示するつもりはないのだぞ」

「ご厚情には感謝いたします。しかしながら、それでは我等の誠をお見せすることができません」

「誠？」

「我等は心底から新政府に恭順し、この桑名の地に戦を起こさぬことを固く誓っております。そのためにはもちろん武器弾薬の類は必要ありませんし、屋敷とて喜んで明け渡します。それだけの覚悟を――藩士たちの思いを背負って私は今、ここへやってきているのです」

熱を帯びた視線が海江田をしかと捉える。

「ふうむ」

些か気圧されたように、海江田は唸《うな》った。

「恐れ入った。たしかに並大抵の覚悟ではないようだ」

「お汲《く》み取りいただき、ありがとうございます」

「よかろう、では藩士の方々には寺へ入っていただく。候補となる寺の名は改めてこちらへ届けてもらいたい」

「心得ました」

両者の会話はあくまで穏やかにつづけられている。だが、そこに漂う緊張感は尋常ではなかった。この場に同席している誰もが、呼吸をすることも忘れてふたりのやり取りを見守っていた。

「ところで、酒井殿。貴藩の主松平定敬公は今、江戸におられるはず。我等はいったいどなたから城を受け取ればよろしいのか」

「それは……」

孫八郎は一瞬、言葉を詰まらせたが、すぐに意を決したように、

「世子の万之助君にお出ましいただきます」

「世子と申されると、定敬公の？」

「いいえ、亡くなった先代の忘れ形見です」

「ほう、いくつになられる」

「当年にて十二歳におなりです」

「なに、十二だと」

幕僚《ばくりょう》たちがいきり立って、一斉に声を荒げた。

「けしからぬ、桑名は我等との交渉に子どもを出そうというのか」

「おのれ、官軍を愚弄《ぐろう》するとただでは済まさぬぞ」

「まあ、待て」

あくまで泰然とした態度で、海江田が彼等を制する。

「他に適当な方はおられぬのか」

「恐れながら、万之助君は若年とはいえ歴とした桑名藩松平家の世子です。これ以上に相応《ふさわ》しい方はおられません」

「なるほど。まあ、実際の交渉事は貴殿らが取り仕切るのであろうから、代表者など飾りでよいと言ってしまえばそれまでだが……」

海江田はまた少し考え込んでから、

「桑名の藩主が定敬公であることは動かぬ事実。その点はどうお考えか」

と、問うた。

「藩主のご意向をうかがわずして、勝手に城明け渡しを決めてしまわれるおつもりか。あるいは、その万之助君を新たな藩主としてお立てになるか。もっとも、そうなった場合、江戸におられる定敬公はおのれのまったく預かり知らぬところで家臣たちの手によってその地位を追われることになるわけだが、その点はいかに」

「海江田殿」

孫八郎は、肺腑の奥底から絞り出すような声音で呼び掛けた。

「おっしゃることは、いちいちごもっともです。しかしながら――」

きっと顔を上げ、鋭い眼差しを海江田に向ける。

「その先を、私に言わせるおつもりですか」

握りしめた拳の上に、雫が零《こぼ》れ落ちる。それが孫八郎の頬を伝った涙であると気付いた時、

海江田は表情を緩めて、

「あいわかった」

一転、からりとした口振りで言った。

「貴藩のお立場はよくわかり申した。我等も無用の血を流すことは本意ではござらぬ。されば、これよりただちに桑名へ戻り、城明け渡しの準備に取り掛かっていただきたい。万之助君にはとりあえず四日市あたりまでご足労いただき、そこで正式に約定を取り交わすこととといたそう。それでよろしいか、酒井殿」

「もとより異存はございません」

孫八郎は深々と頭を下げる。その薄い胸の内に、さまざまな思いが交錯する。

ひとまず交渉を成功裡に終わらせたという安堵感。この後、桑名へ戻って藩士たちにこの結果を伝え、全員を得心させせなければならないという緊張感、使命感。

そして、年端《としは》もいかぬ万之助を表舞台に引きずり出すことへの罪悪感。

――本当にこれでよかったのか。

脳裏に珠光院の面影《おもかげ》がちらつくたび、おのれの判断への確信が揺らいでいく。

さらには、江戸でいずれこの報せを受けるであろう定敬。彼はいったいどのような心持ちで自分たちの行動を受け止めるのだろうか。よくやったと、褒《ほ》めはするまい。勝手なことをするなと、怒るだろうか。弱腰よ、卑怯者よと誹り、罵《ののし》るだろうか。

立ち上がった瞬間、強烈な眩暈《めまい》に襲われ、膝から崩れ落ちそうになる。

「あっ」

傍らにいた名川が、慌ててその華奢な体を受け止めた。

「お疲れのようだな。少し休んでいかれるか」

心配する海江田の申し出を丁重に断って、孫八郎は名川に肩を支えられながら退出した。その姿が見えなくなると、

「あれでよかったのでござるか、海江田殿」

幕僚のひとりが不満を露《あら》わにして言った。

「万之助とかいう子どもに藩の行く末を決めることなど、できようはずがない。あの小男、この場をしのぐために口から出まかせを言っているだけではないのですか」

「そうではあるまい」

海江田はその言葉をきっぱりと否定した。

「あの男には京にいた頃、何度か会ったことがある。その時はなんの印象もない、ひ弱げな男だな、と思ったに過ぎないが、その周りにいる森弥一左衛門や立見鑑三郎といった他藩にまで名を知られた者たちが彼に接する態度を見て、考えを改めたことをようやく思い出した。おそらくあの男はひと目見ただけではわからぬ何かを持っているのだろう。そうでなければ、松平定敬公とてあの緊迫した状況下の京へわざわざ呼び寄せたりはするまい」

「それはそうですが……、せめて万之助を正式な桑名藩主であると、あの男の口から認めさせておくべきだったではありませんか」

「君はどこの出身だったかな」

「長州ですが、それが何か」

「そうか、長州か。ならば、桑名には恨みも深かろうな」

「なっ……、何も私は、個人的な恨みつらみで言うておるのではありません」

「立場を逆にして考えてみたまえ。君がもしあの男だったら、毛利《もうり》候を独断で貶めるようなことを、やすやすと口に出せるか」

「それは……」

「たしかに我等は今、戦のさなかにある。だが、元を正せば敵も味方も同じ日本人だ。こうして戦っているのも、この国の将来を思えばこそだろう。互いに無用の血は流すべきではない。相手が誠を尽くすのならば、我等はそれに真摯に応えるべきだ」

不服そうな長州藩士の男を残して、海江田はその場から足早に立ち去った。


どうにか持ち直し、名川とも別れて帰路についた孫八郎は、できるだけ体を揺らさぬよう、静かに馬を走らせた。

まったくもって自分の体のひ弱さが厭になる。虚弱なのは生まれつきで、幼い頃はたびたび高熱を発して死にかけたこともある。剣の稽古も決して嫌いではなかったが、長く竹刀を振っていると体力がつづかず息が上がってしまう。それでも周りの者たちに負けたくないと無理をして、その後しばらく寝込んでしまうことも多かった。

——俺に鑑ノ字のような頑健さがあればなあ。

思っても詮なきこととは承知の上だ。だが、やはり人は自分にないものに憧れる。同い年の鑑三郎や年長の森弥一左衛門のように誰からも認められる武人らしい武人になりたいと願ったことは、決して一度や二度ではない。

気付けば夕闇の色が濃くなってきている。急がなければ、今日のうちに桑名まで帰り着けない。

そう思って、細い足で馬腹を蹴ろうとした、その時である。

――ヒュッ
冷ややかな冬の空気を切り裂くような熱風が、孫八郎の耳元を襲った。

「うわっ」

思わず身をのけぞらせて、そのまま馬から転げ落ちる。

したたかに腰を打ちつけたが、なんとか立ち上がり、辺りを見回した。

どこに誰が潜んでいるのかはわからない。だが、鋭い矢に狙われたことはたしかだ。

敵が、いる。

――何者だ。

叫ぼうとしたが、咽喉がからからに乾いていて、声が出ない。

踏ん張った足がガクガクと震えている。まるで自分の体とは別の生き物のようで、わかっていても止めることができない。

――くそっ。

おのれのだらしなさに舌打ちした。こんな時、鑑ノ字や森殿ならば、些かも取り乱すことなく、冷静に刀を構えて姿の見えぬ敵に対峙するのだろう。敵はそんな堂々たる態度に気圧され、二の矢を射るのを躊躇うに違いない。それに引き換え、俺は……。

――ヒュッ
案の定、迷いのない鋭さで二の矢が飛来した。

小鹿のように震えている細い足のすぐ近くへ突き刺さる。

「わあっ」

泣きそうな叫び声を上げて、身を屈め、頭を両手で覆い隠す。

無様な格好なのは自分でもわかっている。だが、そんなことを気にしている余裕などなかった。と、そこへ、

「酒井殿ーっ」

遠くから呼び掛ける声――孫八郎には、紛《まご》うことなき天の助けのように思われた。

小走りに近付いてくる足音。蹲《うずくま》る孫八郎のすぐ側で立ち止まり、

「馬鹿な真似をするなッ！」

空に向かって一喝した。

「どこの誰か知らぬが、官軍の名を汚す振舞いは許さぬ」

低く鋭い声音は、凛然《りんぜん》たる響きを帯びていた。辺りに漂っていた剣呑な空気――おそらく姿を見せぬ敵が放っていた殺気であろう――が、瞬時にして消えた。

「大事ござらぬか、酒井殿」

一転して柔らかな声色になった救いの神を、蹲ったまままちらりと見上げて、

「ええ、おかげさまで、なんとか」

ほとんど消え入りそうな声で、孫八郎は応えた。

「どうやら怪我はないようですな」

そう言って手を差し伸べた男は、いかにも精悍な顔立ちをしている。痩せているが、孫八郎と違って筋肉質で、力強い。よく見ると端正な面差しをしており、切れ長の双眸は深い知性を感じさせた。

「そうですか」

「長州藩士、木梨精一郎《きなしせいいちろう》と申します。海江田殿とともに東海道鎮撫総督参謀を務めております」

孫八郎の声は、まだ掠《かす》れている。

「危ないところを助けていただき、ありがとうございました」

「まったく何者か知らぬが、恥ずかしいことをする。官軍の一員としての自覚がまるで足りておらぬ」

憤然と吐き捨てる木梨という男は、どうやらかなり若いようだった。孫八郎とそれほど変わらぬぐらいだろうか。

「われら長州人は佐幕派の諸藩――それも京で尊王攘夷派の志士たちを取り締まっていた貴藩や会津藩への恨みを、正直に申せば今なお忘れてはおりません。しかしながら、頭ではわかっているのです。貴藩には貴藩なりの道理があり、正義があったと。それがたまたま我等の道理や正義とは相容れぬものだった。そうではありませんか」

「そう、だと思います」

「今は元亀天正《げんきてんしょう》の時代以来の乱世です。互いの意見の違いからいがみ合い、傷つけ合った過去は仕方ないものと受け止め、今後はその過去をできるかぎり水に流して新たな世を作り、この日本を欧米列強に負けない強い国にしていかなければならぬのです」

　木梨という男は、聞き心地のいい声音で語りかける。孫八郎は依然として激しい動悸がおさまらぬのを感じながら、その言葉に耳を傾けていた。

「もしも今、貴殿に矢を射かけた馬鹿者がわが長州の人間であったならば、私が代わって詫びます。しかし、酒井殿」

　木梨はここで少し声を落として、

「実のところ、我等が本当に嫌っているのは貴藩でも会津藩でもありません」

　そっと秘密を打ち明けるように言った。

「薩摩ですよ。彼等ははじめ幕府と歩調を合わせて我等を京から追い落とし、大きな力を得ようとした。ところが、それがうまくいかぬと見るや、掌を返したように我等に近付き、ともに幕府を倒す側へ回った。機を見るに敏と言ってしまえばそれまでだが、あまりにも節操がない。その点、貴藩や会津藩は我等の敵だったが、その立場や主義主張は終始一貫していた。我等はむしろそうした姿勢にこそ共感を覚えます」

「それはどうも」

　木梨の言葉をどこまで鵜呑《うの》みにしてよいものかはわからないが、言わんとするところはわかる気がした。たしかに孫八郎自身も、ずっと対立していた長州には敵愾心こそあれ憎しみのようなものはないが、一時は仲間だった薩摩に対しては、何かもやもやとした割り切れぬ思いがある。

「私は薩摩が好きではないが、あの海江田信義という人は、それほど悪くないと思っています。

些か単純なところはありますが、話は通じるお人だ。貴藩が誠を尽くして恭順の意を示せば、悪いようにはしないはずです。健闘を祈りますぞ、酒井殿」

木梨は爽やかな笑顔を見せると、軽やかに手を振りながら陣営に戻っていった。

その背中を見送りながら、孫八郎はふーっと大きく息を吐く。

まだ心臓が不規則な音を立てている。

激しい恐怖。そして、動揺。そんな中でも、つとめて冷静に考えを廻らせる。

はたして何者の仕業だったのだろうか。薩摩か、あるいは長州か。

いや、もしかすると敵はもっと意外なところにいるのかもしれなかった。もっと、ずっと身近なところに……。

――やめよう。

孫八郎は考えるのをやめた。根拠のないことをあれこれ思い巡らせていても仕方がない。今はとにかく桑名へ戻り、改めて恭順の使者を送る手筈を整えなければならなかった。そのためには、幼い世子万之助を藩主定敬の名代として担ぎ出すことをみなに認めさせなければならない。

――大方さまがなんと言うかな。

その胸中を慮《おもんぱか》ると、孫八郎の心もまた暗澹たる思いに支配されそうになる。

万之助は珠光院の実子ではない。亡き夫と側室との間に生まれた庶子である。だが、珠光院は利発で素直な性格の万之助に実子同様の愛情を注いだ。万之助もそんな珠光院を実の母同様に慕っていた。

万之助に重荷を背負わせることに、珠光院は少なからず抵抗するだろう。

だが、今は躊躇《ちゅうちょ》している時ではない。自分が考えるべきことはただひとつ。桑名を戦火に巻き込まず、藩士たちや民百姓の安寧を守ることだ。そのために新政府軍への恭順を滞りなく果たすことだ。

「よし」

おのれに喝を入れるために一声叫んで、孫八郎は帰路を急いだ。

孫八郎の帰着を受けて開かれた評定は、のっけから紛糾した。

「酒井殿、貴殿は万之助君をわざわざ四日市までお連れした上、薩摩の海江田某に頭を下げさせようとなさるのか」

「なんたる不忠。仮にも桑名藩松平家の世子たる万之助君が、なにゆえそのような屈辱を……。聞けば、海江田という男は元々、島津家の茶坊主だったというではないか」

「そのようなことをして、江戸にいる殿のお立場はどうなるのだ」

轟々《ごうごう》たる非難の声を、孫八郎は顔色ひとつ変えずに受け止める。

こういう反応になるのは、はじめからわかっていた。万之助は聡明で、真っ直ぐな心根の持ち主だが、なんといってもまだ十二歳の少年なのである。これに藩の命運を背負わせるのはいかにも酷であろう。そんなことは、言われなくてもわかっている。しかし、定敬がここにいない以上、世子である万之助を担ぎ出すよりほかに敵を納得させる方法はないのだ。

「いかがですか、大方さま」

先程から言葉を挟《はさ》むことなく彼等のやり取りを見守っている珠光院に、孫八郎はあえて問いかけた。

「来たるべき西軍との交渉には、わが藩の命運がかかっています。敵ももちろん参謀の海江田殿だけでなく、総督の橋本実梁卿《はしもとさねやな》らもお出ましになるでしょう。となれば、我等としてしかるべき方にお出ましいただかなければ格好がつきません」

「しかし……」

珠光院は逡巡《しゅんじゅん》する。

「おそらくとても難しい交渉になるでしょう。はたして万之助に務まるでしょうか。何しろ、まだほんの子どもなのです」

「おっしゃるとおり難しい交渉になります。だからこそ、万之助君のお出ましが必要なのです」

孫八郎は語気を強めた。

「殿がおられぬ今、世子たる万之助君がそこにいてくださることが何よりも重要なのです」

「そうですね」

口では同意を示しながらも、珠光院の表情はやはり晴れない。

無理もないとは、孫八郎も思う。年端もいかぬ万之助を敵の陣営へ赴かせることは、猛獣の檻《おり》へ放り込むような決心が必要だろう。少年だからといって寛大に扱われる保証はないのだ。だが、もはやそれよりほかに藩を救う手立てはなかった。

「大方さま」

彼女の辛さはよくわかる。しかし、孫八郎は心を鬼にした。

「私たちが必ずお守りします。どうか万之助君のご出座を」

「控えられよ、酒井殿」

「未だ年若な万之助君を担ぎ出すとは、なんという無体な」

ふたたび湧き起こる非難の声にも、孫八郎は動じない。

「大方さま、ご決断を」

珠光院ににじり寄って、返答を促した。

「酒井殿、相手方の海江田信義という男、本当に信用できるのでござるか」

横合いから重臣の松平帯刀《たてわき》が口を挟む。その名が示すとおり藩主一門に列する男だが、それを鼻にかけるようなところは微塵もなく、若い孫八郎に対してもつねに礼節をもって接する温和な人物である。

「わざわざ出向いていって、万が一にも万之助君が辱めを受けるようなことだけは避けなければなりますまい」

「懸念は無用です」

孫八郎はきっぱりと言いきった。

「海江田殿も、ともに参謀を務めておられる木梨精一郎殿も、誠を尽くせば話の通じる人物と見受けられました」

「総督の橋本某なる公卿はいかがでござる」

「よくは存じませんが、おそらく総督は飾り雛でしょう。実質的な裁量権は海江田、木梨の両参謀が握っています」

「なるほど」

「海江田殿は薩摩、木梨殿は長州の出身です。両藩は盟約を結んでから日が浅く、互いを牽制《けんせい》し合っている。ことに長州の面々の薩摩への感情は複雑で、些かも心を許してはいないようです。むろん薩摩側もそうした感情は敏感に察しているでしょう。つまり、敵は必ずしも一枚岩ではないのです。上方での緒戦に勝利をおさめたとはいえ——いや、むしろ幸先よく勝ったからこそ、ここで事を大きくして、無駄な犠牲は出したくないはず。戦わずしてこの城を手にすることができれば、敵はいっそう勢いをつけることができます。そうしているうちに少しずつ両藩のわだかまりも解けていくかもしれない。海江田殿も木梨殿もそれを望んでいるに違いありません」

「なるほど、一理あるな」

帯刀は懊悩《おうのう》を隠せない珠光院のほうへ向き直り、

「大方さま、酒井殿の申されること、ごもっともかと存じまする。殿がおられぬ以上、交渉の席には世子である万之助君にお出ましいただくほかございますまい。なに、ご心配には及びませぬ。憚《はばか》りながら、不肖この帯刀も同道させていただきまする。もし万が一、万之助君の身に危険が及ぶようなことがあれば、この帯刀が一命に代えてお守りいたしますするゆえ、大方さまは安心して帰りをお待ちくださりませ」

珠光院の端正な顔が苦悶《くもん》に歪んだ。

彼女とて理屈ではわかっているのだ。藩主定敬が不在である以上、この藩を代表することができるのは世子の万之助しかいない。だが、わずか十二歳の少年にその役目はあまりにも重過ぎた。しかも、万之助は読書好きの大人しい性格である。はたしてその重みに耐えうるかどうか。たとえ耐えうるとしても、あまりに不憫《ふびん》だ。

「大方さまのお気持ちはよくわかります」

そんな心の内を見透かしたように、孫八郎がまた語気を強めた。

「しかし、ここはご決断いただかなければなりません。どうか、万之助君を――」

「そなたになぜ私の気持ちがわかるのです」

珠光院の口調が険しくなる。

「わかるはずがありません。私にとって万之助はわが子も同然なのです。必ず一人前にお育てすると亡き殿に誓ったのです。その万之助を――」

「いや、今は」

そのような話をしている時では、と身を乗り出しかけた時である。

「母上！」

襖《ふすま》の向こうから、甲高い少年の声がした。

がらりと開け放たれた襖の向こうに立っていたのは、

「万之助！」

紛れもなく万之助少年その人であった。

「そなた、聞いていたのですか」

驚く珠光院のほうへ歩み寄った万之助は、

「私はまいります」

力強く宣言した。

「私は桑名藩の世子です。殿がおられぬ今、この藩を背負うことができるのは私しかいません」

「しかし、万之助……」

「心配はいりませんよ、母上。万が一にも敵が私に危害を加えようとしたら、その時は帯刀が助けてくれます。それに――」

万之助は孫八郎のほうを向いて、

「孫八郎が一緒なら、そもそも私をそんな目に遭わせないような方法を、きっと考えてくれるはずです。そうだな、孫八郎」

と、目配せをしてみせた。

「もちろんです」

すかさず孫八郎が応じる。

「万之助君のことは、この私が絶対に守ってみせます」

「ほら、母上。孫八郎もああ言っています。この藩で一番賢いのは孫八郎だと、母上はいつもおっしゃっているではありませんか」

「私、そんなことを言いましたか」

些か慌てた素振《そぶ》りを見せる珠光院を尻目に、万之助はいよいよ嬉しそうな顔で、

「おっしゃっていますよ。孫八郎は賢くて頼りになる。いつか私が藩主の座に着いた時、きっとよき右腕になってくれるに違いないと」

そう言うと、今度は帯刀のほうを向いて、

「その上、帯刀までついてきてくれるのならば鬼に金棒です。孫八郎は賢いけれど、腕っぷしのほうはまるで駄目みたいですからね」

これには孫八郎も苦笑せざるをえない。その隣で満足げに頷く帯刀。

万之助の登場と、その無邪気な姿は、膠着《こうちゃく》していたその場の雰囲気を瞬く間に和《なご》ませた。頑《かたく》なな姿勢を崩さなかった珠光院も、うっすらと涙のにじむ双眸を細めながら、

「親はなくとも子は育つと申しますが……、知らぬうちにすっかり大人になっていたのですね、万之助は」

声を震わせた。

「母上、行ってもよろしいですね」

「わかりました。そなたの決意がそれほど固いのならば、もう何も申しますまい」

たまらず溢れ出した涙を袖口で拭《ぬぐ》いながら、

「孫八郎、帯刀。万之助のこと、よろしく頼みましたよ」

珠光院は頭を下げた。

「お任せください」

両名が力強く応える。かくして万之助は、不在の藩主定敬に成り代わり、桑名藩のいわば全権大使として、新政府軍との交渉の席に臨むこととなった。


一月二十三日。万之助一行の出立の日がやってきた。

孫八郎は昼過ぎにひと足先に桑名を出た。四日市まで進み、そこで法泉寺という寺へ入って、

一行を迎える準備を整えた。

万之助は帯刀らとともに夜になってから四日市へ入り、孫八郎の待つ法泉寺へ。

荷物を下ろすと、くつろぐ間もなく亀山藩士の名川力輔が迎えにやってきて、

「総督はじめ西軍幹部が会いたいと仰せなので、本営までお越しいただきたい」

と、促す。できることなら、もう少し旅の疲れを癒《い》やしてからにしたいところだったが、今はそのような贅沢《ぜいたく》を言える立場ではない。何より体力的にもっとも疲れているはずの万之助が厭な顔ひとつ見せず、

「わかりました。すぐにまいりましょう」

そう応えたものだから、帯刀らも従わざるをえない。

おのおの痛む膝や腰にみずから喝《かつ》を入れて、名川の後に従った。


名川に先導されて到着した本営では、既に西軍幹部がずらりと顔を揃えていた。

正面の床几《しょうぎ》に並んで座っている総督の橋本実梁と副総督の柳原前光《やなぎはらさきみつ》は、いずれも公家である。ともにひとことも発せず、熱のこもらぬ目で万之助らを見詰めている。

そのふたりの両脇には参謀の海江田と木梨がいた。彼等の視線もやはり万之助に注がれているが、ふたりの公卿とは異なり、鋭く値踏みするような眼差しである。

そんな中を万之助はひとり式台まで上がり、孫八郎・帯刀らはその手前に用意された白洲の上へ腰を下ろした。

「松平万之助殿か。ようまいられた」

作り物のような声を発したのは、橋本だった。

「ははっ」

対照的に、万之助は張りのある声音で応える。

「拝謁《はいえつ》を賜り、恐悦至極に存じまする。桑名藩世子松平万之助、本日は不在の藩主定敬の名代として罷《まかり》り越しました」

ほう、と小さく感嘆したのは、海江田だった。

「失礼ながら、おいくつになられる」

「十二になりまする」

「なんと、十二でござるか」

「不足でござりましょうか」

「いやいや、とんでもござらぬ。お歳に似合わぬしっかりとしたお振舞いに感心いたしたまでござる」

その言葉に、木梨も大きく頷いている。

「痛み入ります」

万之助は軽く頭を下げ、正面に着座する総督の橋本実梁を真っ直ぐに見据えながら、

「先に参謀のお二方を通じて、こちらに控えております酒井孫八郎より趣意はお伝えしておりまするが、わが桑名藩には官軍に楯突くつもりなど毛頭ござりませぬ。かくなる上は城を明け渡し、恭順させていただきたく存じまする」

少年らしい可憐さと、少年らしからぬ芯の強さが同居した目が、橋本の瓜実顔《うりざねがお》をしっかりと

捉《とら》えている。

「万之助殿」

橋本がやわらかな声音で語り掛けた。

「そなたの申し出はようわかった。我等としても無用な戦は避けたいと思うておる」

「あっ、では、お認めいただけまするか」

瞬間、万之助の表情が年齢相応のあどけなさになる。

「ああ、いや、そうと決まったわけでは——」

ないのだが、と言いながらも、橋本の顔はもう綻《ほころ》んでいる。

「まあ、こうしてわざわざ出向いてくれたのだ。悪いようにはいたさぬゆえ、安心なされよ」

「かたじけのうござりまする」

毅然《きぜん》とした態度に戻って、万之助は頭を下げた。

「万之助殿」

今度は木梨が声をかける。

「かねてお伝えしていたとおり、恭順に際してはいくつか約束していただきたいことがあります。まず、城にある武器弾薬はすべてこちらに引き渡していただきますが、よろしいかな」

「承知しております。恭順すると決めた以上、我等には不要なものでござりまする」

「うむ」

淀みない言葉に、橋本が満足げに頷いてみせた。

「わかりました。では、段取りは後程、酒井殿とご相談させていただくことにしましょう。それから、もうひとつ。藩士のみなさまはしばらくの間、いくつかの寺に分かれて謹慎していただくことになりますが、そちらもお認めいただけますか」

「それは……」

万之助は苦渋の表情を浮かべて、

「もちろん受け入れる覚悟はできています。藩士たちも同じでしょう。ただ――」

「ただ？」

「寺で過ごす間、藩士やその家族たちがなるべく不自由さを感じずに済むよう、ご配慮いただけないでしょうか」

緊張で震える声を励ましながら、海江田と木梨の顔を交互に見遣《みや》る。

「恭順を申し出ている身でありながら厚かましいお願いであることは、重々承知しています。しかしながら、藩士たちは先の上方での戦で主君に戦地へ置き去りにされ、今また仕えた城や、住み慣れた家屋敷を奪われようとしているのです。彼等はこれまで藩のために一生懸命働いてくれました。みな真面目で優しく、善《よ》き者ばかりです。私は世子という立場にあります。いずれ藩主となり、この藩を背負って立つ日がくるかもしれません。だから彼等を守らなくてはいけない。もちろん、そういう思いもあります。でも、それだけではないのです。私は彼等が好きなのです。ここにいる酒井孫八郎は少々ひねくれていますが、頭のよさは藩では並ぶ者がありません。また松平帯刀は頭はそれほどよくありませんが、とても優しく、剣の腕にも優れています。ふたりとも私にとっては大事な、そして大好きな家臣です。このふたりだけでなく、私は家臣たちみなのことが大好きです。私たち幕府方は戦に負けた身です。贅沢を言えないことはわかっています。しかし、どうかお願いします。私の大好きな家臣たちに、あまり辛い思いをさせないでやってください。お願いします」

万之助の双眸から大粒の涙が零れ落ちて、膝のあたりを濡らしていく。肩を震わせ、嗚咽《おえつ》しながら、それでも懸命に言葉をつづけるその姿に、居並ぶ兵たちの中からも思わずもらい泣きする者が現れたほどだった。

「あいわかった」

橋本の声も、感動に震えている。

「万之助殿、藩士たちを思うそなたの気持ち、しかと汲み取った。我等は天朝の旗を掲げる官軍だ。そなたのように奇特な志を持つ者を、どうして粗略に扱うことがあろうか。安心いたせ、万之助殿。殊勝に恭順の意を示してさえおれば、我等は決してそなたらを悪いようにはいたさぬ」

隣にいる柳原も、しきりに頷いている。こちらは橋本よりもひと回り以上若いだけに、感情がよりはっきりと表れていて、その目はもう真っ赤である。

「そうだな、海江田」

「仰せのとおりでございます」

海江田は万之助に微笑みかけた。

「万之助殿、後のことはそこにおられる酒井殿らとも相談し、よきように取り計らいますゆえ、ご心配には及びませぬ。夜分遅くにお疲れのことでございましょう。今日のところは宿所の法泉寺へ戻られ、ゆるりとお休みなされよ」

「お心遣い、かたじけのうござりまする」

ゆっくりと一礼して、万之助は立ち上がった。

次の瞬間、ふらりと倒れそうになる。

「危ない！」

慌てて駆け寄った帯刀が、そのか細い体をしっかりと抱きかかえる。

「大事ございませんか」

「すまぬ、少し眩暈がしただけだ」

気丈に応える万之助だが、その声には生気がない。もともと色白な顔は血の気を失って、ほとんど蒼白になっている。

「万之助殿はお疲れのようだ。早う連れ帰って差し上げよ」

橋本が気遣わしげに声をかける。帯刀は万之助の体を背負って、その場を退出した。

孫八郎は海江田と木梨に小さく頭を下げて、後へつづこうとする。

「酒井殿」

その薄い背中を、木梨が呼び止めた。

「万之助殿は、きっと素晴らしい藩主になられるでしょう。来たるべきその日のためにも、ここで無用の戦が起きるのを避けられたことは、本当に喜ばしい。酒井殿、桑名藩の輝かしい将来を守ったのは、あなたですよ」

声に感動の響きが込められている。その熱量にどこか照れ臭さを感じた孫八郎は、

「だといいのですがね」

背を向けたまま、わざとぶっきらぼうに切り返して、逃げるように去っていった。

翌日、まだ疲れの癒えぬ万之助を四日市に残して、ひと足先に桑名へ戻った孫八郎は、さっそく登城して珠光院らに会い、交渉が首尾よく終わったことを告げた。万之助の健気な、それでいて堂々たる振舞いを伝え聞いた珠光院は人目も憚らず落涙し、

「亡き殿があの世から見守ってくださっていたのかもしれませんね」

そんな感傷的なことを言った。

珠光院の亡夫定猷は安政六年（一八五九）、二十六歳の若さで急死した。決して目立つ才覚の持ち主ではなかったが、人柄がよく誰からも慕われた。折しも逼迫《ひっぱく》の度を増しつつあった藩財政の立て直しに神経をすり減らしたのも、藩を守ろうとする強い使命感ゆえだったであろう。その心労が結果として彼の命を縮めた。忘れ形見の万之助は、そんな父の生真面目さも、そしてあまり強くない体も色濃く受け継いでいる。

「それで、万之助の具合はどうなのです」

「少しお疲れが出たのでしょう。今朝、私が出立する時はまだ床に就いておられましたが、朝食もしっかりお召し上がりになりましたし、すぐに回復されることと思われます」

「そうですか。ならば、よいのですが」

「万之助君は、本当によく頑張られました。西軍の誰もが、万之助君の真摯なお姿に心を打たれていました」

「さよう」

横合いから口を挟んだのは、ともに桑名へ帰ってきた松平帯刀である。

「みな万之助君の堂々たる立ち居振る舞いに感嘆しきりでござった。そのおかげで交渉は速やかに、滞《とどこお》りなく終わったのでござる」

「そうでしたか」

珠光院は感慨深げな様子で目を閉じた。

「して、この後の段取りは」

「されば――」

孫八郎は少し姿勢を正してから、

「藩士たちには八つの寺に分かれて蟄居してもらいます」

と、切り出した。その語るところによれば――。

八百人近い藩士たちはみな屋敷を出て、本統寺・正念寺・照源寺など八つの寺に分かれて謹慎する。さらに、このうち藩主松平家の菩提寺《ぼだいじ》である照源寺へは珠光院も娘の初姫（万之助の妹）らを連れて入る。

孫八郎を含め、藩政の中枢にいる首脳陣は本統寺へ入って、ここをいわば藩の本営とする。もとより恭順の身ゆえ彼等に意志決定権など与えられるはずもないが、やはり藩内のことは慣れた者でなければ解決できぬことも多く、やがて送られてくる新政府側の代官と協議しながら事に当たっていくことになる。

「代官とは、どこの者が来るのでしょうか。もしも長州や土佐だったら、わが藩への恨みも強いでしょうから……」

ひどい扱いを受けるのでは、と危惧する珠光院に孫八郎はひらひらと手を振って、

「心配はいりません。やってくるのは尾張藩です」

莞爾と笑った。

「まあ、尾張藩」

珠光院の表情も明るくなる。

「尾張藩ならば、我等のことも悪くは扱わぬでしょうね」

「いかにも、両藩はいわば親戚同士でござる」

帯刀がすかさず同意する。

「海江田殿の格別のおはからいで、そういうことになりました」

「そうでしたか。して、開城の日取りは」

「みなさまには明日にもそれぞれの寺へ向かっていただきます。明後日丸一日かけて城内を清掃し、二十七日には我等も本統寺へ移ります」

「そうですか。慌ただしいですが、致し方ありませんね」

「かえって未練が残らなくてよいでしょう、それぐらいのほうが」

孫八郎はあえて冷たく言い放ったが、なるほど道理かもしれない。慣れ親しんだ城から離れるのに、下手に名残を惜しむゆとりなどないほうが思い切れるというものだ。

「わかりました。では、ただちにみなを集めて指示を出してください。私たちも急いで仕度をいたしましょう」

つとめて明るい調子で、珠光院は言った。

藩士たちに寺へ入るよう指示した後、孫八郎は帯刀と別れて自宅へと急いだ。

正直なところ、今すぐ地べたに寝そべってしまいたいほどに疲れている。だが、そうも言っていられない。

寺で謹慎するよう伝えた時の藩士たちの反応はさまざまだった。下士の多くは――恭順を直談判し、結果的に小森九郎右衛門と山本主馬のふたりを自害に追い込んだ矢田半右衛門・大塚久兵衛らも、神妙な面持ちで孫八郎の言葉に耳を傾けていた。彼等はもとより恭順を望んでおり、そのためなら寺で不自由な暮らしを強いられるほうが、戦になるよりはよほどましと考えているようだった。

だが、そんな彼等とは対照的に険しい顔で孫八郎を見据える者たちもいた。

「孫八郎、そなたはいつからそのような惰弱な男に成り下がったのだ」

中でも真っ向から非難の声を上げたのは儒者の秋山白賁堂である。かつての教え子とはいえ、今では相手は惣宰（家老）の身だが、そんなことにはお構いなしで、

「見損なったぞ、孫八郎」

教官時代と同じように激昂し、まくし立てた。

その後ろでは、ふたりの少年が同じように鋭い目で孫八郎を睨《にら》みつけている。ひとりは白賁堂の息子で、秋山断《だん》。そしてもうひとりは、藩内の少年中随一の秀才と呼び声の高い加太三治郎である。彼等は鳥羽伏見の合戦に参加すべく一月三日に桑名を出立したが、途中、奈良まで来たところで幕府軍の敗戦を知り、十一日に桑名へ戻っていた。ともに藩校立教館や大塚晩香

の私塾で学問を修めた、孫八郎の後輩たちだ。

「私たちも合点がまいりません」

断が叫ぶ。ひどく目を細めているのは、強度の近眼のせいである。その症状はほとんど弱視に近く、幼い頃から外で遊ぶのが難しいほどだった。それでも剣の修業に励み、新陰流をひととおり会得《えとく》するなど、人一倍努力を重ねてきた。そんな彼だけに、一戦も交えずして敵に屈服した上に、なんの罪科もないにもかかわらず寺で謹慎せねばならぬとは、とうてい受け入れられない屈辱的な仕打ちだった。

「百歩譲って恭順開城は致し方ないとしても、あくまで対等の立場で交渉すべきだったのではないでしょうか。これでは薩長に降伏したのと同じです」

「ああ、そうだよ」

孫八郎は事もなげに言った。

「降伏しようがなんだろうがどうでもいい。とにかく俺は桑名の人々を戦火に巻き込みたくない。それだけだ」

「そのために誇りを失っても、ですか」

「失わなければいいだろう」

孫八郎は即座に切り返す。

「城を明け渡そうが、寺に引き籠もろうが、すべてはこの土地に暮らす民百姓を守るためだ。俺たち武士の務めは民百姓を守ることだろう。戦をやって華々しく死ぬことでしか誇りを持てないようなら、そんなのは本当の武士じゃない」

「詭弁《きべん》です」

「詭弁なものか。正論だよ」

「あなたは腰抜けだ！」

「なんとでも言うがいいさ。腰抜けだろうがなんだろうが、俺はこの桑名を守ってみせる」

「戦に勝てば、こんな屈辱を味わわなくても桑名を守れます！」

「負けたらどうする」

「負けません」

「どうしてそう言いきれる」

「絶対に負けないという強い気持ちを持って、戦に臨むからです。命に代えても守るという、強い気概を持って――」

「相手だって同じだろう」

「また、そんな卑怯な言い逃れを」

「卑怯なのはどっちだッ！」

ここまでずっと穏やかだった孫八郎の口調が一変した。

ビクッと体を震わせる断。隣の加太三治郎も慌てて姿勢を正した。

「民百姓を守るために命を張って戦う、か。見上げた心掛けだな。だが、その結果、戦に負けたらどうなる。おまえが敵の刀の錆《さび》になった後で、民百姓はさんざん弄《もてあそ》ばれ、いたぶられるんだ。その責めを、死んだおまえはどうやって取るつもりだ」

「……」

「命に代えても守るなんて格好つけるのが許されるのはな、百戦やって百勝できる軍神のような奴だけなんだよ。そんな奴、この桑名にはいないんだ。ただひとりを除いてはな！」

平素、誰にも見せたことがないような激しさで捲《まく》し立てる孫八郎。その意外な姿に、みなが驚きを隠せずにいる。

「軍神でもない奴がそんなふうに言うのは、ただの無責任な自己満足だ。結局、おのれが格好よくありたいだけで、何かを真剣に守ろうと思っていないから、そんないい加減なことが言えるんだ。俺はそういうのが一番嫌いなんだよ！」

「孫八郎、もうそのへんでおやめなさい」

珠光院が窘《たしな》める。

「彼等とて桑名を守りたいという思いは同じでしょう」

少年たちは救われたような表情を見せたが、孫八郎の憤懣《ふんまん》はおさまらない。

「戦いたければ勝手に江戸へ行け。江戸の殿のもとで思う存分戦ってくればいい」

投げつけるように言うと、拳で床を思いきり殴りつけた。

少年たちは無言で俯いている。口惜しそうに唇を噛み締めてはいるものの、孫八郎の剣幕に恐れをなして、反論はできずにいた。そんな彼等を一瞥《いちべつ》してから、

「では、よろしいですね」

孫八郎はみなに向き直って告げた。

「おのおの屋敷へ帰って、すぐに仕度を整えてください。寺への移動は明日中に完了していただきますから、そのおつもりで」

まだ何か言いたげな顔を向けている者も多い。だが、孫八郎はそんな彼等を無視して立ち去った。


それから少し所用を済ませて、孫八郎が城を出たのは夕刻だった。

既に日が沈みかけ、辺り一面を薄暗闇《うすくらやみ》が支配しようとしている。

――しまった、急がないと。

彼もまた明日には本統寺へ移らねばならぬ身である。自分だけでなく妻にもその仕度をしてもらわなければならない。

こういう時、男と違って女は持っていく物が多い。本当に全部が必要なのか、男には理解できないが、

――そんなもの、置いていけばいいだろう。

などと言えば、たちどころに怒りを買い、反撃に遭うことは目に見えている。それも見越して、明日までに仕度させなければいけないのだ。

よし、と少しばかり足を速めた、その時である。

目の前に突如、人影が現れた。

覆面をしている。総身から漂う殺気が、尋常ではない。

ひと目見て、刺客だとわかった。

「酒井孫八郎、わが藩を敵に売り渡した罪は重い。その命、もらい受ける」

言うが早いか、猛然と斬りかかってきた。

「うわっ」

すんでのところで身をかわし、慌てて腰の刀に手をやる。

「無駄だ、おのれのような青瓢箪《あおびょうたん》に人は斬れぬ」

嘲笑《ちょうしょう》するような響きを込めて、覆面の男は言った。

孫八郎は、ゆっくりと刀を抜いた。真剣で人と斬り合うのは、生まれて初めてだ。道場での竹刀稽古とはまるで勝手が違う。どう動けばよいのか皆目《かいもく》見当もつかない。

「むんっ」

鋭く気合いの声を発して、男が第二撃を繰り出してくる。

受けようとした孫八郎の刀が、軽々と弾き飛ばされた。

「ああっ」

次の瞬間、孫八郎は苦悶の表情を浮かべてその場に蹲った。

左の肩口を斬り裂かれている。それほど深手ではなかったが、長着を血が濡らしていく。おさえた右手に、ぬめりとした温かいものが触れた。

痛みはさほど感じない。だが、立ち上がることができなかった。

恐怖で、歯の根が合わない。

荒く乱れた呼吸を整えることができない。

「無様《ぶざま》だな」

男が放った言葉には、強い怒りが込められていた。

「こんな他愛もない男に、俺たちは売られたのか」

「だ、黙れ。闇討ちするような卑怯な奴に、言われる筋合いはない」

「卑怯だと」

「そうじゃないか。なんの前触れもなく、いきなり斬りかかってくるとは」

「前触れなら与えたさ」

男はフンと鼻先で笑った。

「あの時、わざと的を外してやったのは警告のつもりだったからだ。しかし、おまえはそれを無視した。だから斬ることにしたのだ」

あっ、と孫八郎は思い当たった。海江田のもとへ交渉に赴いた帰りに射かけられた矢――あれは、この男が放ったものだったのか。

やはり敵は身内に潜《ひそ》んでいた。そう思うと、何やら妙に可笑しさが込み上げてきた。

「奸賊め、くたばれ」

男が刀を振り上げた、その時である。

背後から突然、何者かがその手を強く掴んだ。

「な、何をする。放せッ！」

懸命にもがくが、振り払うことができない。

凄まじい膂力である。顔を顰《しか》めた次の瞬間、男はどうと地面に投げ飛ばされた。

手から刀を取り落とし、慌てて拾おうとする。しかし、背後からその刀を蹴り飛ばされた。

「おのれ」

振り返った男は一瞬、

――あっ。

と、声を上げた。それとほとんど同時に、鳩尾《みぞおち》に激しい衝撃を受ける。

――ぐうっ。

言葉にならぬ呻きを洩らして、男は膝から崩れ落ちた。

ゆっくりと前のめりに倒れ伏す。そのままピクリとも動かなくなった。どうやら失神してしまったようだ。

何が起きたのか。わけがわからず、呆然としている孫八郎に向かって、

「相変わらずだらしがないなあ、孫サは」

笑いながら近づいてきた、その顔が月明かりに照らされた瞬間――。

「鑑ノ字！」

孫八郎は思わず大声でその名を呼んでいた。

朋友立見鑑三郎の透き通るような笑顔が、目の前にあった。


ふたりは夜道を連れ立って七里の渡しまで歩いた。

七里の渡しとは尾張の宮宿（熱田）と桑名を結ぶ渡し場である。城の北西部に位置し、風光明媚。しばしば浮世絵の題材にも選ばれた。かの有名な安藤広重《あんどうひろしげ》の『東海道五十三次』にも描かれた名所で、孫八郎も鑑三郎も幼い頃からよくここへやってきては、行き交う船や旅人たちを眺めながら時を過ごした。

今、漆黒《しっこく》の闇の中で行燈の灯だけが点る幻想的な夜の波止場に、彼等は並んで腰を下ろした。

「いつ、戻ってきたんだ」

「ついさっきだ。町田《まちだ》の兄上たちと紀州から船に乗り、浜へ辿り着いたところで藩論が降伏恭順に決まったと知らされた。兄上たちはそのまま三河へ向かったが、俺はひとり船を降り、こうして様子を見にきたんだ」

町田の兄上とは、鑑三郎の実兄町田老之丞《おいのじょう》のことである。ともに鳥羽伏見で薩長と戦い、大いに奮闘したものの敗残の身となって、海路を逃れてきたのだった。

「おぬしひとりでか。まったく無茶な奴だな」

「なに、敵がまだ桑名にまで歩を進めていないであろうことぐらいは察しがついたからな」

「さすが鑑ノ字、勘がいい」

「勘じゃない。理に適った洞察の結果だよ」

得意げに笑ってみせる鑑三郎。孫八郎とは同年齢の、無二の親友である。

藩士町田伝太夫《でんだゆう》の三男として生まれ、ほどなく立見家へ養子に入った。藩校立教館や大塚塾で孫八郎らとともに学んで優れた成績を挙げ、藩費留学生として江戸の昌平黌へ送られたこともある。生真面目な性格で、藩校でも大塚塾でも一、二を争う優等生だったが、まるで対照的な性向を持つ孫八郎とは、どういうわけか馬が合った。

その後、藩主定敬の京都所司代就任に際して上洛。公用方に任ぜられた。

当時の京は尊王攘夷派の浪士たちによる天誅騒ぎと、それを鎮圧せんとする会津・桑名の両藩、さらに会津藩が抱える剣客集団新選組や京都見廻組が入り乱れ、まさしく動乱の只中にあった。鑑三郎はその渦中に身を投じ、藩外交の顔のひとりとして重責を担った。彼の爽やかな言

動と誠実な人柄は好意をもって迎えられ、猛者揃いの新選組の面々でさえ、

——桑名藩の立見鑑三郎は若いが、本物の武士だ。

などと称賛し、一目置くようになった。

「鳥羽伏見の戦は、大変だったようだな」

孫八郎が言うと、鑑三郎は精悍な浅黒い顔から白い歯を覗かせて、

「まったく、大変なんてものじゃないさ」

からりとした口調で切り返してみせた。

「俺もこれまで数々の戦史の類《たぐい》を読み漁ってきたが、今まさに戦っている将兵を置き去りにして、総大将が夜逃げ同然に姿を晦《くら》ましてしまうなどという話には、とんとお目にかかったことがない」

「上さまは、どういうおつもりだったのだろうな」

「さあな。賢いお方だから、いろいろ思うところはおありだったのに違いないが、つまるところ兵を置いて逃げたことに変わりはない。総大将としては、まったく失格さ」

歯に衣を着せぬ言葉を並べたてるのも、心を許した親友の前だからこそだろう。

「そういう孫サのほうこそ、なかなか大変そうじゃないか」

鑑三郎はそう言って、悪戯っぽく笑う。

「いっそ、どこかで短筒でも買って持っておいたらどうだ。孫サの腕では大抵の刺客には楽々討ち取られてしまうぞ」

「うるさいな」

口を尖らせてはみたものの、その指摘が正しいことは当の孫八郎自身がもっともよくわかっている。今も鑑三郎の助けがなければ、きっと斬られて死んでいただろう。

「噂は聞いたよ、孫サ。どうやらそうとう嫌われているようだな」

「城を明け渡したことが気に入らない連中が大勢いるからな。恭順を主導した俺は、すっかり売国奴扱《ばいこくど》いだ」

「何しろ一戦も交えず、だものなあ」

「鑑ノ字も城明け渡しには反対か」

「あたりまえだろう」

鑑三郎は語気を強める。

「孫サは京にいた期間が短いから、薩長の連中の本当の汚さがわかっていないのだ。京での奴等の振舞いは、それはもう酷いものだった。勤王の美名を隠れ蓑《みの》に狼藉《ろうぜき》の限りを尽くし、京の人々を恐怖と不安のどん底へ叩き落した。知っているか、孫サ。奴等は御所に火を放ち、帝の御身に危害さえ加えようとしていたのだ」

「本当か」

「長州を中心とする過激派の面々が風の強い日に御所へ火を放ち、帝を長州へ無理やり動座させようと企んだ。それればかりか、混乱に乗じてわが殿と会津中将さまのお命まで奪おうとしていたのだ。会津も、恥ずかしながらわが桑名も、その企てにまったく気づいていなかった。ところが、優れた諜報網を持つ新選組がそれを察知してな。急遽《きゅうきょ》、御用改めが敢行されることになった」

「あの企てを察知できず、御所への侵入を許してしまっていたら……。そう考えると、今でもぞっとするよ」

鑑三郎は遠い目をした。京の治安を守るために命の炎を燃やしつづけた日の記憶を呼び起こしているのだろう。

「池田屋事件だな」

「だが、結果として俺たちは敗れ去った。勝てるはずの戦いを、みすみす逃してしまったのだ。総大将みずからが将兵を置き去りにして戦場を離脱するという、馬鹿馬鹿しすぎる結末でな」

「……」

「このままでは終われない。もう一度、全力で戦いたい。あの戦に加わっていた者は、みなそう思っているに違いない。だからこそ、ここで恭順などするわけにはいかないのだ」

「しかし、鑑ノ字。よく考えてみてくれ。俺たちの使命は――」

「わかっている」

身を乗り出そうとする孫八郎を、鑑三郎は笑顔で制した。

「わかっているよ、孫サ。おぬしの判断は正しい。勝ち戦で勢いに乗る今の薩長軍を桑名一藩で迎え撃ったとて、とうてい勝ち目はない。城を落とされ、町が焦土《しょうど》と化し、民百姓が殺されるのを未然に防ぐことができたのは、孫サ、おぬしのおかげだ」

「それなら、いいのだが」

孫八郎は、どこかおさまりの悪い面持ちで頷く。

「城はまたいずれ取り返せばいいだけの話さ。今は一時、奴等に預けておこう」

「やはり戦いつづけるつもりか」

「あたりまえだろう。こんな中途半端な負け戦のまま終われるかよ」

「江戸へ向かうのか」

「そうだな。江戸には殿もおられる」

「ああ、上さまとともに上方を離れられたと聞いた」

「殿のご意志ではないさ」

鑑三郎がまた語気を強める。

「上さまにたってと言われれば、拒むことなどできないだろう。むろん、それは同行された会津中将さまとて同じことだったはずだ」

「まあ、そうかもしれないな」

「なあ、孫サ。俺たちが生きていく上で、もっとも大切なものはなんだと思う」

「うん？」

唐突な問いかけに戸惑う孫八郎。

「難しい質問だな」

「そうか？　俺には簡単なことなのだがな」

「なんなのだ、その答えは」

「誇りだよ」

「誇り？」

「戦の勝敗は時の運だ。もし、鳥羽伏見の戦が俺にとって悔いのないものであったならば、素直に恭順しようという気持ちになることもできたかもしれない。だが、あの戦は、あまりにも無様すぎた。あれで終わりにしろと言われても、とうてい合点がいかないのだ」

「……」

「薩長軍は手強い。たとえ江戸で戦ったとて勝てる保証はない。だが、自信がないわけじゃない。もう一度、きちんとした形で戦をやらせてもらえれば、俺たちはきっと勝てる。だからこそ……、今はひとまず孫サのやりかたでよかったのだと思うよ」

「ひとまず、か」

孫八郎は複雑な表情を浮かべてみせる。反論の言葉は喉元まで出てきていたが、

——今は言うまい。

あえてそれを呑み込んだ。

鑑三郎の気持ちは痛いほどよくわかる。それは、おそらく多くの桑名藩士の思いを代弁するものだろう。もしかすると、孫八郎の潜在的な思いをも……。

「ならば、俺も言おう。俺が生きていく上でもっとも大切だと思うのはな」

孫八郎はここでひと呼吸置いてから、

「信念を貫くことだ」

強い口調で言った。

「なるほど、孫サらしいな」

鑑三郎は笑って頷く。

「そう言ってくれるのは、おぬしだけだ」

孫八郎も笑い返した。

「おそらく俺に信念なんてものがあるとは、誰も思っていないだろうからな」

「そうでもないさ。孫サの頑固さはみな知っているよ」

「頑固か、俺は」

「頑固だとも。だからこそ、大塚先生もおぬしには匙《さじ》を投げておられたんだ」

「不肖の弟子だったからな。関わるのも面倒臭いと思われていたんだろう」

「いや、先生はおぬしのことを買っていたよ。乱世にこそ才能を発揮する奴だとおっしゃっているのを聞いて、俺もそのとおりだと思ったのを覚えている」

「乱世か。今がまさにそうだな」

「ああ。そして孫サは先生の予言どおり才能を発揮し、この桑名の地が戦火に巻き込まれるのを防いだ」

「買い被るなよ。別に俺の力じゃない」

「ご謙遜だな」

鑑三郎は意味ありげな含み笑いを浮かべて、

「実際、神籤に細工なんてできる奴は、藩内広しといえども孫サぐらいのものさ」

「なんのことだ」

孫八郎はとぼけてみせる。

「俺は何も知らないぞ」

「そうか、ならば俺の思い違いだな」

ニヤリと笑う鑑三郎。

「俺はおぬしのことならだいたいなんでもわかっているつもりなのだがな」

「……責めるか、俺を」

「責めはしないさ。孫サが正しいと信じてやったことだろう」

「俺はな、鑑ノ字」

孫八郎は鑑三郎の言葉をあえて否定せず、真っ直ぐにその顔を見詰めながら、決意を込めた口振りで言った。

「どんなことをしてでも、この桑名の地で絶対に戦はさせない。そう心に決めたんだ。卑怯だのなんだの、言いたい奴には言わせておくさ」

「それが孫サの信念なんだな」

「ああ、そうだ」

「そうか。ならば、きっと桑名は守られるだろう」

鑑三郎は立ち上がった。

「俺は行くよ、孫サ。上方では結局、まともな戦ができなかった。これで終わりにはしたくないのだ。たとえ勝利を得られず、どこかで命を落とすことになるとしても、せめてきちんと戦をやってからでないと死んでも死にきれない」

「それが、鑑ノ字の誇りなんだな」

「ああ」

「ならば、俺は止めないよ」

孫八郎はそう言って、莞爾と微笑んだ。

「俺だって、薩長のやりかたが憎くないわけではないんだ。それでも桑名の民百姓を戦に巻き込みたくない一心で、それこそが惣宰たる俺の採るべき道だと信じて、開城に漕《こ》ぎ着けた。その結果、俺の心に残っているものは、やはり満足感ではない。口惜しさ、無力感、絶望……。結局、そんな思いばかりが胸の中に渦巻いているんだ」

「……」

「なあ、鑑ノ字。よければこいつを一緒に連れていってくれないか」

そう言って孫八郎は、腰から脇差を抜き取った。

「ついこの間、新調したばかりなのだが、俺には過ぎた代物でな。おぬしが持っていてくれれば嬉しいのだが」

「いいのか。結構なもののように思えるが」

「さすがに目が利くな。銘は忘れたが、そうとうな業物らしい。俺なんかにはもったいなかろう」

「わかった。ではありがたく頂戴しよう」

鑑三郎はそう言って、差し出された脇差を受け取った。

「孫サの無念や口惜しさは、俺が薩長の奴等にぶつけてきてやる。だから孫サは、俺たちが安心して戦に臨めるように、しっかりとこの桑名の地を守りつづけていてくれ」

「ああ、約束しよう」

「ところで、孫サ」

「なんだ」

「肩の傷は大丈夫なのか」

「傷？　ああ、そうだ。そう言えば、俺は斬られたのだったな」

孫八郎は我に返ったように、

「おぬしに会えた喜びで、痛みも吹き飛んでしまったようだ。放っておけば治るだろう」

「馬鹿を言うな。ちゃんと帰ったら手当てをしておくのだぞ」

「わかったよ」

互いの顔を見合って、どちらからともなく微笑む。

ふたりの双眸には、うっすらと光るものがあった。

第四章　不敗の軍神

上野寛永寺は寛永二年（一六二五）創建。徳川家の菩提寺であり、西の比叡山に対抗して「東叡山」の山号を冠されている。いわば徳川武士の魂の拠り所でもあるこの寛永寺に、志操堅固《しそうけんご》なる幕臣らの一団が集い、来るべき戦に備えた。その名を「彰義隊」という。

薩長兵主体の新政府軍は東海道を進軍し、この頃、既に先鋒部隊が江戸へ入っていたが、彼等による乱暴狼藉は目に余るものがあった。勝者の驕《おご》りに加えて、京において新選組や京都見廻組といった佐幕派の警察組織に多くの同志を捕えられ、殺害された恨みを今こそ晴らそうと、獣性を露わにする不埒者が後を絶たなかった。彰義隊は市中見回りを行い、そうした者たちから江戸市民を守ることを任務としていた。しぜん市民たちからは絶大な人気を集め、隊士の数も飛躍的に増えていった。

鳥羽伏見の合戦から三ヶ月を経た四月十一日。新政府軍大総督府の参謀を務める西郷隆盛と幕臣勝海舟《かいしゅう》のひと月近くに及ぶ交渉が結実し、江戸城は無血開城された。主である徳川慶喜は既に寛永寺で謹慎していたが、同日に江戸を離れて故郷の水戸へ移動。ひきつづき彼の地で蟄《ちっ》居《きょ》することとなった。

主君も城も失ったことで江戸幕府は事実上崩壊したといえるが、一部の幕臣たちはその事実を受け入れることを断固拒否し、新政府軍との戦いを継続することを望んだ。

開城の日、幕府海軍を率いる榎本武揚らが江戸から出航して奥州を目指した。また、陸軍の大鳥圭介《おおとりけいすけ》や新選組副長土方歳三といった面々は北関東方面への進軍を開始。そうした中にあって、彰義隊もまた新政府軍による度重なる降伏勧告を無視し、敵愾心《てきがいしん》をいよいよ剥き出しにした。

ここに至って新政府は彰義隊討伐を決意する。五月十五日、長州藩士大村益次郎《おおむらますじろう》に指揮された新政府軍は、未明から上野の山に総攻撃を仕掛けた。

折からの激しい雨の中を、両軍が入り乱れて斬り結ぶ。半日ほどは一進一退の攻防がつづいたが、西洋軍制の整った佐賀藩兵が参戦し、強力なアームストロング砲による砲撃を加えたことで彰義隊は浮足立ち、やがて壊滅。勝敗の行方は一日にして決した。

戦に敗れた隊士たちは散り散りになって逃げた。頭取を務めていた天野八郎《あまのはちろう》は逃走中に捕らえられ、投獄された（のち、獄死）。また、新選組で活躍した槍の名手原田左之助《はらださのすけ》なども、この戦で命を落としたといわれている。

上野を陥落させた新政府軍は江戸市中へ兵を繰り出し、峻厳《しゅんげん》な残党狩りを行った。彰義隊に加わっていた者と見るや、数人がかりで取り囲み、有無を言わさず斬殺した。飲まず食わずで逃げ回り、衰弱しきった相手であっても、容赦はしなかった。江戸っ子たちはそんな新政府軍の残虐さを憎み、すすんで彰義隊の残党たちを匿った。

彼等にしてみれば、新政府軍は所詮、他所者であり、自分たちが住む江戸の町を土足で踏み荒らそうとするならず者集団であった。彰義隊の隊士たちは、そんな憎むべき相手から江戸を守るために起ち上がった英雄である。その心意気に共感し、密かに再起の時がくることを願って、誰もが肩入れしていた。

新政府軍の兵たちには、江戸っ子たちのそうした態度が小憎たらしくてならない。勝者の驕りに満ちた心は、自分たちを恐れも敬いもせず、それどころか内心では蔑んでさえいることがはっきりとわかる人々の眼差しを疎《うと》んじ、いっそう強い憎悪の念へと転化させた。

取り締まりは日を追う毎に厳しさを増していった。はじめの頃は市中で見つけた残党だけを標的にしていたが、そのうち民家へ上がり込んで荒々しく家財をひっくり返し、挙句は言いがかりをつけて家人に暴力を振るったり、婦女を暴行する輩まで現れるようになった。

——彰義隊などという不埒《ふらち》な奴等を生み出した江戸の町そのものが害悪なのだ。

そんなわけのわからぬ理屈を振りかざして暴威を振るう兵たちの姿は、醜悪というほかなかった。さすがに新政府の枢要にいる人々はこの無法ぶりに危機感を募らせ、何度となく訓示を発してその振舞いを止めようとしたが、もはやそれだけでは欲望に飢えた狼たちを抑えることは難しくなっていた。


「きゃあっ」

長屋の一角で、若い女性の悲鳴が上がった。つづいて、

——ドン
という、激しく何かを叩きつけるような音。

——また、あいつらか。

人々が一斉に眉を顰める。今日も新政府軍の残党狩りが民家に土足で踏み込んで、家人に何か言いがかりをつけて暴れているのだろう。

すぐに助けにいってやりたいのはやまやまだが、何しろ相手は多勢な上に武器を持っている。町人が束になってかかったところで返り討ちに遭うだけだ。

今、悲痛な叫び声を上げているのは、長屋一の器量よしといわれるお妙《たえ》である。十八歳の花の盛り、本当ならば今年の秋には近くに住む貧乏御家人の倅とめでたく祝言を挙げることになっていた。ところが、その許嫁の男も彰義隊に加わって行方知れず。生きているかどうかすらわからない。悲しみに暮れているところへ残党狩りのならず者たちに踏み込まれたというわけだ。傷心にやつれたさまが色香となって、ならず者たちの獣心を掻き立てたのかもしれない。

「くそっ」

思わず駆け出そうとした六つか七つの少年を、

「やめておけ、殺されるぞ」

七十過ぎかと思われる老爺が羽交《はが》い絞めにした。

「離してくれ。お妙姉ちゃんが虐《いじ》められてるんだ。おいら、黙っていられねえ」

「相手は人間じゃねえ。獣だ。おまえなんて一撃であの世行きだ」

「でも、でも、このままじゃ」

少年が喚き散らした、その時である。

「どうしたのだ」

背後から男の声がした。

振り返ると、着ている物こそ質素だが、人品卑《いや》しからぬ侍が立っている。少年を小脇に抱え、警戒心を露わにする老爺に微笑みかけながら、

「心配するな。私はそなたたちの敵ではない」

侍は透き通った声音で告げた。

「桑名藩士、成瀬杢右衛門《なるせもくえもん》という。何事か騒ぎになっているようだが」

「姉ちゃんが、お妙姉ちゃんが薩長の奴等に」

涙声で訴える少年。成瀬と名乗った侍は、それだけで事情を察したらしい。精悍な面差しを引き締めて、

「わかった。私がそのお妙とやらを助けてしんぜるゆえ、安堵いたせ」

そう言って、ゆっくりと歩き出した。

老爺と少年は、固唾を呑んでその背中を見送る。いつの間にか集まってきていた長屋の連中も同じだ。彼等の視線を集めながら、成瀬がお妙の家に足を踏み入れようとした、まさにその時だった。

――ぐおっ。

くぐもった呻き声が彼等の耳に飛び込んできた。

声は、たしかにお妙の家の中から聞こえた。

「なんだ、どうした」

怪訝そうな一同の目に、さらに驚くべき光景が飛び込んできた。お妙の家の引き戸が開け放たれ、中から新政府軍の軍服に身を包んだ巨漢が転がり出てきたのである。

「おっと」

慌てて成瀬が身をかわす。

巨漢は大きな手でおのれの頬を抑えながら、前のめりに倒れ込んだ。

その指先に、赤く光るものがある。血だ。巨漢は特徴的な団子鼻から大量の鼻血を流してい

た。頬は赤黒く腫れ上がり、虚ろな目は驚きと恐怖に彩られている。

事態を呑み込めぬ成瀬が怪訝そうな顔をしていると、

「ひゃあっ」

お妙の家の中からさらにふたりの男が転がるように走り出てきた。

そのひとりの首筋を、背後から伸びてきた太い腕が掴む。

「ひっ」

怯えた表情で振り返った、その瞬間――。

男はしたたかに頬を殴られ、一間（約一、八メートル）ほども吹き飛ばされた。

「わわっ、お、お助け……、お助けーっ」

泣きながら哀訴して、男たちは駆け去っていく。

「ざまあみろ」

「おととい来やがれ、薩摩の芋侍め」

長屋の連中が一斉に石を投げつける。無数の礫《つぶて》に打たれながら、三人のならず者は互いの様子を顧みることもなく一目散に逃げていった。

「なんだ、他愛ない連中だな」

呆れたようにその背中を見送っていた成瀬の隣に、ひとりの男が並び立つ。さっきならず者のひとりに強烈な殴打をお見舞いした男だ。

ちらりと横目で見た成瀬は、

「ああ」

と、相好《そうごう》を崩した。

「誰かと思えば、弥一ではないか」

「このようなところで会うとは奇遇だな、杢右衛門」

低く渋味のある声で言った四十絡みの男は、家の中を振り返り、

「すまなかったな。儂のような者を匿《かくま》おうとしたがために怖い思いをさせてしまった」

と、やわらかく声を掛ける。

「とんでもない」

若い女の声が返ってきた。

「私たち江戸っ子にとって、薩長の奴等は敵です。その敵から江戸を守ろうと起ち上がった方のお役に、少しでも立てればと思ったまでです」

「ありがとう」

弥一と呼ばれた男は莞爾と微笑み、今度は老爺に抱え込まれた少年のほうへ歩み寄る。

「女子《おなご》を守るために敵に向かっていこうとしたそなたの気概、見事だったぞ」

褒められた少年は面映ゆげに、

「おいらも江戸っ子の端《はし》くれだからな」

と、いっぱしの口を利く。

男は微笑みながら少年の頭を叩き、それから成瀬を促して歩き出した。

「生き延びていると聞いてはいたが、こんなところで会えるとは思わなかったよ」

肩を並べて歩きながら、成瀬が声を弾ませる。

「ああ、儂も驚いた」

森弥一左衛門、名は常吉《つねよし》（後に陳明《つらあき》と改名）。この年、四十三歳である。

桑名藩士小河内《おごうち》殷秋《ただあき》の子として生まれ、幼い頃に親戚筋の森家へ養子に入った。先代定猷、当代定敬に仕えていずれも信望篤く、定敬が京都所司代を拝命して上洛すると公用方主席として随伴《ずいはん》。会津藩や薩摩藩の要人らと渡り合って活躍した。いかなる時も冷静沈着で決して我を失わず、的確な判断を下すことのできる森は、家中の若者たちから崇拝に近い敬慕を受け、ほとんどカリスマ的な存在になっていた。

大政奉還から王政復古という急激な世の流れで桑名藩は一気に政治の表舞台から追い落とされる格好となったが、森はそうした中にあっても些かも取り乱すことなく、粛々と事務処理などをこなしていた。やがて鳥羽伏見の戦いが始まると、森は京都時代に親交を深めた新選組の面々らとともに戦場を駆け廻《めぐ》り、新政府軍を大いに恐れさせた。しかし、衆寡《しゅうか》敵せずして敗走。紀州から海路桑名を目指した。

ところがこの時、桑名藩は既に孫八郎の働きによって恭順開城を藩論とすることが決まっていた。それを知った森は桑名へ戻ることを諦め、一路東へと向かった。

ほどなく江戸へ辿り着いた森は、自分を慕う藩士たちを従えて上野へ向かう。そして新政府軍と戦い、ここでもまた鬼神の如き奮戦ぶりを示しながら、敗れて逃れる身となったのである。

「先程の家には上野にいる時、少し親しくなった男の許嫁《いいなづけ》が住んでいるのだ。その男は残念ながら命を落としたが、死ぬ直前、儂に許嫁への言付けを託した。だから儂はあの家を訪ねたのだ。そこへ運悪く薩長の残党狩りが乗り込んできた。あの娘は健気にも儂を匿おうとしてくれたのだが、あのままではかえって娘の身に危害が及んでしまう。そう思ってな」

ああして奥から姿を現し、薩長の狗《いぬ》どもを追い払ったのだという。

「あの娘は、儂には絶対に出てくるなと言った。亡き許嫁が心を許した相手ならば、たとえ何があっても絶対に匿い通すと。だが、儂にはできなかった。死んだ男も、あの娘がそこまですることを望んではいまいからな」

「一本気なおぬしらしいな」

「まあ、いいさ。どのみち、そろそろ次のことを考えなければいけないと思っていたところだ」

森は屈託《くったく》なく笑う。

「おぬしも生きていて何よりだ。まったく消息を聞かなかったから心配していたのだ」

成瀬杢右衛門。森とは同年齢である。京では森とともに公用方に属して活動していた。どちらかといえば地味で目立たぬほうだったが、仕事ぶりは堅実で、定敬の覚えもめでたかった。

彼もまた鳥羽伏見と上野で、既に二度の負け戦を味わっている。上野戦争終結後は江戸に潜伏していたが、たまたま通りすがりに長屋の騒ぎを聞きつけ、生来の義侠心からお妙を助けようとしたところで、森と再会したというわけだ。

「これからどうするつもりだ」

「実は少々決めかねている。このまま江戸に居座っていても、おそらく上さまは恭順の姿勢を崩さず、江戸城もやがては薩長に明け渡すことになるだろう。これほど厳しい残党狩りがいつまでもつづくとは思われぬが、もはやここにいたところで我等がなすべきことは何もない」

「ならば、殿を追って越後へ向かうか」

桑名藩は越後柏崎に飛び地を持っていた。国元にも江戸にも居場所を失った定敬は、彼の地で再起を図るべく、長岡藩の船に同乗して一路越後へと向かっていたのである。

「あまり気乗りせぬ様子だな」

「我等は地の利のある江戸ですら一日持たずに敗れた。はたして分領とはいえ、ほとんど馴染みのない越後で勝てるだろうか」

「これはまた、森弥一左衛門とも思えぬ弱気ぶりよ」

成瀬は、からかうような口振りで言った。

「勝てるさ、今度こそは」

「なぜ、そんなことが言い切れる」

「ははあ、おぬし知らぬのだな」

「何をだ」

「わが藩から不世出の名将が誕生したことを、さ」

「不世出の名将？」

森が怪訝そうな顔をする。

「なんのことだ」

成瀬は笑って応えない。

「焦らすな、杢右衛門」

「わかった、わかった」

急かされた成瀬は嬉しそうに語り出す。

「ならば、聞かせてやろう。桑名が生んだ不世出の名将、立見鑑三郎の華麗なる戦ぶりをな」

鳥羽伏見から将軍慶喜の供をして江戸へ戻った定敬は、直後にその慶喜から突然の登城禁止命令を下された。既に戦意を喪失し、いかに浅い傷のまま降伏して戦の幕を下ろすかに全神経を注ぎつつあった慶喜にしてみれば、無理やり引っ張ってはきたものの依然戦意を失わず、むしろ兵を捨てて逃げ去ったおのれの行動を非難する容保、定敬兄弟の存在はきわめて目障りなものとなっていた。彼等が側にいるかぎり、おのれの気持ちはひと時も休まることがない。しかも、未だ根強い抗戦派であるふたりを身辺近くに置いていることで、戦の口実を探しているであろう新政府軍に付け入る隙を与える愚をも犯したくはない。そう考えた慶喜が下した結論が、両名に登城を禁じ、謹慎を強要することだった。

容保も定敬も、思いもよらぬ仕打ちに呆然自失したが、その指示には従わざるをえず、おのおの藩邸へ戻って身を慎むことにした。

その後、定敬は築地の下屋敷を出て近くにある霊巌寺へ身を寄せた。兄の容保が江戸を引き払い、会津へ戻ったのを受けてのことである。

ほどなく不本意な謹慎生活を余儀なくされた定敬のもとへ、鳥羽伏見から逃れた桑名藩士たちが続々と駆けつけてきた。国家老の山脇十左衛門とその息子隼太郎、従兄弟の高木剛次郎、町田老之丞、馬場三九郎《ばばさんくろう》、石井勇次郎《いしいゆうじろう》、関川代次郎《せきかわだいじろう》、そして立見鑑三郎らである。彼等は、主君が受けた非道な仕打ちに悲憤慷慨《ひふんこうがい》し、

――かくなる上は、上さまなど当てにせず、我等だけで薩長の奴等にひと泡吹かせてやろうぞ。桑名武士の生きざまを見せつけてやるのだ。

と、いきり立った。定敬はその熱情にほだされ、

――そなたたちを上方へ置き去りにして江戸へまいったは、余の一大失策であった。あの時、腹を切ってでも上さまをお諫め申し上げ、戦をつづけるべきであった。

涙ながらに詫びたという。

――そなたたちは余の宝だ。この上は、矢折れ力尽きるまでともに戦ってほしい。

昂揚した藩士たちは深川八幡宮に集まり、盟約を交わす。この先、どんなことがあっても決して定敬の側を離れず、最後の最後まで薩長軍と戦い抜くという誓いの盟約である。時に慶応四年（一八六八）二月二十七日。鳥羽伏見の敗戦から、はや二ヶ月近くが過ぎようとしていた。

三月八日、定敬は桑名藩の飛び地領である越後柏崎を目指して、ひと足早く出航した。折しも同じ越後の長岡藩家老河井継之助が帰国の途に着くところであり、その船に同乗を請う形となった。山脇十左衛門ら数名の藩士たちが、それに付き従った。

江戸へ残った者たちは、新政府にも顔の利く幕臣大久保忠寛《おおくぼただひろ》（一翁《いちおう》）の許しを得て江戸市中の見回りを行いながら、出発の機会をうかがった。

海路か、それとも陸路か。なかなか目途《めど》の立たぬところへ、信じがたい報せが飛び込んできた。甲府入城を目指していた新選組が土佐藩の乾（板垣）退助率いる新政府軍に敗れ、その後局長の近藤勇は捕らえられたというのである。

近藤はみずからの名を「大久保大和《やまと》」と偽って投降したが、敵の中に彼の顔を見知った者が

いて正体を看破《かんぱ》され、ろくに取り調べもうけぬまま斬首された。享年三十五。

——あの近藤さんが……。

京都で活動していた折、桑名藩と新選組は協働関係にあった。当然、局長だった近藤のこともみながよく知っている。寡黙だが穏やかで、度量の大きさを感じさせる人物だった。それでいて、どこかに犯しがたい品格のようなものを備えており、百姓の出と知りながら、接する誰もが、

——これぞ本物の武士である。

と、思わずにはいられない男だった。その近藤が武士として腹を切ることも許されず、首を落とされたという。口惜しさと憤りが、桑名藩士たちの胸を熱くさせた。

「兄上、いつまでもこうしていては埒が明かぬ」

鑑三郎は、実兄の町田老之丞の肩を叩き、

「聞けば近藤さんと別れた土方さんたちが下野へ向かおうとしているらしい。俺たちも合流して、ともに陸から北を目指そう」

と、呼び掛けた。

「ああ、そうだな」

町田は大きく頷く。

「俺もちょうどそれを提案しようとしていたところだ。みなに出発の合図をしよう。なに、みな同じ気持ちでいるに違いない。声を掛ければ、すぐにでも仕度は整うさ」

かくして兄弟の号令の下、桑名藩士らはついに動き出した。主君の待つ越後の地を目指して

――。

宇都宮城は、宇都宮藩八万石の藩庁が置かれていた城である。藩論は勤王。

もっとも、この藩もまた鳥羽伏見の戦いの後に藩主戸田忠友《とだただとも》が上方から国へ戻れず、藩主不在のまま家臣たちが新政府方に与することを決めたという経緯がある。江戸の喉元であり、奥羽越へ抜けるためには避けて通れぬ宇都宮の地に敵対勢力が居座っているのは、旧幕府方にとってみれば、まことに目障りである。藩主容保を迎え入れた会津藩をはじめとする奥羽諸藩を中心として、新政府軍との戦を展開するためには、なんとしてもこの宇都宮城を抜かなければならない。

かくして四月十八日、約二千の幕府軍が宇都宮城にほど近い下蓼沼《しもたてぬま》村に着陣した。率いるのは土方歳三。新選組副長として名を馳せた男である。

甲府の戦に敗れ、降伏した局長近藤勇と別れた後も、土方の戦意は些かも衰えることがなかった。むしろ戦線を離脱した近藤や、病で若い命を散らした弟分の沖田総司ら、かつての同志たちの分まで戦い抜くのだと強い決意を固めていた。

ここに至るまでの道筋、小藩の下館藩を鎧袖一触《がいしゅういっしょく》で降伏させたが、その戦ぶりはまさしく鬼神の如しであった。敵は文字どおり震え上がり、城主は身ひとつで脱出。残された兵たちも、ほとんど抵抗らしい抵抗もせず軍門に降った。

この土方軍と行動をともにしている桑名藩士の一団があった。越後柏崎を目指すべく江戸を発った立見鑑三郎たちである。

鑑三郎は京で公用方として活動していた折、土方とは旧知の仲であった。

「土方さん」

評定の席上、鑑三郎は声を震わせて言った。

「此度の城攻めは、われら桑名勢に先鋒をお任せ願えませんか」

「ほう」

土方は端正な顔を綻ばせる。

「これは心強いな。では、明日は早朝から俺たちと貴公らで一気に城を攻め落とすとしようか」

「いいえ、土方さんたちは後ろで見ていてください。宇都宮城は私たちだけで抜いてご覧に入れます」

「立見殿」

口を挟んだのは、新選組の島田魁《しまだかい》だ。こちらも立見とは京以来の顔見知りである。

「逸るお気持ちはわかるが、ここは我等にお任せくだされ。立見殿らは越後で定敬公と合流し、お支えせねばならぬ身なれば、ここは力を温存なさらねばなりますまい。我等の戦ぶりをゆるりと見物しておられよ」

「ご厚情はかたじけないが、そうはいきません。何しろここまでの戦で我等はほとんど何もしておりません。それもこれも新選組の面々があまりに強すぎて、我等にはやることがないからです」

鑑三郎の言うとおり、土方に率いられた新選組の威力は凄まじく、ここまでのところ後続の桑名勢にはまったくといっていいほど出番がなかった。

「まことに心強きことながら、このままでは我等は越後へ着くまでに鈍《なま》りきってしまいます。せっかく殿と合流しても、これではお役に立てません」

「なるほど、君の言うことも一理ある」

土方が声を上げて笑った。

「では、任せよう。だが、油断するなよ。まがりなりにも八万石の城だ。下館藩あたりの小藩とはわけが違うぞ」

「わかっています」

「よし、決まりだ。明日の城攻めは君たち桑名勢に先鋒を務めてもらう。桑名武士の戦ぶり、しかとこの目で見せてもらおうか」

挑発的な笑みを浮かべる土方に、

「心得ました」

鑑三郎は気負い込んで応えた。


翌十九日、早朝。立見鑑三郎率いる桑名勢は宇都宮城目指して進軍を開始した。

昼前に城下の南東、簗瀬村あたりまで来たところで敵軍と遭遇。激しい白兵戦が展開された。

「怯むな、進めぇッ！」

兵たちを叱咤する鑑三郎の声が響く。

人数の上では、圧倒的に不利である。だが、桑名勢は竹藪に身を潜めながら敵の側面から一斉射撃を浴びせかけ、敵が浮足立ったところへ、斬り込みをかける。この押し退きが絶妙で、数に勝る新政府軍は完全にその機敏な動きに翻弄されていた。

江戸から鑑三郎と行動をともにしていた町田老之丞、松浦秀八《まつうらひではち》、石井勇次郎、小林権六郎《こばやしごんろくろう》、笹田銀次郎《ささだぎんじろう》らの面々も獅子奮迅の働きを見せる。彼等はみな鳥羽伏見の戦いを不完全燃焼のうちに終え、戦いに飢えていた。失われた誇りを取り戻す好機は今とばかり無心になって刀を振るい、敵兵を薙《な》ぎ倒した。

「恐れるな、敵は小勢ぞ」

新政府軍の将校が叫んだ。

「撃て、鉄砲を撃ちかけよ」

号令とともに、一斉射撃の轟音《ごうおん》がこだまする。

「ぐわっ」

もんどりうって倒れたのは、小林権六郎だ。少し勢いがつきすぎて、ひとり前線にはみ出したところを狙い撃ちされたのだ。

「権六郎ッ！」

飛びつくように庇おうとした笹田銀次郎の体にも、無数の銃弾が撃ち込まれる。

「小林、笹田！」

慌てて駆け寄ろうとする石井を、鑑三郎が押し止めた。

「よせ、ここで飛び出せば、おぬしも犬死にするだけだ」

「くそっ」

口惜しそうに呻く石井。

「どうすればよいのだ」

少しずつではあるが、数の違いが勢いの差となって現れ始めている。当初優勢だった桑名勢を、敵が次第に押し返しつつあるのだ。だが、

「焦るな」

鑑三郎は落ち着いている。

「頃合いを見計らって土方さんたちが応援に駆けつける手筈になっている。もう少しの辛抱だ」

「いつ来てくれるのだ」

「俺たちが敵を疲弊させ、わずかでも押し始めたら、その時を逃さず後詰《ごづめ》に来てくれるはずだ。それまで俺たちは屈せず、同じことを繰り返していればいい。退かず、さりとて飛び出し過ぎず、先程までと同じ距離を取りつづけて敵が疲れるのを待つんだ」

「しかし、これでは敵よりも先に我等が疲れ果ててしまう」

喚《わめ》くように反駁したのは松浦秀八だ。藩内でもひときわ血気盛んなことで知られた若者である。その松浦を、鑑三郎は鋭い目で睨みつけて、

「四の五の言っている時か。この戦には、俺たち桑名武士の誇りがかかっているんだ」

有無を言わせぬ口振りで言った。

「おぬしも先日の土方さんたちの戦ぶりを見ただろう。京で連日修羅場を潜り抜けてきた新選組が強いのはあたりまえかもしれない。だが、俺は負けたくないんだ。桑名武士の底力を、薩長の奴等だけではなく、あの人たちにも見せつけてやりたい」

「その気持ちは、俺もよくわかる」

石井勇次郎が同調する。

「俺はこの戦で、改めて土方歳三というのは凄い人なのだと思い知らされた。あの人は武士の生まれではないようだが、そんなことは今となっては関係のないことだ。あの人ほど強い武士はいない。そう思うからこそ俺は、あの人に認められたい。あの人に、さすがは桑名武士よと言わせるような戦がしたい」

「俺も同じだ」

鑑三郎の口吻が熱を帯びる。

「おぬしなら、この気持ちをわかってくれると思っていた。鳥羽伏見の、あの一戦だけで、桑名武士とは所詮その程度かと世の人々に思われているとしたら、俺はやはり我慢できない。俺たちの本当の力を見せてやりたいんだ。敵だけでなく味方にも」

「よし、わかった」

松浦が叫ぶ。

「その思いならば、俺とて同じだ。桑名武士の底力を見せてやろうではないか」

「おお」

興奮を露わにした鑑三郎が手を叩く。

「それでこそ松浦秀八、真の桑名武士の魂を持つ男だ」

「ここにいる者は、みなそうであろう」

重々しい口振りで言ったのは、町田老之丞である。

「我等はみな桑名武士の誇りを背負って戦っている。誰ひとり怖気《おじけ》をふるう者はいない。鑑三郎、おぬしには我等にない軍才がある。その采配で我等を導いてくれ。我等はおぬしの指揮のもと力の限り戦おう」

「心得た」

鑑三郎は力強く頷いた。

「みなの命は、この俺が預かる。なに、犬死になどさせはしないさ。俺たちは必ず勝つ。笹田や小林の死を無駄にしないためにも、ここからが正念場だ。この戦、必ず勝つ。宇都宮城を落とすのは俺たちだッ!」

高らかに宣言した、まさにその時である。後方からやってくる一団の姿が、彼等の目に飛び込んできた。掲げているのは「誠」の旗印——新選組だ。

「土方さんだ!」

石井の声に、桑名勢が湧き立つ。

「さすがだな、土方さんは。まさに今しかないという頃合いで駆けつけてくれた」

「まったく、戦の鬼だよ、あの人は」

口々に感嘆し合う味方に向けて、鑑三郎が檄《げき》を飛ばす。

「さあ、俺たちももうひと踏ん張りだ。新選組の猛者たちを震え上がらせるような戦ぶりを見せてやれ」

うおおおおっ。

裂帛《れっぱく》の気合いがうねりを上げて新政府軍に襲い掛かる。

敵はもうそれだけで浮き足立っていた。取るものも取り合えず一目散に逃げていく。

「逃がすな、追い立てろ」

夕焼けに赤く染まり始めた空に、鑑三郎の声がこだまする。その声に後押しされた桑名勢は、立ちはだかる敵兵を粉砕し、城内へ雪崩《なだ》れ込む。

「一番乗りぞッ！」

石井が雄叫びを上げた。

「見たか、桑名武士の底力をッ！」

高く拳を突き上げて、松浦が吼《ほ》える。その様子を見て、鑑三郎は町田と顔を見合わせて、深く頷き合った。

かくして桑名勢の活躍により、宇都宮城は旧幕府軍の手に落ちたのである。


「見事だったな、立見君」

夜の月明かりの下で、新政府軍の自焼によって灰燼《かいじん》に帰した城内を、土方歳三は若き僚友と肩を並べて巡回していた。

「素晴らしい指揮官ぶりを見せてもらったよ。さすがは定敬公が日頃から目をかけておられただけのことはある」

「恐れ入ります」

「京にいた頃、森弥一左衛門殿がよく君のことを褒めていたのを思い出したよ。若いがなかなか見所がある。とりわけ軍才に恵まれているように思われると」

「森さんがそんなことを」

「いつか幕府が本腰を上げて長州を潰《つぶ》しにかかることがあったら、桑名藩の軍勢は君に率いさせたいのだと、森殿は言っていた。今日の戦ぶりを見て、その気持ちがよくわかったよ」

土方の言葉を受けて、鑑三郎は照れ臭そうにはにかんでみせる。

「私の力ではありません。みなが勇敢に戦ってくれたおかげです」

「たしかに桑名勢の働きは見事だった。だが、俺が感心したのはそこじゃない」

「と、言いますと」

「君は城へ攻め入る際、わざと一ヶ所だけ敵の逃げ道を開けておいただろう」

土方は探るような眼差しを向けた。

「あの時の勢いをもってすれば、その気になれば殲滅《せんめつ》することもできたはずだ。しかし、君はあえてそうしなかった。なぜかね」

「さすがは土方さん、何もかもお見通しというわけですね」

鑑三郎は莞爾と微笑み、

「おっしゃるとおり我等は壬生口への退路を封鎖せず、むしろ敵がそちらから逃走するように仕向けました。なぜなら、この戦における我等の目的はあくまでこの城を獲ることであって、敵兵の命を奪うことではなかったからです。むろんその気で戦えば一気に敵を殲滅することもできたかもしれません。しかし、そのためには我等もまた相応の犠牲を払わなければなりません。私はなんとしてもそれを避けたかった。我等の戦いはまだ始まったばかりです。これから先の長く険しい戦に向けて、今はひとりでも多くの兵を温存しておきたかった。だから私はあえて敵を追い詰めず、みずから逃げてもらう道を選んだのです」

「なるほど、道理だな」

土方は頷いた。

「若さに似合わぬその冷静さに、森殿は君の将器の大きさを見て取ったのだろう」

「そんなふうに褒められると、なんだかむず痒《かゆ》くなりますね」

「なんの、なかなかできることじゃないさ。特に君たちは味方の俺たちにもいいところを見せたいと躍起《やっき》になっていたはずだ。そんな中で冷静にその判断を下し、しかもそれを仲間や部下たちに得心させる。並の者にはできない芸当さ」

「なんと、土方さんにはそこまで見抜かれていましたか」

「城攻めの評定の場で先鋒を務めたいと申し出た君の顔を見れば、すぐにわかったよ。それが君ひとりの功名心から出た言葉ではなく、桑名勢の総意であることもな」

「恐れ入りました」

「なに、俺たちにとってもある意味、渡りに舟というべき提案だったよ。何しろ桑名勢はこれからの戦において俺たち幕府軍の主力として活躍してもらわねばならない。今この戦で功を挙げ、自信をつけてもらうことは、俺たちにとっても望ましいことだったというわけさ」

「土方さん、まったくあなたというお方は……」

鑑三郎は言葉のつづきを呑み込んだ。何しろ相手は動乱の京で毎日のように命のやり取りをしてきた猛者中の猛者なのだ。今さら驚嘆すること自体、礼を失しているように思われた。

「土方さんなら、この城攻め、どうなさいましたか。私のように逃げ道を用意されましたか」

鑑三郎の問いかけに、

「しねえよ」

土方は悪戯っぽく笑いながら応える。

「俺たちは新選組だからな」

なるほど、と鑑三郎は得心した。京で尊王攘夷派の浪士たちと刃を交える際、新選組は必ず相手よりも多い人数で敵を囲むようにして、絶対に逃がさぬ構えを取っていた。唯一その例外となったのが名高い池田屋事件だが、あの時はもともと会津・桑名の援兵が到着してから踏み込む予定だったものが、援兵の出動が遅れ、会合を終えて尊攘派の志士たちが帰ってしまっては元も子もないと判断した局長の近藤勇が、強硬突撃に踏み切ったのだった。

「島田たちとともに、立ち塞がる奴等はみな斬って捨てただろう」

「そうかもしれませんね。しかし、それは土方さんたちだからこそ許される戦いかたといえます」

「どういうことだ」

「土方さんはじめ新選組の面々は、ひとりひとりが圧倒的な強さを誇っておられる。だからこそ、ややこしい理屈抜きの戦いかたが通用するのです。しかし、普通はそんなわけにはいかない。窮鼠《きゅうそ》猫《ねこ》を噛むのたとえもあるとおり、追い詰めれば敵もそれだけ死力を尽くして立ち向かってきます。となれば、こちらの犠牲が大きくなるのは必定。指揮官としては絶対に避けるべき事態です」

「まあ、それもそうだな」

土方は否定も謙遜もしない。鑑三郎の言葉に微苦笑を浮かべ、

「俺たちは、ちょっと特別なのさ」

少しはにかむように言った。その仕種になんともいえぬ茶目っ気と、それでいて心の奥底にしっかりと根付いている自分自身への強固な自負、飽くなき闘争心――さまざまなものを見て取った鑑三郎は、

――男も女も惚れる漢というのは、まさにこういう人のことを言うのだろうな。

改めて、そう感じた。

「さて、今日はそろそろ休むとしようか」

土方が笑いかける。

「明日には大鳥さんたちが鹿沼から合流してくる。そうしたら、またすぐに次の戦が始まるだろう。しっかり英気を養っておかないとな」

「はい」

鑑三郎は大きく頷いた。

四月二十日、鹿沼から進軍してきた大鳥圭介隊が宇都宮城に到着した。

「いやあ、驚いたよ」

出迎えた鑑三郎や土方らに向かって、大鳥は大袈裟なまでの身振りを加えながら、

「宇都宮城といえば関東屈指の堅城だ。苦戦するだろうと思っていたのだが、まさかたった一日で落としてしまうとはな」

早口で捲《まく》し立てた。

「さすがは土方君だ。鬼の副長の異名は伊達ではないな」

どこか壊れた笛を吹いているかのような、特徴的な高い声だ。

大鳥圭介。医師でありながら蘭学者でもあり、軍学者でもあるという変わり種だ。播州細念《さいね》村の村医者の倅として生まれ、若い頃は岡山藩の閑谷《しずたに》学校で学んだこともある。その後、大坂へ出て緒方洪庵《おがたこうあん》の適塾に入門。福沢諭吉や村田蔵六《むらたぞうろく》（大村益次郎）、長与専斎《ながよせんさい》らと机を並べた。その学識を認められて、はじめは尼崎藩に仕えたが、後に江戸へ出て幕臣となり、開成所の教授となった。さらに幕府が徳川慶喜のもとで軍制改革を行うと、軍学の才を買われて歩兵奉行となり、伝習隊を組織した。

経歴からわかるとおりの俊秀だが、性情やや軽躁《けいそう》の気味がある。そのため一部の兵たちは彼を、

――所詮は口だけの小才子であろう。実戦の場で役に立つとは思われぬ。

と見下していたが、経歴が物を言って、実質的な総司令官の地位を得ていた。

「私ではないよ、大鳥さん」

「うん？」

「宇都宮城を落としたのは私ではない。ここにいる立見鑑三郎君と桑名藩の面々だ」

「ほう」

大鳥は驚きを込めた目で立見を見た。その瞳の奥に一瞬、侮りの色が浮かんだのを鑑三郎は見逃さない。おそらく名も知らぬ若造が、自分の想像を超える戦果を挙げたことが気に入らないのだろう。

――狭量な男だ。

鑑三郎の心に失望が兆《きざ》した、次の瞬間――。

「いやあ、これは驚いた」

いっそうわざとらしい大声を、大鳥は発した。

「立見鑑三郎君か。桑名藩の御仁だな」

「いかにも。公用方を務めておりました」

「そうか、そうか。なるほど、定敬公のお眼鏡に適った若者というわけだ」

「恐れ入ります」

「君のような優秀な若者が出てきてくれれば我等にとっても心強い。これからの戦に弾みがつく大勝利だよ。なあ、土方君」

土方は無表情に頷いてみせる。

「そうか、君が宇都宮城を一日でな。これは我々もうかうかしていられなくなったぞ。頑張って先輩の意地を見せてやらないとな」

高らかに笑う大鳥。典型的な「豪傑笑い」だが、これまたいかにもわざとらしい。

芝居がかった所作には白ける思いがしたものの、とっさにおもしろくない感情を押し殺し、大袈裟なまでに相手の殊勲を褒め称えて、その場を取り繕《つくろ》ったところはまだしも評価できる。

しかしながら、この程度の男にはたして一軍をまとめ上げることができるのか。鑑三郎は冷静に分析しながら、ちらりと土方の横顔を見遣る。

なおも何事か饒舌《じょうぜつ》に喋《しゃべ》りつづける大鳥に向けられた土方の目は、氷のように冷ややかだった。

翌日の評定は、はなから意見が真っ二つに分かれる展開となった。

「昨日の立見君らの働きにより、わが軍の士気は大いに高まっている。この機を逃さず、壬生城をも一気に攻め落とすべきだ」

と、主張する大鳥に対して、

「土地の者の話によれば、今宵《こよい》から降り出す雨は、おそらく明日になっても止まぬであろうとのこと。戦を仕掛けるのは雨が上がるまで待つべきだと思います」

鑑三郎が真っ向から異を唱えた。

「雨を恐れていては、戦ができまい」

「お言葉ながら、足場が悪く視界も閉ざされた中、不案内な土地で戦をするのは得策とは思えません」

「雨は敵味方に等しく降るものぞ」

「新政府軍はいざ知らず、城内の壬生藩士らはこの土地を熟知しています」

「その壬生藩から、こらちへ内応者がいるとしたらどうかね」

大鳥は自信に満ちた表情で、問いかける。

「内応者、ですか」

「いかにも。実は昨夜のうちに城内にいる友平慎三郎《ともひらしんざぶろう》なる者より使者が参ったのだ。此度の戦、城方に勝ち目はないと見て降伏を促したが、まるで聞き入れられなんだゆえ、一刻も早く攻め寄せていただきたいと。さすれば城門を内側より開け、我等を迎え入れようと申すのだ」

「その友平という男には、大鳥さんのほうから渡りをつけたのかね」

土方が口を挟む。

「いいや、向こうからだ」

大鳥が応えると、土方は端正な頬を微かに歪めてみせた。

「怪しいな」

「何が怪しい」

「罠かもしれんぜ」

「そんなことはない」

大鳥が気色ばむ。

「私は直にその使者に会い、話を聞いたのだ。彼等の言い分は道理に叶っていた」

「偽計だとしても、道理に叶ったことを言って寄越すだろう」

「土方君、君は私が敵の計略に騙《だま》されているというのかね」

「いや、そうは言っていないが、用心は必要だということさ」

「そんなことはわかっている。だが、この申し出は我等にとって渡りに舟。今は一兵でも多く温存して戦に勝つことが必要なのだ。疑ってばかりいては好機を逸する」

「わかったよ。わが軍の総司令官は大鳥さん、あんただ。好きにするがいいさ」

「ああ、そうさせてもらうよ」

吐き捨てるように言って、大鳥は席を立った。

後に残された者たちは、互いの顔を気まずそうに見合っている。

「すみません、土方さん」

小さな声で鑑三郎が詫びた。

「私の言いかたが拙《まず》かったせいで、大島さんを怒らせてしまいました」

「なに、気にするな」

土方は笑って鑑三郎の肩を叩く。

「君の言い分のほうが正しいことは、ここにいるみながわかっている」

その言葉に、島田たち新選組の面々が頷く。

「大島は手柄が欲しくてたまらないのさ。あいつは俺たちが宇都宮城攻めにもっと手こずると思っていた。おそらく俺たちが苦しんだ末に、ある程度まで道を切り開いたところへ乗り込んできて、最後においしいところだけ持っていくつもりだったのだろう。その当てが外れて焦っているんだろうよ」

「なんという狭量さだ」

憤懣やるかたなしといった口振りで、町田が呟《つぶや》く。

「今こそ、みなが一丸とならねばならぬ時。誰がどれだけの手柄を立てたかなど、争っている場合ではないのに……」

「まあ、理屈はそうだな。だが、俺には大島の気持ちもわからぬではない」

「どういうことです、土方さん」

「大島は生まれながらの武士じゃない。たしか播州かどこかの村医者の倅だろう。それが苦学を重ねて今の地位を勝ち取った。それだけの才覚がたしかにあったということなのだから自信を持てばいいようなものなんだが、やはりどうしても引け目みたいなものが抜けないのだろうな」

「引け目、ですか」

「ああ。自分は生まれながらの武士じゃない。だから、生まれながらの武士である君たち以上の手柄を立てなければ、君たちから本当の意味で認められる指揮官にはなれない。心のどこかに、そうした思いが根強くあるのだろう」

「そんな、つまらぬ意地を張って——」

言いかけた町田を、

「これをつまらぬ意地と軽く言い捨てられるのは、君が生まれながらの武士だからさ」

土方の鋭い言葉が制した。

瞬間、鑑三郎はハッと我に返った。

——そうか、土方さんもたしか生まれは多摩の百姓だと聞いている。

新選組には「鉄の掟《おきて》」があったといわれている。隊則として定められたその掟は、何を措いても武士らしくあること、すなわち「士道」を重んじることに力点が置かれ、背いた者は「切腹」という苛烈な、しかし、ある意味ではもっとも武士らしい責任の取り方が求められた。

この掟を実質的に作ったのが、土方だったという。彼は掟を破った者を決して容赦せず、時にはそれが昔からの同志と呼べるような間柄だったとしても、分け隔てなく自責させた。そうすることによって、彼は隊内でも大いに畏怖され、「鬼の副長」の異名を冠されることとなったが、その根底にあったのは、おのれ自身を含めた多くの隊士が生まれながらの武士ではなかったという事実なのかもしれない。

新選組には、百姓や町人出身の隊士が数多く在籍していた。そんな彼等には、

――所詮、食い詰め者の寄せ集め集団に過ぎぬ。

という世間の目が、つねに向けられていた。そうした視線を跳ね返すだけの矜持を保つためには、武士以上に武士らしくあらねばならぬ。土方はそう考えたからこそ、みずからを「鬼」と呼ばせ、非情に徹したのだ。

そんな土方だからこそ、殊更に肩肘を張ろうとする大鳥の気持ちが理解できるのだろう。逆にその大鳥を単に愚かと蔑む自分は、やはり無意識のうちに「武士」であり、それゆえに視野が狭くなっているのかもしれないと、鑑三郎は自省した。

「よくわかりました」

心なしか重くなった空気を変えようとするかのように、鑑三郎は声を張り上げた。

「わが軍の総司令官は大鳥さんです。その大鳥さんが総攻撃と決めた以上、それがわが軍の総意です。明日は全力を挙げて戦いましょう」

「そうだ、やろう」

「やってやろうじゃないか」

町田や松浦も相次いで雄叫びを上げる。その様子を土方は、およそ「鬼」とはほど遠い、柔和な眼差しで見詰めていた。


翌日から始まった戦は、幕府軍の大敗に終わった。

予想どおりの悪天候の中、大鳥たちは敵の伏兵の待ち伏せに遭い、甚大な被害を受けた。鉄砲は雨に濡れて使えず、将兵は次々と撃たれ、斃《たお》れていく。

「退けッ、退けッ！」

声を上ずらせながら、大鳥は叫んだ。その指示を待つまでもなく、兵たちは我先にと逃げていく。浮き足立った彼等に、もはや規律も何もあったものではなかった。

「くそっ」

大鳥は歯噛みした。そこへさらに敵の後詰が現れる。鳥取藩や土佐藩、それに大垣藩などの軍勢に交じって、戦上手として頭角を現しつつあった若き司令官野津道貫《のづみちつら》らに率いられた薩摩の精鋭部隊も押し寄せてきた。

――いかん、このままでは全滅してしまう。

大鳥は背筋が凍る思いがした。薩摩軍の剽悍《ひょうかん》さはつとに知られるところだ。今、この状況で戦って勝てる相手ではない。

「ひとまず姿川の向こうまで逃げよ。城から援軍がやってくるまで、なんとしても持ちこたえるのだ」

夜のうちに大鳥軍は完全に撤退し、川向こうに着陣して敵襲に備えた。

さらに翌日、大鳥軍は新政府軍の攻撃を受けて、ふたたび脆くも瓦解する。前日の戦で疲弊しきっているところへ、士気昂揚した敵の攻勢にさらされたのだ。もとより互角になど戦えようはずもなかった。

大鳥軍は逃げる。新政府軍は、それを追って城に迫る。その新政府軍に、

――ここから先へは一歩も通さぬ。

とばかり、鑑三郎らの桑名勢と土方たち新選組の面々が猛然と襲い掛かった。

「すわ、敵の援軍ぞ」

「油断するな、今度の敵は手強いぞ」

野津は全軍の気を引き締めにかかった。後に日本陸軍きっての名将と謳《うた》われることとなる彼は、ひと目見た瞬間、この援軍が尋常ならざる手強さであることを悟った。やがて彼の目に飛び込んできた旗印から、

――なるほど、新選組の奴等であったか。

得心し、もうひとつの旗印を見遣る。

――ほう、桑名藩の軍勢か。藩主定敬は越後へ逃れたと聞いたが、それでもこれほど勇敢な戦ぶりを見せるとは。さぞかし優秀な指揮官が率いているに違いない。

「まともに斬り合おうとするな。鉄砲を撃ちかけよ」

野津の号令一下、銃声が下野の山野にこだまする。鑑三郎たち桑名勢は、押されながらも懸命に踏みとどまりつづけた。

「ここはもう無理だ。ひとまず今市あたりまで兵を引こう」

駆け寄ってきた島田が、鑑三郎に耳打ちをする。

「土方さんが負傷した。これ以上、戦はつづけられぬ」

「なんだって、土方さんが負傷？」

「ああ、幸い足をやられただけだから命に別状はないが、かなりの深手らしく治療が必要だ。それに、聞くところでは大鳥さんも負傷して、既に前線を退いているらしい。こうなったら我

等も犬死には無用だ。ここは捨てて再起を図ろう」

「わかった」

鑑三郎は頷いた。総司令官たる大鳥と、今や軍全体の精神的支柱といってもいい土方が、ともに戦線を離脱したとあっては、もはやこの戦、どう足掻《あが》いたとて勝ち目はない。せっかく奪い取った城を敵にくれてやるのは口惜しいが、島田の言うとおり、今は無益な犠牲を避けて再起の時に備えるべきだ。

「全軍、退却だッ！」

結局、戦は新政府軍の逆転勝利に終わった。


宇都宮城は新政府軍の手に落ち、鑑三郎らは今市から日光山へと移動した。

日光山に集まった敗残の幕府軍は、この後どうすべきかについての協議を始める。

「ここに籠って戦おう」

開口一番、熱っぽい口調で言ったのは大鳥だった。

「東照宮を城と見なして兵を配備すれば、敵の攻勢にも十分に耐えうる。なんなら私が陣立てを考えてもよい」

「いや、それはまずい」

即座に異を唱えたのは備中松山藩主で、幕府の老中職を務めていた板倉勝静《いたくらかつきよ》である。宇都宮城下の英巌寺で新政府軍に囚われていたところを鑑三郎らによって救い出され、軍勢に加わっていた板倉は、

「この日光は、神君家康公を祀《まつ》る聖なる地である。血で汚すことは恐れ多い」

そう言って、大鳥に翻意を求めた。

「板倉さま、お言葉ながら、戦は勝たねばなりません。この日光が神君家康公を祀る地であるならば、むしろ我等を大いに後押ししてくださいましょう」

「いいや、ならぬ。儂は徳川譜代の臣として、この地を戦に巻き込むことだけは絶対に承服できぬ。たってとあらば、儂をこの場で斬り捨てよ」

板倉は激しい剣幕で大鳥に迫った。

「くっ……」

大鳥は周囲の反応をうかがった。

将兵らの目は冷ややかであった。彼等の視線は、

――大鳥は所詮、村医者上がりの成り上がり者よ。この日光の地が幕臣たる我等にとってどれほど神聖なるものかが、まるでわかっておらぬ。

そう蔑んでいるように、大鳥には感じられた。

「……わかりました」

大鳥の心は、折れた。

「おっしゃるとおり、ここで戦をするのはやめましょう」

かくして一行はふたたび今市へ引き返すこととなった。


「おお、立見君か」

見舞いに訪れた鑑三郎に、土方はばつの悪そうな笑顔を浮かべてみせた。

「ご覧のとおり、やられたよ」

足を銃弾に撃ち抜かれたという土方はしかし、思いのほか元気そうだった。歩くことはできないが食欲などは旺盛であるという。

「てっきり日光で戦うことになるかと思っていたが、違うのだな」

意外そうな面持ちの土方に、鑑三郎は事の経緯を説明する。

「なるほど」

土方は微苦笑して頷き、

「板倉候なんぞ助け出さなきゃよかったな」

と、嘯《うそぶ》くように言った。

「作戦としては大鳥が正しい。日光なら東照宮を城に見立てて、おもしろい戦ができたはずだ。大鳥は兵学者としてはなかなか優秀らしいから、そうなったらさぞおもしろい作戦を立ててくれただろうが……。まあ、生まれついての幕臣たちには、あの場所で戦を始める度胸はなかろうな」

「土方さんは、東照宮を血で汚してもよいとお考えですか」

「他の寺社がよくて、東照宮だけがいけねえ理由はなかろう」

「しかし、東照宮は神君家康公の――」

「だったら、なおのこと俺たちを守ってくれるさ。神君家康公だぜ。この重要な局面で、おのれの廟を戦火に焼くな、なんてつまらないことを言うと思うか」

「そうかもしれませんが……」

「まあ、いい。どちらにしろ、ここでの戦はもう終わりだ」

土方はふーっと大きく息を吐いて、

「君たちは、これからどうする。定敬公の待つ越後へ向かうか」

と、問いかけた。

「私はそのつもりです。しかし……」

鑑三郎は言い淀んでいる。その様子を見た土方は、

「意見が分かれているのか」

「ええ、まあ」

「図星だな。そんなことだろうと思ったよ」

悪戯っぽく笑いかける。

「私は一刻も早く越後へ向かい、殿に合流したいのです。ところが兄の町田老之丞や松浦秀八らは、ここで大鳥さんたちと離れるのは心苦しいゆえ、この後もともに行動すべきであると聞かぬのです」

「大鳥たちは会津へ向かうつもりだろう」

「はい、それゆえともに会津へ、と」

鑑三郎の表情が苦悩に歪む。

「たしかにこの戦、最激戦地は会津になるでしょう。会津中将さまは京都守護職として薩長に煮え湯を飲ませてきましたから、ひとかたならぬ恨みを買っておられます。薩長は総力を挙げ

て会津を滅ぼしにかかるでしょうし、会津は意地と誇りにかけてこれを迎え撃つでしょう。かつてないほど激しい戦になるは必定。だからこそ今はこれに加わるべきだ。越後へ向かっている暇などない、というのが彼等の言い分です」

「なるほど、筋は通っているな。それでも、君は越後へ向かうのか」

「はい。この戦の肝は会津での一戦です。それは間違いありません。だからこそまずは北陸を抑えておくべきだと思うのです。そのためにはいち早く越後へ赴いて殿と合流し、長岡藩の河井継之助殿らと合力して北陸の地固めをしなければなりません」

「うむ、それも道理だ」

「土方さんは会津へ向かわれるのですか」

「ああ、そのつもりだ。何しろ俺たち新選組は会津藩お抱えの身だからな。お守りせねばなるまいよ」

「どうか会津を頼みます、土方さん。私たちは北陸を抑えて、必ず会津へ馳せ参じます。それまで薩長の奴等を喰い止めておいてください」

「ああ、任せておけ」

土方は莞爾と笑って胸を張った。

「宇都宮城攻めでは君にいいところを持っていかれてしまったからな。新選組の連中は力を持て余している。会津へ行ったら思う存分、戦わせてやらないとな」

「そんな」

面映ゆげに俯く鑑三郎。

「それに会津では、国家老の佐川官兵衛《さがわかんべえ》さまや萱野権兵衛《かやのごんべえ》さまをはじめ、名だたる豪傑が腕を撫《ぶ》しているという。京ではお目にかかる機会がなかったが、戦ぶりを見るのが今から楽しみだ」

「そのお二方のお名前なら、私も存じ上げています」

「会津は武骨な侍が多い。きっと家風なのだろう。もっとも、そういう意味では桑名にも森弥一左衛門殿がいたがな。あの人は今、どうしている」

「江戸に残って藩邸の残務処理に当たっておられるはずです」

「これはまた似合わぬことを」

「なんの、あれでなかなか勘定などにも長けたお人なのですよ」

「そうなのか。とても、そんなふうには見えないな」

土方はからかうように言う。

「ところで、君のご家族は今も桑名に?」

「はい、今は新政府軍に従って謹慎しています」

「そうか。それは心配だろう。何しろ桑名は会津に負けず劣らず、薩長の憎しみを買っているからな」

「そうですね。しかし、国元のことは心配していません」

きっぱりと言い切った。

「孫サがしっかりと留守を守ってくれていますから」

「孫サ?」

「ええ、酒井孫八郎といって、惣宰——つまり家老を務めている男です。私と同い年なのですが、これがなかなか頭の切れる奴でして。おそらく土方さんも京で何度かお会いになっていますよ」

「そうだったか。桑名というと、君と森さんぐらいしか思い出せないなあ」

「色白で小柄な、ちょっと見には女子のような男です」

「ふうん」

土方は首を傾げている。どうやら本当に思い出せないらしい。

「で、その孫サという御仁は頼りになるのか」

「それはもう」

鑑三郎が胸を張る。

「桑名にはあいつがいる。そう思えばこそ、私は心置きなく戦に臨むことができます」

「ほう」

「今、この場にいたとしても、あいつはきっと子どもほどの役にも立たないでしょう。何しろ武芸のほうはからっきし駄目ですから。しかし、桑名を任せておけるのは、あいつを措いて他にない。そういう男ですよ、孫サは」

「おもしろそうな御仁だな」

土方は興味を持ったようだ。

「ぜひ一度、ゆっくり話してみたいものだ」

「ああ、でも、土方さんとはあまり合わないかもしれません。何しろ、ちょっと偏屈なところのある奴でして」

「なあに、偏屈な男は嫌いじゃない。善良ぶってすましている奴よりよほどいいさ」

「そうですか。では、この戦が終わったら引き合わせますよ」

鑑三郎は嬉しそうに微笑むと、

「さて、そろそろ私はお暇《いとま》します」

そう言って、立ち上がった。

「早くお怪我を治してください。そして、また一緒に戦いましょう」

「そうだな。一刻も早く北陸を手中におさめて、会津へ救援に来てくれ。それまでなんとしても俺たちで会津を守り通してみせるよ」

笑顔の土方に見送られながら、鑑三郎はゆっくりと、名残惜しそうに歩き出した。

第五章　北越の死闘

その頃、越後柏崎に到着していた松平定敬のもとへ毎日のように通い詰め、降伏恭順を説きつづけていた男がいる。

吉村権左衛門である。

定敬が海路で柏崎へ到着したのが三月二十九日のこと。それとほとんど時を同じくして吉村は陸路から越後へ入った。以降、領内の勝願寺に居を構える定敬のもとへ日参し、

——桑名で謹慎している家臣たちのためにも、投降なされるべきかと存じまする。

と、迫った。

実際のところ、吉村は焦っていた。

彼等が柏崎へ着いてほどなく、新選組局長近藤勇が新政府軍によって斬首された。四月十二日には勝海舟と西郷隆盛が会談。江戸城の無血開城が決まった。

そんな中、宇都宮城攻めで立見鑑三郎ら桑名勢が目覚ましい働きを見せたという風聞が、吉村の耳に伝わった。後輩たちの活躍を誇らしく感じる一方、桑名に残った者たちのことが案じられた。

——煮え湯を飲まされた薩長の奴等がつまらぬ意趣返しなど考えねばよいが……。

そんな不安に駆られた吉村は、

——かくなる上は、一刻も早く殿みずからが新政府軍に降伏し、桑名藩の戦を終わらせなければならない。

そう確信するようになった。

「藩士たちや民百姓の身の安全は、殿のご決断にかかっているのですぞ」

威厳に満ちた佇《たたず》まいで正面切って言われると、定敬は我知らず委縮してしまう。

自分よりも二回りほども年上の、この硬骨漢のことが、定敬は昔から苦手だった。嫌いというわけではない。人間性も能力も認めている。むしろ尊敬しているといっていい。だが、それゆえにこそ、どこか気圧されてしまう自分がいる。それが時々、無性に許せなくなることもあった。

「余が降伏いたせば、こちらへ向かっている立見たちが困るであろう」

心なしか上ずる声を懸命に励まして反論する。しかし、吉村は怯《ひる》まない。

「桑名にいる者たちは、既に困り果てておりまする」

逆に強い口調でそう切り返してきた。

「主に捨てられ、途方に暮れる藩士たちを持ち前の知恵と度胸で抑え、無血開城を果たしたのは酒井孫八郎の、まさしく命がけの働きによるものでござりまする。その孫八郎が今、城を預かる尾張藩を通して新政府に藩の完全赦免を求めておりますが、なかなか芳《かんば》しい結果を得ることができず、苦しんでおりまする。理由はただひとつ、藩主たる殿がこの越後におられ、新政府への敵対姿勢を崩されぬゆえでござりまする」

「桑名の藩主は、もはや余ではない。万之助であろう」

定敬は不貞腐れて嘯く。

「余が桑名を捨てたのではない。桑名が余を捨てたのだ」

「情けなきお言葉かな。藩士たちがどれほど殿の御身を案じていることか」

吉村が語気を強める。

「殿が京都所司代を拝命なされる折、それがしは財政的な理由から強く反対いたしました。しかしながら、多くの藩士たちはこれを名誉と受け止め、文字どおり一命を賭して殿のために働きました。そのような者たちが、なにゆえ殿を捨てたりなどいたしましょうぞ」

「わ、わかっておる」

定敬は慌てて弁明した。

「少し口が滑っただけだ。余とてみなの忠義はありがたく思うておる。だが、それゆえにこそ立見たちのことも気にかかるのだ。今、余が降伏などいたせば、それこそ彼等を捨てることになりはせぬか」

「そのお気持ちはごもっともかと存じまする。しかしながら、桑名にいるのは藩士たちだけではござりませぬ。戦とは本来無縁であるはずの民百姓らもまた不安な日々を過ごしております。彼等をこそ第一に守ってやらねばなりますまい」

定敬は唇を噛む。たしかに吉村の言うとおりだろう。聞けば、江戸でも新政府軍の兵士たちの振舞いは時に目に余るものがあるという。京での恨みを今こそ晴らさんと邪心を滾らせている者とて少なくはないだろう。そうした輩であれば、たとえ武士でない無辜の民百姓相手であっても容赦なく苦しみを与えようとするかもしれない。定敬がこうして戦いつづけていることが、その格好の口実とならぬとはかぎらないのだ。

「夜も更けてまいりましたゆえ、今日のところは帰りまする。殿、どうかよく考えてくださりませ。今、桑名を救うことができるお方は殿を措いて他にござりませぬ」

「ああ、わかった」

苦しげに応える定敬に深々と一礼して、吉村は去っていった。

吉村の退出と入れ替わるように、ふたりの若者が訪ねてきた。

「殿、ご家老の用向きはなんでございましたか」

「どうせまた性懲《しょうこ》りもなく降伏を勧めにこられたのでござりましょう」

憤懣を露わにするふたり――山脇隼太郎と高木剛次郎。どちらも定敬が目をかけている若者だ。

隼太郎は国家老を務めていた山脇十左衛門の息子である。剛次郎はその朋友で、年齢は隼太郎よりもひとつ上だ。ともに血気盛んな性質で、国元が酒井孫八郎の手によって恭順開城に導かれたことに、今でも強い憤りを覚えている。

「殿はいかがなされるおつもりでござりまするか」

「率直に言えば、迷っておる。吉村の申すこともわかるのだ。余がここで戦いつづけておるかぎり桑名の民百姓に安寧の日々は訪れぬ。だが、仮にも余は徳川連枝《れんし》、それも京都所司代として兄の会津中将とともに京の治安を守るため、薩長の奴等とずっと相対してきた。直接戦って敗れたのであればまだしも、一度も戦らしい戦をせぬまま膝を屈するなど、誇りが許さぬのだ」

「よくぞ仰せられました」

隼太郎が大きく頷く。

「我等は京において、薩長の奴等の卑劣さを厭というほど見聞きしてまいりました。あのような者どもに、この国の行く末を任せてなどおけましょうや」

「いかにも、我等はなんとしても戦い抜き、あの薄汚き者どもからこの国を取り戻さねばなりませぬ。これは正義の戦いにござりまする。絶対に屈してはなりませぬぞ」

剛次郎の口吻も熱を帯びている。定敬はそんなふたりに向かって、

「余も同じ考えだ」

力強く言った。

「ここで屈してしまえば、我等がこれまで京でやってきたことは、すべて無になってしまう。そのようなことになれば、余を信じてついてきてくれた藩士たちに対して、余はもはや顔向けができぬ」

「戦いましょう、殿。ほどなく立見さまや町田さま、松浦さまたちも駆けつけてこられます。江戸にいる森さまもいずれ合流なされるでしょう。そうなれば、十分に戦えるはずです。今はどっちつかずな姿勢を見せておられる服部さまたちも、きっとわかってくださりまする」

服部とは、服部半蔵のことである。孫八郎の兄に当たる服部は、定敬とともに柏崎へやってきていたが、戦をつづけることについてはやや慎重な態度を見せていた。さりとて吉村ほど明確に非戦を主張するでもなく、どちらともつかぬ姿勢を示している。服部にしてみれば、国元を恭順開城に導いた弟に対する抗戦派の面々からの風当たりの強さもあって、つとめて目立たぬように振る舞っているのかもしれなかった。

「やはり問題は吉村さまでござりまする。あの方は頑固ゆえ、おそらくどうあっても自説をお曲げにならぬでしょう。まことに申し上げにくきことながら、あのお方の言動は、わが軍の士気を著しく損なう恐れがござりまする」

「それがしも同感でござりまする。吉村さまは立派なお方なれど、今の我等にとっては害悪以外の何物でもござりませぬ」

ふたりは定敬の顔を真っ直ぐ見詰めて、

「殿、どうか我等にお命じくださりませ」

と、迫った。

「命じるとは、何をだ」

「それは……、わが口からは恐ろしくて申し上げられませぬ」

剛次郎の声が震える。

瞬間、彼の言わんとするところを察した定敬は、カッと目を見開き、

「剛次郎、そのほうは余に吉村を――」

「殿、お待ちくだされッ！」

傍らの隼太郎が叫ぶ。

「剛次郎、おまえは殿に、そのつづきを言わせるつもりなのか」

叱責を受けて、剛次郎の顔色は蒼白になった。

「殿、申し訳ござりませぬ。それがしが間違うておりました。隼太郎の申すとおり、殿にかような恐ろしきお言葉を口にさせるわけにはまいりませぬ。改めて、それがしよりお願いを申し上げます。どうか、我等に吉村さまの――」

「いや、待て」

今度は定敬がその言葉を遮《さえぎ》った。

「かくもおぞましき下知なればこそ、余みずからの言葉でしかと伝えるべきであろう」

「殿ッ！」

「山脇隼太郎、高木剛次郎の両名に命ずる。藩論を惑わせる逆臣吉村権左衛門を討ち果たすべし」

「ははっ」

緊張した面持ちで、ふたりは駆け出して行く。その背中を見送る定敬は額にびっしょりと汗をかき、その双眸は激しく揺れていた。


勝願寺を出た吉村は、考え事をしながら歩いていた。言うまでもなく、どうやって定敬に降伏恭順を認めさせるかを、である。

吉村の見るところ、定敬は一本気で、時に頑ななまでに我意を通そうとするが、根は聡明で、世の動きを見る目も持っている。性格も素直で、家臣たちには思いやりをもって接する。未だ年若ゆえ民百姓らの暮らし向きまで含めた藩政全体を見通す力が備わっていないが、それも周囲の補佐さえ正しく得られれば、いずれ自然に身に着くだろう。

——名君となる資質も十分に備えておられる。

そのためには、自分をはじめとする重臣たちがこの難局を切り抜けるべく導いていかねばならない。ここで躓《つまず》いてしまえば、せっかくの大器が花開くことのないまま終わってしまうのだ。父祖代々藩の禄を食《は》む者として、それ以上の不忠はない。

——気を引き締めてかからねば。

そう思った時、背後に異変を感じた。

振り返った次の瞬間、白刃が煌めいた。

——不覚——。

考え事に没頭するあまり、敵が間近まで迫っていることに気づけなかった。柳生新陰流の熟達者としては、ありうべからざる失態だ。

それでも咄嗟に身をかわし、致命傷を避けたあたりは、さすがというべきであった。

右肩を深々と斬り裂かれ、その場に膝をつく。鮮血が迸《ほとばし》るのが、既に深まった闇の中でもはっきりと見て取れた。

「何者ぞ」

左手一本で刀を構え、呻くように誰何《すいか》する。

暗闇に浮かび上がった刺客は覆面姿だった。ずいぶん若い男のようだ。

「わが藩の者か」

ふたたび訊ねるが、対手の返答はない。肩で荒い息をしながら、次の攻撃を仕掛ける機会を狙っている。

「そのほうの一存か、それとも殿のお指図か」

この問いかけにも、対手は無言だ。声を聞かれたくないからか。あるいは、答える必要はないということか。

「まあ、よかろう」

吉村はかすかに口元を歪めた。

「知らぬほうが幸せかもしれぬ」

ごぼっと口から大量の血が溢れ出て、着衣を濡らした。

視界が霞《かす》んでいく。流血が激しすぎるのだろう。膝で立っていることすらできなくなってきた。やむなく刀を杖の代わりにしようとした、その瞬間――。

背後からこちらへ駆け寄ってくる、もうひとりの足音がした。

振り返る間もなく、背中から白刃が吉村の体を貫く。

カッと目を見開いたまま、吉村は倒れた。

「ま……、孫八郎……」

声にならぬ声を発する。

「桑名を、桑名を……頼む」

大きな痙攣《けいれん》が来た。

二度、三度。そして、そのまま動かなくなる。

標的の鼓動が完全に止まったことをたしかめたふたりの刺客は互いの顔を見て頷き合い、夜の闇へ消えていった。

立見鑑三郎たちは下野から越後を目指して行軍していた。

下野では幸先よく宇都宮城を奪いながら、総司令官たる大鳥圭介の拙《つたな》い指揮のせいもあって、結局は負け戦を味わうこととなったが、彼等の意気は軒昂《けんこう》だった。

戦には負けていなかったと自負している。兵たちはみな勇敢に戦ったし、何より立見鑑三郎という若き指揮官が類まれなる軍才の持ち主であることがわかった。柏崎で定敬と合流すれば、必ずよい戦いができる。誰もがそう確信し、期待に胸を膨《ふく》らませていた。

と、そこへ、前方から駆けてくる者がいる。敵か、味方か。身構えていると、

「桑名藩の方々でござるか」

そう声を掛けられた。

「それがしは柏崎より参った使者にござる。山脇十左衛門さまより、貴殿らへの伝言をお預かりしてまいった」

「おお、山脇さまは柏崎におわしたか。それがしは桑名藩士、立見鑑三郎と申す。ご伝言の趣を承《うけたまわ》ろう」

「貴殿が立見鑑三郎殿でござるか。宇都宮城攻めでは見事なお働きとか。お噂は柏崎にも伝わっておりまするぞ」

使者の言葉に、鑑三郎は面映ゆげな顔をしてみせる。

「して、山脇さまよりのご伝言とは」

「されば、去る閏四月三日、柏崎城下にて殿の御意に背きし吉村権左衛門殿をご上意にて討ち果たし候《そうら》えば、疾《と》く柏崎へ入られたし、とのこと」

「なに」

兵たちの間に驚きの声が上がる。

「吉村さまが上意討ちに遭《あ》われたと」

「上意……。殿が命じられたということか」

「あの殿が、吉村さまを……」

動揺が広がる中、鑑三郎はひとり冷静さを保ちながら、

「討手は誰でござる。吉村さまといえば新陰流の奥義《おうぎ》を極めた遣い手。そう易々と斬られるお方ではないはずだが」

「上意を拝命なされたのは山脇隼太郎殿と高木剛次郎殿でござる」

「なんと、山脇さまのご子息と、その朋友であったか」

そのふたりならば、鑑三郎もよく知っている。いずれもそれなりに剣は遣うし、何より若さの勢いがある。このふたりに襲われては、さしもの吉村もおのが身を守りきるのは困難であったろう。

「して、そのふたりは今？」

「吉村殿を斬った後、ただちに越後を離れました。遺族による報復があるかもしれぬということで、殿がさよう取り計らわれたよし」

「なるほど」

鑑三郎は頷くと、大きくひとつ息を吐いた。

主君定敬は血気に逸《はや》りがちながら、根は優しく、冷酷苛烈な性格では決してなかった。その定敬が、いかにみずからの意に沿わぬとはいえ長年藩政に労を尽くした功臣の命を奪うとは意外な感じがしたが、それだけ定敬の此度の戦に賭ける気持ちが強いのだろうと思い直した。

定敬にしてみれば、鳥羽伏見の戦いの折、将軍慶喜に無理やり連れ去られるようにして上方を離れて以来、まともに戦らしい戦もできぬまま、ここまで追い込まれてしまったという焦り

や口惜しさは当然あるだろう。自身がおらぬまま国元は敵に恭順し、城は明け渡されてしまった。帰る場所を失ったところへ、自分を江戸へ連れてきた当の将軍慶喜からも冷たい仕打ちを受け、謹慎を余儀なくされた。その現状からやっとの思いで抜け出して、越後柏崎の地へやってきたのだ。

——ここからようやく自分にとっての戦が始まる。

そんな気負いが、意に沿わぬ重臣の殺害という「らしくない」決断を導いたのかもしれない。そう思うと、一刻も早く傍へ行って、お心を落ち着けて差し上げたい。そんな気持ちがいやが上にも昂まってきた。

「みな、急ごう」

兵たちに向かって、鑑三郎は呼び掛けた。

「一刻も早く殿と合流し、敵を迎え撃つ準備をしなければならぬ。我等桑名藩の戦いはこれからぞ」

気迫に満ちた言葉に、

「おおっ」

兵たちは猛《たけ》き怒号で呼応した。

閏四月九日、柏崎へ到着した鑑三郎ら一行は、さっそく勝願寺へ赴いて定敬との再会を果たした。

定敬は感涙に咽《むせ》びながら鑑三郎たちを迎えた。

「余は、そなたたちに申し訳が立たぬ。上さま直々の命とはいえ、そなたたちを置き去りにして江戸へ逃げ帰るなど……。今、思い出しても赤面の至りである」

「殿！」

「あの時、上さまの手を振り切ってでも大坂に留まるべきであった。そうすれば、そなたたちとともに桑名を守る戦ができた。それを思うと、おのれが情けなくなる」

「殿、立見らがこうして馳せ参じたる上は、我等の戦はこれからでござるぞ」

　語気を強めて励ましたのは、山脇十左衛門である。彼は、政敵ともいうべき吉村権左衛門をわが子隼太郎が討ち果たしたことで、すっかり気をよくしていた。隼太郎は吉村の遺族からの意趣返しを避けるべく、しばらく身を潜めることとなったが、主命を帯びての行為なのだから咎《とが》められるいわれはない。遠からずほとぼりが冷めれば戻ってきて前線に身を投じるだろう。根っからの抗戦派で、直情径行型の性格を持つ十左衛門は、その日の来るのが楽しみで仕方なかった。

「上方では不覚を取り申したが、北陸から奥羽にかけては徳川恩顧の雄藩が手を携え、薩長に立ち向かう気構えができておりまする。ここで勝ちをおさめれば一気に反転攻勢に転じ、桑名を取り戻すこととて夢ではござるまい」

「いかにも」

　力強く応じたのは、松浦秀八だ。

「晴れて殿のもとへ馳せ参じることができた今、ここからが我等にとって本当の戦いでござりまする。桑名武士の底力を世に知らしめてやりましょうぞ」

おおっ、というどよめきが湧き起こる。定敬も興奮した面持ちで何度も頷き、

「今度は余も逃げたりせぬ。そなたたちとともに徹頭徹尾、戦い抜く所存である」

高らかに宣言した。

主従は熱い涙を流しながら、その絆をたしかめ合い、来たるべき大戦への決意を新たにするのだった。

柏崎に腰を落ち着け、ひと息ついたところで、桑名の面々が着手したのは軍制の整備だった。閏四月十四日に行われた評定は、この国の軍事史上でも画期的なものといってよかった。というのも、新たな軍制を布くにあたって、部隊長を入れ札——すなわち投票によって決することとしたのである。
——ここまでともに戦ってきた仲間が認めた者をこそ部隊長とすべきだ。
という空気が誰からともなく自然に生まれ、まるでそうするのが当然かのように入れ札が始まった。
投票の結果、全軍を司る軍事奉行には山脇十左衛門と小寺新吾右衛門《こでらしんごえもん》のふたりが就き、その下に三つの部隊が編成された。後に「雷神隊」「致人隊」「神風隊」と呼ばれることとなる、それぞれの部隊長には、
雷神隊長　立見鑑三郎
致人隊長　松浦秀八

神風隊長　町田老之丞

が選出された。

並びから言えば、雷神隊が第一の部隊ということになる。いわば実戦の核となるべき主戦部隊だ。その隊長に鑑三郎が選ばれた時、評定の場は割れんばかりの喝采《かっさい》に包まれた。

「それがしなどでよろしいのでしょうか」

鑑三郎は恐縮してみせたが、

「何を言われる、立見殿」

第二部隊たる致人隊の隊長に推された松浦が、すかさず声を上げた。

「雷神隊隊長には立見殿こそが相応しいと、この場にいる誰もが認めておりますぞ。何しろ宇都宮城を攻略した折の見事な戦ぶりが、我等の目にはしかと焼き付いておりますからな」

「いかにも、立見殿こそわが桑名藩が誇る『不敗の軍神』だと、それがしは思っております。我等はただ立見殿の采配を信じて戦うのみ」

「さよう、そうすれば必ず勝てるとわかっておるのだから、単純明快な話よ」

石井たちも口々に言った。

「俺も雷神隊長に相応しいのは、おぬししかおらぬと思う」

実兄の町田も鑑三郎の肩を叩く。

「鑑三郎、我等を導いてくれ。鳥羽伏見以来、積もりに積もった鬱憤《うっぷん》を一気に晴らすような、完全な勝利へ」

「わかりました」

鑑三郎は表情を引き締めて、

「兄上はじめ、みながそこまで言ってくれるのならば、もはやそれがしに迷いはございませぬ。必ずやこの戦、勝たせてご覧に入れましょう」

胸を張って宣言した。町田たちには、そんな鑑三郎の姿がいつもよりもひと回りもふた回りも大きく見えた。


鑑三郎は柏崎在住の兵に案内を請い、積極的に周辺一帯を視察して、陣立てを念入りに組み立てはじめた。何しろ不案内な土地である。地形や距離感、視野の開けかたなど、あらゆることを肌感覚で知っておく必要があった。

敵の主力部隊はおそらく北国街道を進軍してくるだろう。それを迎え撃つのに格好の場所が、前川を挟んだ鯨波《くじらなみ》という土地だった。

――この戦の帰趨《きすう》を決するのは、鯨波だ。

鑑三郎はみずから率いる雷神隊と、松浦の致人隊、町田の神風隊をそれぞれ川の手前まで進軍させ、横一列に配置した。そこは丘陵状の高地になっていて見晴らしもよく、敵の動きを知るには格好の場所であった。

この時、越後へは旧幕臣らで組織された衝鋒隊の面々や、会津藩からの援兵が駆けつけていた。鑑三郎は彼等に文道の対応を任せ、みずからは本道である鯨波の防衛に専念する構えを取った。それだけここを守ることが肝要と判断したのである。

閏四月二十七日、早朝から戦端が開かれた。攻撃を仕掛けてきたのは薩摩・長州のほか新政府軍に与した加賀・富山など北陸諸藩の軍勢であった。

激しい雨の中、両軍は激突する。数の上では、新政府軍が圧倒的に優勢だった。だが、既に周到な下見によって鑑三郎は地の利を得ている。近くの松林に巧みに身を隠しては、近付いてくる敵に横から奇襲を仕掛けた。土地に不案内な新政府軍たちはたちまち大混乱に陥る。その様子を見て、そもそも戦意の高くない加賀や富山の兵たちは、一目散に逃げ出していった。

「今だ、追い討ちをかけろッ！」

この機を逃さず、鑑三郎は号令を発した。雷神隊全軍、喊声《かんせい》を上げて突進する。

こうなると、もはや戦は数ではない。新政府軍は完全に戦意を喪失し、我先にと潰走しはじめた。思うさま斬り立てる味方の兵たちに向かって、

「ほどよきところでおさめろ、無理はするな」

鑑三郎は冷静に指示を下す。

「敵の背後には大軍が控えている。深追いしては手痛いしっぺ返しを喰らうぞ」

雷神隊の兵たちは、ある程度、敵を蹴散らしたところで攻め手を緩めた。

「やりましたよ、隊長」

「敵は烏合の衆です。恐れるに足りません」

興奮を露わにする兵たちの言葉に頷きながら、

——この戦、どう決着をつけるべきか……。

鑑三郎の思考は早くも次の展開に移っていた。

こうやって局地的な戦いには勝てるかもしれない。だが、この一勝が自分たちにもたらす喜びの大きさほど、敵にとってこの一敗は大きな痛手ではないだろう。何しろ数の違いが歴然としている。自分たちが何度こうして前線部隊を追い払ったところで、敵は次から次へ新手を繰り出してくる。はたして自分たちの体力はどこまで持つか。

そうこうしている間にも、他の部隊の戦闘結果も報告が届けられてくる。やはりどの部隊も苦戦しているようだった。いずれも素晴らしい戦ぶりで、敵を寄せ付けないが、それでも各部隊に少なくない死傷者は出ており、じわじわと傷口が広がりつつあるようだった。

既に日も暮れかけている。おそらく相手も夜遅くまで戦をつづける気力はないだろう。となれば、ひとまず今日の戦いはここまでだ。そう判断した鑑三郎は、腕組みをして考え込んだ。

このまま鯨波に着陣し、明日もまた同じことを繰り返すことは難しくないかもしれない。あるいは明後日、明々後日とつづけることも不可能ではないだろう。だが、これが五日、十日、半月、そしてひと月とつづけられるかというと、

——まあ、無理だな。

と、思わざるをえない。では、撤退するか。

——それも、拙《まず》い。

なんといっても兵力差が圧倒的なのだ。鑑三郎としては、敵を少しでも定敬のいる柏崎の地へ近づけない方法を考えなければいけない。

緒戦の勝利に浮かれることもなく、鑑三郎の頭は回転しつづけていた。

翌日、その鑑三郎のもとへ信じがたい報せが飛び込んできた。定敬らが柏崎を捨て、長岡へ向かったというのである。

「なぜだ、敵が攻めてきたとでもいうのか」

使者に問い詰めると、思いがけぬ返事が返ってきた。

「実は会津藩から申し出があったのです。敵に小千谷を奪われたゆえ、柏崎に残っておられては危ない。孤立する前に長岡へ向かわれたし、と」

「なんということだ」

鑑三郎は切歯扼腕した。定敬が柏崎を離れてしまった以上、作戦を根本的に立て直さざるをえない。だが、

――まあ、よかろう。

迷いはほんの一瞬だった。

次の瞬間には、彼の頭は激しく回転し始めている。

たしかに昨日はいい戦いができた。だが、長くはつづかぬと鑑三郎はわかっていた。

――後方支援の質量が違いすぎる。

彼はそのことを実感していた。一度や二度撃退したところで、敵軍の勢いは些かも衰えない。次から次へ新手を繰り出してくるだけの余裕が彼等にはあるのだ。対する自分たちは限られた兵力で戦いつづけなければならず、当然ながら疲労の蓄積を抑えることができない。となれば、いずれ形勢が圧倒的に不利になるのは明白であった。

長岡藩の軍制はよく整えられているという。切れ者として名高い家老の河井継之助が鍛え上げたという精鋭部隊だ。

「長岡は我等を迎えてくれるだろうか。たしかあの藩は中立を旨《むね》としていたはずだが」

「河井さまはそのつもりでおられたようです。ところが新政府軍は、交渉にやってこられた河井さまをけんもほろろに追い返されました。河井さまはその傍若無人な態度に激怒し、戦いを決意されたとのことでございます」

河井継之助という人物に会ったことはないが、そうとうな俊傑《しゅんけつ》だと伝え聞いている。ともに戦ができるのは、楽しみだった。

「わかった。では、我等も長岡へ向かおう」

鑑三郎の気持ちは、もうすっかり切り替わっていた。


河井継之助は「偏屈者」で通っていた。

若い頃から頭の回転は速く、高名な山田方谷《やまだほうこく》や斎藤拙堂《さいとうせつどう》といった学者のもとで学識を深めた。さらに儒者古賀謹一郎《こがきんいちろう》の門を叩き、ここでも異才ぶりを発揮した。滅多に塾へ姿を見せず、そのくせたまに講義に参加すると卓抜な議論を連発して周囲の度肝を抜く――その姿は、どことなく桑名での酒井孫八郎によく似ている。しかし、どこか飄々として掴みどころのなかった孫八郎と比べれば、河井はいかにも豪胆という表現が似合う男で、国へ帰って家老職に就くと、歯に衣着せぬ物言いで藩主牧野忠訓《まきのただくに》に諫言を繰り返した。牧野はしかし、そんな河井の才幹を信頼しきっており、一貫して彼を重んじつづけた。

河井は、鳥羽伏見の敗戦から一連の戦況を見据えながら、

――この戦、幕府軍の勝算はきわめて低い。

と、感じていた。さりとて牧野家は徳川譜代の名門である。そう易々と新政府軍に鞍替えすることもできない。

かねて長岡藩は、河井の主導のもと軍制改革を推し進めていた。西洋の様式を大胆に取り入れ、厳しく訓練されたその軍隊は、徳川譜代の大名中でも屈指の強さであるといわれた。その強大な軍事力を背景に、河井は「武装中立」の道を選ぼうとした。小千谷へやってきた新政府軍軍監岩村精一郎《いわむらせいいちろう》との会談に臨んだ河井には、参戦しないことを条件に領内へ攻め込まぬという確約を引き出すだけでなく、あわよくば内戦を長引かせる愚を説くことで戦を終息させ、長岡だけでなく奥羽越諸藩を守ってやろうという野心的な肚積もりもあった。このあたり、些か才を頼んで自信過剰になってしまったところがなかったとはいえない。

そんな河井に対して、岩村は徹頭徹尾、高圧的な態度で臨んだ。河井の言葉になどまるで耳を貸さず、

――貴殿に与えられた選択肢は降伏するか、抗戦するかのいずれかである。

と、それればかりを繰り返した。その姿勢は頑《かたく》なで、取り付く島もなく、おのれの父親ほどの年長者を相手にしているとはとうてい思われぬほどの傲岸《ごうがん》さであった。辛抱強く相対していた河井もとうとう最後には憤激して席を蹴り、交渉は決裂した。

城へ戻った河井は藩主忠訓らに一部始終を伝えた。忠訓も藩士たちもみな一様に怒りを露わにし、ここに北越戦争の開戦が決まったのである。

「立見鑑三郎殿か、ようお越しくだされた」

挨拶に訪れた鑑三郎を、河井は両手を大きく広げて歓迎の意を示しながら迎えた。

「お噂は聞いております。下野でもこの越後でも、大層なお働きとか」

「恐れ入ります」

「それにしても、驚きました。戦ぶりの凄まじさばかり耳にしておりましたゆえ、どれほどいかつい豪傑がやってくるかと思っておりましたが、なかなかどうして、ずいぶんお若いのですな」

「ご覧のとおりの若輩者でございます。いろいろとご指導を賜らなければなりません」

「いやいや、ご謙遜めさるな。わが長岡藩にも人材は少なからずおりますが、立見殿ほど優れた采配を振るえるものがいるかとなると、甚だ心許ない。そこでだ、立見殿」

河井は表情を改めて、

「貴殿に折り入って頼みたきことがござる」

そう言うと、目の前に大きな地図を広げてみせた。このあたり一帯の地名や地形がつぶさに書き込まれている。河井はその地図の一点を指差しながら、

「貴殿ら桑名藩兵には、この朝日山の守りをお願いいたしたい」

立見はしばらく地図の上へ視線を走らせていたが、やがてぽつりとひとこと、

「最激戦地ですね」

と、呟いた。

「さすがでござるな。はや見極められたか」

「おおよそは」

「いかにも、この朝日山は言ってみれば我等の最終防衛地点でござる。ここを突破されれば、長岡城へ迫る敵を喰い止められる場所は、もうない」

「そのようですね」

「当然ながら、敵はこの朝日山を獲りにくるはずだ。我等はなんとしてもここを死守しなければならない」

「その役目を我等が担うというわけですか」

「勘違いなさるなよ、立見殿」

河井の声が鋭さを増した。

「儂は決してわが藩の兵力を傷つけたくないなどという、ちっぽけな話をしておるわけではないぞ」

「わかっています。河井継之助さまといえば剛毅《ごうき》で知られたお方。そのような狭量なお考えで、この大一番に臨まれはいたしますまい」

鑑三郎は微笑んだ。河井という男に会うのはこれが初めてだが、総身から漂う空気だけでも、そんな姑息なことを考える人物ではないとわかる。

「我等の力をお認めくださったのであれば、ありがたくお引き受けいたしましょう」

「おお、引き受けてくれるか」

河井が相好を崩した。笑うと存外、愛嬌のある顔になる。

「付き従う者たちも納得してくれるだろうか」

「それはもう。何しろもっとも華やかな場面をお譲りいただけるのですから」

「なるほど、それが桑名武士の心意気か」

「ええ、そうです。もっとも、河井さまはあまりそういうのがお好きではないようにお見受けいたしますが」

鑑三郎の言葉に河井は苦笑して、

「今、たったこれだけ話をしたに過ぎぬ貴殿にもそう見えるのか」

まったく我ながら困った性分だ、と溜息を吐いた。

「儂はな、立見殿。勝負事は勝たねば意味がないと思うのだ。いくらすばらしい戦ぶりを見せたところで、最後に負けてしまえば元も子もなくなる。何しろ生まれついての負けず嫌いでな。およそ勝負と名の付くものには、たとえどんなに些末《さまつ》なことでも、ことごとく勝ちを手にしたいのだ」

「それは私も同じですよ。やるからには、つねに勝ちを目指します」

「そうか。では、勝負事に勝つためにもっとも必要なことはなんだと思う」

河井は大きな目で鑑三郎を見据えて問いかける。

「気概か」

「もちろん大切ですが、それだけでは勝てません」

「では、なんだ」

「さて、なんでしょうか。河井さまはどうお考えなのです」

「簡単なことだよ、立見殿。理に適《かな》った戦いかたをするかどうかだ」

河井は傲然《ごうぜん》と胸をそびやかせて、

「古来、戦というのは理に適った行動を取る者が勝つと相場が決まっている。一見すると驚天動地の奇襲作戦を成功させたかに思われる鵯越の源義経や桶狭間の織田信長とて、戦史を詳らかに紐《ひも》解けば実に理に適った用兵を見せている。すなわち彼等は乾坤一擲の賭けに勝ったのではない。周到に準備をして、勝つべくして勝ったのだ」

子どものように目を輝かせる。おそらくこの手の話が好きでたまらないのだろう。

「さればこそ、貴殿たちにこの朝日山の守りをお願いしたい。なぜならば――」

河井はここで大きくひとつ深呼吸をして、

「我等は未だかつて本格的な戦を経験していない。なるほど軍制改革が功を奏し、それなりにやれると自負はしているが、戦はやはり場数だ。我等には決定的にそれが欠けている。その点、貴殿らは違う。下野でも越後でも激戦を経験し、修羅場を潜り抜けてきている。貴殿らこそ要《よう》衝《しょう》の守りに着けるのに相応しいと儂は考える」

一気に吐き出すように言った。

「もちろんそれなりの犠牲を払っていただくことにはなるだろう。それも承知の上で、お引き受けくださるか」

「もとより、戦に犠牲は付き物でございます。それをいかに少なくできるかは任地如何ではなく、あくまで将帥の力量によるものでしょう」

「なんともはや、頼もしき御仁よ」

河井は些か呆れたように笑いながら、

「それでは、貴殿らに朝日山の守りを託そう。よろしく頼み申す」

そう言って、深々と頭を下げた。


朝日山の攻防戦が始まったのは、五月十三日払暁《ふつぎょう》のことである。鑑三郎の桑名雷神隊をはじめ、会津からの援軍や長岡藩の兵たちが、その指揮下についていた。

鑑三郎は彼等に命じて塹壕《ざんごう》を掘らせ、迎撃態勢を整えた。

「敵は一気にこの山を抜こうといきり立っているだろう。正面からまともに受ければ、こちらの被害が大きくなるばかりだ。反撃の頃合いは私が見極めて指図いたすゆえ、みなは軽々に動かず、ただ敵の攻撃に耐え抜いてくれ」

鑑三郎は全軍にそう指示を下した。

はたして新政府軍は力攻めを敢行した。数の力に物を言わせて、この難所を突破しようとの肚積もりである。率いているのは長州藩士時山直八《ときやまなおはち》。松下村塾門下生のひとりで、学才の面ではさほど目立たなかったが、剛毅にして積極果敢な性格で、兵たちの信望も厚かった。

「ひといきに攻めかけよッ！」

号令一下、猛り立った兵たちが先鋒の会津藩兵に襲い掛かる。会津藩兵はこれを迎え撃とうとしたが、時山らの勢いに押されてズルズルと後退する。

時山はあえてこれを追撃せず、いったん退く構えを見せた。それを見た長岡藩兵が押し出そうとする。

「行くな」

ただちに鑑三郎の厳命が飛んだ。

「敵の偽計だ。乗せられてはならぬ」

指令を受けた長岡藩兵は追撃の足を止める。はたして当ての外れた新政府軍は撤退をやめ、ふたたびこちらへ押し戻してきた。

――やはり、そうであったか。

鑑三郎はほくそ笑むと、全軍に迎撃を命じた。

かくして激闘が開始される。雷神隊の面々はもとより、預けられた長岡藩兵も勇敢に戦った。さすがに河井が心血を注いで訓練しただけのことはあって、よく鍛えられているし規律もある。士気も高い。数において勝る新政府軍を相手に互角以上の戦ぶりを見せていた。

だが、敵もさるものである。臆する素振りもなく、逆に猛然と押しきってこようとする。時山直八は、そんな彼等の先頭に立って、

「怯むな、一気に攻め落とせッ！」

声を枯らしながら兵たちを鼓舞《こぶ》した。

時山は剛直な性格だが、決して思慮の浅い猪武者ではない。戦局を冷静に見極める眼力はむしろ水準をはるかに上回っており、名将の資質を持っているといってよかった。その時山の目に、戦況はまさしく一進一退と映っていた。自軍の兵たちもよく戦っているが、敵もまた見事な戦ぶりを見せている。

「この朝日山を、なんとしても奪い取るのだ」

時山は兵たちを叱咤する。主戦場である榎峠一帯を見下ろすことのできる朝日山をどちらが

手にするかで、この場の戦の帰趨は定まる。敵もそれがわかっているからこそ、かくも懸命な防戦を展開しているのだろう。

——敵の総大将もそうとう優れた人物のようだ。

そう思うと、生来の負けん気が頭をもたげ、湧き立つような興奮を抑えられなくなった。

「何を愚図愚図しているのだ。よし、俺が行こう。みな、俺の後からついてこい」

時山はそう叫ぶや、我先に駆け出そうとする。その袖口を掴んで、

「よせ、直八。早まった真似をするな」

同じ長州の参謀山県狂介（有朋）が押し止めた。

「鉄砲で狙われでもしたらどうする」

山県と時山は松下村塾で机を並べて学んだ仲だ。すべてにおいて無鉄砲なまでに積極的な時山と、とかく慎重で熟慮型の山県——両者の性格はまるで正反対といってよかったが、どういうわけか馬が合った。

「相変わらずだな、狂介」

時山は呵々《かか》と笑って、

「今が勝負時だ。臆して後れを取るようなことがあってはなるまい」

「それは、そうだが……」

「功山寺挙兵を思い出してみろ。あの時の俺たちに万にひとつの勝ち目もあったと思うか」

功山寺挙兵とは、長州藩の維新史における役割をある意味において決定づけた事件である。禁門の変と、それにつづく第一次長州征伐を受けて幕府に恭順の意を示した長州藩政府を、高

杉晋作らが武装蜂起によってふたたび討幕路線に一転させたのだ。

慌てた幕府は、第二次長州征伐を敢行。しかし高杉らによって完全に息を吹き返していた長州藩討幕派は裏で密かに薩摩藩と手を組み、後顧の憂いを絶って幕府軍を迎え撃つ。途中、将軍徳川家茂の急死など不幸も重なった幕府軍はこの戦に大敗し、大政奉還へとつづく衰退の坂道を転がり落ちていくことになるのだった。

いってみれば、高杉晋作らによる起死回生の挙兵こそ幕府と長州の力関係を逆転させ、維新回天の大業を成す契機となった出来事であった。この挙兵は加わっていた者すべてにとって輝かしい誇りだった。

時山も山県も、この戦いに出ている。もっとも、最初から前線に出ていた時山に対して、山県は当初、大きすぎる兵力差から勝算は薄いと判断し、参加を躊躇っている。ほどなく高杉らが互角以上の善戦を展開する様子を見て、

——この勢いならば、番狂わせを起こすことも不可能ではない。

そう考え、戦いに加わった。結果、山県の加勢が決定打となって高杉らは勝利をおさめた。

そういう意味においては、最大の殊勲者といえたが、その行動の慎重さは人々の支持を得られず、それどころか、

——所詮、勝ち馬に乗った卑劣な男よ。

——もし、あのまま劣勢であったならば、松下村塾の同窓で古くからの同志である高杉さんを見捨てるもりだったのか。

と、批判される有様だった。以来、長州藩討幕派の輝かしい履歴である功山寺挙兵は、山県

にとって苦い記憶となっている。

時山はしかし、そんな山県の屈折した心情になどかまわず、

「おぬしの慎重さは、得難い才能だ。しかし、身を捨ててかからねば勝てぬ戦というものは、やはりある。功山寺挙兵の時がそうだった。そして、今もまた同じだ。ここまで戦ってきて、おぬしにももうわかっているはずだぞ。俺たちが戦っている敵は、生半可《なまはんか》な気持ちで倒せる相手ではない。乾坤一擲、命を捨てる覚悟がなければ絶対に勝つことはできないんだ」

興奮した口振りで捲し立てた。

精悍な面差しがいっそう野性味を増し、山県の目にはひどく眩《まぶ》しく見えた。


一進一退の攻防がつづいている。

鑑三郎率いる雷神隊の働きの凄まじさは言うに及ばず、ともに戦う長岡兵の戦ぶりも見事なものだった。

——河井殿は謙遜しておられたが、なかなかどうして、実によく鍛えられている。

感嘆する鑑三郎に、

「立見殿、僭越ながら、ここが勝負所かと心得まする。全力で前へ押し出すよう、兵たちを鼓舞いたすべきかと存じまするが、いかに」

長岡兵の隊長を務める安田《やすだ》某が問う。彼は、河井から鑑三郎の戦ぶりを見て学ぶよう厳命されている。輝かしい武名を持つ鑑三郎の傍近くで戦うことは、安田にとっても願ってもない機会だった。

「いかにも、ここが正念場です。なんとしてもこの朝日山を守り抜かねばならない」

「されば、兵たちに御下知を――」

「お待ちくだされ。正念場なればこそ闇雲に突進するのではなく、必勝の策を講じなければなりません」

「必勝の策？」

安田は怪訝そうな顔をする。

「今さら申すまでもないことながら、我等は兵力において圧倒的に劣っておりまする。必勝の策など、いかにして講じられましょうや」

「私に考えがあります。まあ、見ていてください」

鑑三郎は涼やかに笑いながら言うと、大きくひとつ息を吸い、前方で激闘を繰り広げている両軍の兵たちに向けて、大音声で叫んだ。

「桑名藩雷神隊、既に敵十五、六騎ほどを討ち取り、優勢を保てり。この勢いを保持すれば、この戦、わがほうの勝利となること疑いなし。みな、さらに励めッ！」

瞬間、戦場の空気が一変した。

桑名・長岡の兵たちは表情が明るくなり、動きも軽やかになった。対する新政府軍は、明らかに足が止まり始めている。中にはあからさまに後ろを向いて、逃げ出そうとしている者さえいた。

「安田殿、これが必勝の策です。さあ、この機を逃してはなりませんぞ」

悪戯っぽく微笑む鑑三郎。

「こ、心得ました」

鮮やかすぎるその手際に呆然とする安田を尻目に、鑑三郎率いる雷神隊は、浮き足立つ新政府軍に猛然と襲い掛かっていった。


「立見らの働きは、まさしく鬼神の如しであったそうな」

ところはふたたび江戸の下町。

肩を並べて歩く成瀬は、森に向かってこう語る。

「さしもの新政府軍もすっかり総崩れとなった。ところが、敵もさるもの。潰走する兵たちを懸命に叱咤激励しながら、ただひとり一歩も引かぬ豪傑がいる。総大将格の長州藩士、時山直八という男だ」

「ほう」

森は興味津々だ。

「小才子ばかりの長州にも、そのような骨のある奴がいたのか」

「時山にしてみれば、みずからが陣頭に立って指揮を執り、なんとか態勢を立て直そうと必死だったのだろう。だが、これこそ我等が立見鑑三郎の思う壺だった」

成瀬の口吻が熱を帯びていく。

「戦は総大将を獲られれば終わりだ。立見は時山ひとりに狙いを集中させた。雷神隊の猛者連が一斉に襲い掛かる。こうなれば時山に生き延びるすべはない。それでもなお勇敢に戦ったが、ついには力尽き、壮絶な討死を遂げた。かくして朝日山の戦は桑名・長岡軍の勝利に終わったというわけだ」

「驚いたな」

森が大きく息を吐く。

「鑑三郎が優れた資質の持ち主であることは、儂も気付いていた。だが、何しろまだ若い。持てる本領を如何《いかん》なく発揮できるまでには、もう少し時がかかると踏んでいたのだ。ところが、どうだ。奴はそんな儂の見立てを大きく、軽々と超えてきおった。近来、これほど愉快な話がまたとあろうか」

「いかにも、我等も負けてはおられぬぞ」

成瀬が大きく頷いた。

「実は儂も上野の戦にあまりにも呆気なく敗れ、些か自暴自棄になることもあったのだ。幕府のお膝元である江戸で、あれほど無様な負け戦をやってしまったのだからな。この上はもはや生き永らえても恥ずかしいだけだと、ひとり脇差を睨んで過ごした夜もある。だが、そんな折に立見の頑張りを耳にし、考えを改めた。一度や二度の負けですべてを捨ててどうする。命あるかぎり何度でもやりなおせばいい。倒れても倒れても起ち上がればいいのだと、気付かされたのだ」

「儂もそうだ。今、おぬしの話を聞いて、体の奥底に眠っていた闘志がふたたび湧き上がってきたよ」

「どうだ、儂と一緒に会津へ行かないか」

「会津へ?」

「長岡と並び、もっとも激しい戦いが展開されるのが会津であることは間違いないだろう。何しろ薩長の奴等の会津に対する憎しみにはひとかたならぬものがある。おそらく民百姓に至るまで族滅する覚悟で臨んでくるだろう。むろん会津は全力で、誇りをかけて、これに立ち向かうはずだ。熾烈《しれつ》な戦にならぬ道理がない」

「そうだろうな。そして、ここを守り切れるかどうかが我等、幕府方の命運を決することになる」

「そのとおりだ。長岡を立見が守り、会津を我等が守る。そうして新政府軍に足止めを喰らわせていれば、幕府方にもまだ勝機はある」

「同感だ」

ふたりは互いの顔を見合わせた。

「すぐに行こう、会津へ」

「ああ、そうしよう。些か気掛かりなのは国元のことだが――」

「なんの、そこは心配無用さ」

いとも簡単に森が言う。

「桑名には孫がいる」

「孫？　ああ、惣宰の酒井孫八郎殿のことか」

成瀬は意外そうな表情を浮かべてみせた。

「此度の開城恭順はすべて酒井殿が仕切ったと聞いている。たしかに、なかなか手際のいい段取りだったそうだが……」

「儂は孫のことを小さい頃からよく知っている。少々偏屈なところはあるが、頭は抜群にいい。

それに、ああ見えて度胸もある」

「そんなふうには見えぬが……、まあ、あの状況の中で藩論を開城恭順にまとめたのだから、それなりに肝は据わっているのだろうな」

「据わっているな。同い年の鑑三郎に勝るとも劣らぬほどだ」

「ほう、それほどにか」

「辛い役回りを背負わせてしまったが、あいつならばこの後のこともうまく始末してくれるだろう。ただ――」

　森はしばし考え込んだ後、

「そうだな。やはり、そう信じるしかない」

　ひとりごちるように言った。

「どうした。何を信じるのだ」

「いや、我等がこの先、薩長と戦いつづけることが国元の孫たちに与える影響というものをな、儂はずっと考えていたのだ。普通に考えれば、我等も戦をやめて恭順したほうが敵の心象もよく、処分が軽くて済むのではないかと。だが最近、その考えは変わってきた」

「どう変わってきたのだ」

「仮にも我等は会津と並び、京において幕府方の最前線にいた。その我等が一戦も交えることなく降伏開城したのだ。対手の中に少なからず侮りの心が生まれたとて不思議はない。そうなってしまえば、いかに孫が知恵を絞ろうとも、有利な処分を勝ち取ることはできまい」

「……」

「むろん我等が抵抗しつづけることで、向こうを頑なにさせてしまう危険性は、なしとは言えぬ。だが、同時に侮りがたしという印象を与えることもまた、できると思うのだ。あとはそれをどう生かすかだが……。孫ならば、きっと上手くやってくれる。我等の奮闘を駆け引きの材料に使い、必ずや桑名をよきほうへ導いてくれる。そう思うことができた今、儂にもう迷いはない」

森は晴れやかな表情で、

「若い者たちがみな、それぞれの戦場で全力を尽くしている。年寄りの我等にできることは愚直に戦いつづけ、桑名武士の意地と矜持を見せつけてやるだけだ」

「おう」

成瀬は力強く吼えた。

「その考えには、まったく同意する。だが、ひとつだけ納得できぬ言葉があったな」

「なんだ」

「儂もおぬしも年寄り気分になるには些か早すぎるということよ」

これを聞いた森は呵々大笑し、

「もとより老け込むつもりなど毛頭ない。我等の時代はこれからぞ」

凛然《りんぜん》とした声音で、高らかに宣言してみせた。

第六章　それぞれの誠

北越戦争における立見鑑三郎の活躍は桑名へも伝わり、藩士たちの心を大いに湧き立たせた。

そんな中にあって、孫八郎はひとりじりじりと焦慮《しょうりょ》する日々を過ごしている。

彼は、行き詰まっていた。

開城から今日まで、孫八郎は何度となく尾張藩を訪れて、藩士たちの謹慎を解き、降伏恭順の手続きを完了させて欲しいと訴え、京の新政府にそのように働きかけてもらうよう願い出た。意を汲《く》んだ尾張藩は、新政府への取り成しを試みてくれたのだが、その返答は一貫して「不可」のまま変わらなかった。

――事実上の藩主である定敬殿の恭順が未だになされぬままとあっては、藩士らの謹慎解除を認めるわけにはいかぬ。認めてほしくば定敬公おんみずからが出頭し、潔く頭を下げるべきではないか。

まさしく「ぐうの音も出ない」正論に対して、孫八郎にはもはや抗弁のすべもない。

既に桑名藩松平家の家督は名目上、万之助が継いだ形になっているが、肝腎の当人同士、つまり定敬と万之助はそのことに関して、一度も直接話をしていないのだ。

――定敬殿おんみずからが万之助殿を後継者と認め、その上で新政府に対してもなんらかの形で誠意を見せるのが筋であろう。藩士たちを解放するのは、それからだ。

「と、いうわけなのだ、酒井殿」

尾張藩の目付役は、いかにも申し訳なさそうな顔をして、孫八郎に事の次第を話して聞かせる。

「ご期待に沿えぬ返答となってしまってまことに相すまぬとは思うが、ここはたしかに先方の申し分にも一理あるように思う。定敬殿は、いったいどこまで戦いつづけるおつもりなのであろうか」

「さて、それは……」

最後まででしょう、と言いたいところだが、実のところ、孫八郎にはどうにもその確信が持てない。

おそらくこのままいけば会津藩も敗れるだろう。藩主容保は真面目一辺倒の人物だし、そもそも会津藩には藩祖保科正之の定めた家訓があって、藩主も藩士も徳川幕府に対する絶対的な忠誠を貫くことが求められている。

京都守護職を務めていた会津藩の公用方には神保修理《じんぼしゅり》という怜悧《れいり》な頭脳の持ち主がおり、鳥羽伏見の開戦にも終始反対していたそうだが、その鳥羽伏見の合戦において将軍慶喜とともに江戸へ下った容保を止めなかった——そればかりか、かえってそれを唆《そそのか》したと疑いをかけられ、罪に問われて切腹していた。

修理を失った会津藩に冷静な判断力を持つ者はもういなかった。城内は「薩長憎し」の空気で埋め尽くされ、少しでも批判的なことを口にしようものなら「臆病者」「卑怯者」と悪罵《あくば》の集中砲火を浴びせられかねない状況下に、みな口を噤まざるをえなかった。

そうした中で藩を主導する家老佐川官兵衛ら抗戦派の鼻息は荒く、藩主容保もまた、

——たとえ最後の一兵となっても、薩長に膝を屈するつもりはない。

と、悲壮な決意を見せていた。

藩内には正規軍以外の部隊も組織され、薩長軍を迎え撃つ仕度が整えられていった。十六歳

以上の少年で構成された白虎隊や、婦人たちによる娘子隊などである。

こうした空気の中に身を置いている以上、定敬もまた意気軒高に来たるべき戦いを待っていることだろう。だが、

——それがどこまでつづくかは疑わしい。

と、孫八郎は見ていた。

周囲に流されやすい定敬なればこそ、今のような状況下ではその心意気を保っていられるかもしれないが、ひとたび戦が始まって戦局が思うに任せぬものとなったり、あるいはその中での自身の役割や存在感に疑問を抱いた時、それでもなお初志を貫徹することができるかと言われると、

「わかりません」

結局、そう言うしかないのだった。

「正直に言うと、私にもあの方の心の動きは今ひとつ読めないのです」

「ほう」

「根はとても純粋なお方なのですが、それだけに些か気儘なところがおありになる。時によってお考えが変わってしまうようなことも少なくはない。しかしながら、当のご本人にはいっさい悪気がないのです。何しろ、ご自身はただおのれのお心の赴くままに、嘘偽りのない言動をなされているだけなのですから」

「なるほど、その定敬殿がこれだけ徹底抗戦に強い意思を示されているのだから、よほどのお覚悟なのでしょうな」

「……かもしれません」

「ふうむ、困ったことだ」

尾張藩の目付役は腕組みをして首を捻り、

「定敬殿の意志の固さもさることながら、より困るのは桑名軍が強すぎることでござる。聞けば、戦の采配を振るっておられるのは立見鑑三郎と申す者にて、貴殿とは幼馴染《おさななじみ》の間柄だというが――」

目付役は孫八郎の表情をうかがうようにしながら、

「どうやら越後では長州の軍勢を完膚なきまでに打ち破られたそうですな」

「ああ、そうでしたか」

とぼけてみせるが、むろんその活躍ぶりは洩れなく耳にしている。宇都宮城攻めでの見事な指揮ぶりも、越後における快勝劇も。

「長州軍の司令官級を討ち取ったとも聞き及んでいる」

あいつならそれぐらいやって当然ですよ、という誇らしげな言葉は、さすがに自重して呑み込んだ。

内心を言えば、嬉しくて仕方がない。

――やっぱり鑑ノ字は凄い奴だったのだ。

かねて軍才はあるに違いないと睨んでいた。だが、実際に軍勢を率いて戦うところを見たわけではない。京で長州や尊攘派勢力とやり合っていた程度の小競り合いと、此度の戦はまるでわけが違う。それでも鑑ノ字の能力はたしかだった。それはつまり孫八郎の眼力がたしかだったということでもある。

「満更《まんざら》でもないという顔をされておいでですな」

目付役に図星を突かれた。

「あ、いえ、とんでもない」

「ご無理をなされるな。幼馴染の活躍を喜んで何が悪かろうぞ」

「まあ、それはそうですが」

「しかし、今の貴殿らにとって、北陸の桑名軍の強さは決して手放しで喜べることではござらぬ。そのことはおわかりでござろう」

「はあ」

「わかっておいでか、酒井殿。まことにあと一歩なのですぞ、貴殿の努力は」

「はあ」

呆けたような生返事を、孫八郎は繰り返す。

目付役は、そんな孫八郎に呆れたような眼差しを向けていた。

「いやあ、しかし、まいったよ」

その夜、孫八郎は夕餉《ゆうげ》をともにしながら妻のはつに昼のことを話して聞かせた。

「鑑ノ字の奴、派手にやってくれたみたいだ。圧倒的な数の敵を追い払っただけでなく、総大将を討ち取ってしまったらしい」

「まあ、そうなのですか」

はつは少女のように瞳を輝かせて、

「さすがですね、鑑三郎さまは。あなたがいつも褒めているだけのことはあって」

「俺の見立てに間違いはなかった。やはり鑑ノ字は名将の器だったのだ」

「本当に」

頷いた拍子に、はつが激しく咳き込んだ。

「大丈夫か」

頬を紅潮させながら苦しげに喘《あえ》ぐ。

「おい」

孫八郎は慌てて後ろへ回り、その背中をさすった。もともと華奢なほうだったが、このところいっそう痩せたようだった。手触りが以前にも増して骨っぽくなっている。

「だ、大丈夫です」

懸命に声を絞り出すはつ。そのさまもまた苦しそうだ。

「最近よく変な咳をするぞ。体の具合が悪いのだろう」

「いいえ、たまたまです。今、口にした水菜が咽喉に詰まってしまったみたいで……。きっと鑑三郎さまのご活躍に興奮するあまり、たくさん口に入れ過ぎてしまったのでしょうね」

気丈に笑うその顔も、どこか以前よりも弱々しい。

「本当か」

心配そうに訊ねる孫八郎。

「本当にどこも悪くはないのだな」

「ええ」

「無理をするなよ、はつ」

その薄い背中からそっと手を放して、孫八郎は言った。

「さっき尾張藩の目付役も言っていた。俺たちが新政府から完全恭順を勝ち取るまで、あと一歩のところまできている。目付役は今、鑑ノ字たちが北陸で大暴れしていることがその妨《さまた》げになると考えているようだが、俺の見かたはまったく逆だ。鑑ノ字たちが桑名武士の強さを見せつけてくれることで、新政府に対して、桑名侮りがたしの印象を植え付けることかできる。結果的にそのことは俺たちが完全恭順を勝ち取るための強力な援護射撃になるはずだ」

「ふふっ」

「どうした、何が可笑しい」

「あなたは内心、鑑三郎さまのことが羨《うらや》ましいのでしょう」

「なに」

「わかっていますよ。あなたは本当は新政府軍に城を明け渡した口惜しさを今なお忘れていないのでしょう。藩士のみなさまや民百姓を守るためにみずからの思いを殺し、時に卑怯者と謗《そし》られながらも、藩を開城恭順に導かれた、その手腕はわが夫ながらお見事と存じますが、当の本人はそのことにちっとも満足しておられない」

「……」

「そんな折、遠く北陸の地で新政府軍を手玉に取って戦っておられる旧友の鑑三郎さまに、あなたはご自身の思いを重ねておられるのではありませんか」

「……あたりまえだ」

孫八郎は、呻《うめ》くように言った。

「俺も武士だ。こんなことになって口惜しくないはずがない。藩のため、みなのためにと知恵を絞り、やっとの思いでここまで漕ぎ着けたが、誰も俺の苦労などわかってはくれない。聞こえてくるのは不平不満の声ばかりだ。自分では何もできないくせに」

「……」

「そんな奴等に反論することさえ憚《はばか》られる日々には、正直もううんざりだ。叶うものなら今すぐにでもすべてを擲《なげう》って薩長と戦いたい。もちろん俺のこの腕では、倒せる敵などいないかもしれない。しかし、そういう問題じゃないんだ」

「武士の意地、ですね」

「ああ。つくづくつまらぬことを言う男になったものだと、俺自身呆れるよ。だが、これが今の俺の偽らざる心境だ。とはいえ、それは所詮、叶わぬ望みだ。それはよくわかっている。だからこそ、俺はこの忸怩《じくじ》たる思いを鑑ノ字に託したいんだ」

孫八郎の口吻が熱を帯びる。

「あいつがこうして新政府軍を完膚なきまでに打ち破り、その報らせを聞くことで留飲《りゅういん》が下がるからこそ、俺は頭と心をすり減らして完全恭順を勝ち取る道を模索することができる。互いの居場所や行動は違っていても、今まさに俺とあいつは一心同体なんだ」

「よくわかります」

ようやく咳のおさまったはつは、青褪《ざ》めた顔を孫八郎に向けて、小さく微笑んだ。

「きっと鑑三郎さまも同じ思いで戦っておられることでしょう」

「ああ」

孫八郎は北陸の方角へ遠い目を向ける。

「鑑ノ字、おぬしは俺だ。このやるせない思いを、越後の空に解き放ってくれ」

瞳の奥に燃える焔《ほのお》があった。


それから数ヶ月は同じようなことの繰り返しだった。

孫八郎は粘り強く交渉をつづけ、藩士たちに課せられた謹慎処分を少しずつ軽くすることに成功していった。

だが、決定的な成果を得るには至らない。やはり定敬の恭順がないかぎり新政府軍が完全に矛を収めることは望めない——そのことはもう火を見るよりも明らかだった。

——まあ、のらりくらりやっていくしかないだろう。

孫八郎にしてみれば、そう肚《はら》を括《くく》るしかない状況だった。

こうしていても埒が明かぬと、焦りや苛立ちが強くなるのを抑えながら、なんとか糸口を探っていく。それは果てしない道程のように思われてならなかったが、

——それでも誠を尽くしてやらなければならないのだ。越後で奮闘する鑑ノ字に負けぬようにな。

みずからを奮い立たせて、対話に臨む日々であった。

相手もそんな孫八郎の心情は十分に察している。もともと関係の悪くない藩同士だけに、目

付役の面々も好意的に接してくれた。中でも年嵩の鈴木某という男は、

——定敬殿が桑名へ戻られ、恭順すると決断してくだされた暁には、わが尾張藩は全力で定敬殿のお命をお守りいたしまするぞ。

折に触れてそんなことを言い、孫八郎を励ました。

その鈴木の表情がにわかに険しくなったのは十月も半ばに近付いた頃のことである。

「そろそろ月の美しい時期でござるなあ」

いつもどおり何気ない世間話を始めた鈴木であったが、どこか咽喉の奥に引っ掛かるものがあるような物言いである。

訝しげに見返す孫八郎の視線を避けるように俯きながら、

「聞いておられぬようだな」

と、呟くように言った。

「何をでございますか」

「ご友人の立見鑑三郎殿が降伏されたそうでござる」

「えっ」

孫八郎の表情が強張《こわば》る。

「いつのことです」

「先月の末頃らしい。庄内藩が恭順したことは、お聞き及びか」

「いいえ、存じません」

「さようか」

鈴木は小さく頷き、
「されば、それがしの知るところをお伝えいたそう」
そう言って、訥々《とつとつ》と語り出した。

鑑三郎率いる雷神隊をはじめ、桑名軍の働きは目覚ましく、新政府軍をしばしば窮地に追い込んだ。

だが、五月十九日に長岡城が新政府軍の手に落ち、状況は一変する。

一度は城を奪い返した長岡藩兵だったが、その消耗は激しく、新政府軍の反撃に遭って大敗。司令官河井継之助も脚に重傷を負った。

河井はひとまず荷車に乗せられて戦線を離脱したが、その傷が破傷風を起こして人事不省に陥り、ほどなく息を引き取った。

死の間際、かすかに目覚めた河井は、それまでずっと付き従っていた下僕の老人に向かって、

――儂はつねに合理的であろうと努めてきた。此度の戦においても、合理的と思える戦いかたをしつづけてきたつもりだ。しかし、ただひとつ儂は間違いを犯してしまった。もっとも合理的でないこと――すなわち、この戦自体を起こしてしまったことだ。とうてい勝ち目のない戦を始めてしまった、その時点で、儂がかような末路を迎えることは決まっていたのかもしれぬ。

皮肉げに口元を歪めながら、そう言ったという。

長岡の敗北から四ヶ月後の九月には、会津藩も力尽きた。みずからの履歴の正当性を見せつ

けるかのように力戦奮闘し、新政府軍を大いに苦しめたが、衆寡敵せず。終盤はまさしく玉砕覚悟の総力戦となり、城に入れず城下に取り残された藩士の家族たちが敵の手にかかって殺されたり凌辱《りょうじょく》されるのを恐れ、次々にみずから命を絶つなど、語り尽くせぬほど多くの悲劇を生み出して、新政府軍の軍門に降った。

次々と味方の牙城が崩されていく中、鑑三郎たちは出羽山形の庄内藩へと向かう。

庄内藩は酒井家十七万石。家祖は家康に仕えて数々の武勲を挙げ、「徳川四天王」のひとりに数えられた名将酒井忠次である。現藩主忠篤《ただあつ》は未だ十六歳の少年だったが、若くして家老を務める酒井玄蕃《げんば》が藩兵を指揮し、新政府方に与した近隣の天童藩を破るなど、目覚ましい戦ぶりを見せていた。

その噂を耳にし、ともに戦おうと庄内へやってきた鑑三郎の期待はしかし、すぐに砕かれてしまう。

会津藩の降伏を知らされた庄内藩は、もはやこれ以上、戦いつづけても勝ち目はないと判断し、みずからの戦に幕を引くことを決したのである。

明治元年（一八六八）九月二十六日、庄内藩は新政府に降伏する。

事ここに至っては、鑑三郎たちも覚悟を決めざるをえなかった。もはや彼等が戦いをつづけられる場所は残されていない。

――致し方あるまい。

新政府方に降伏を申し出た鑑三郎の心は、晴れやかだった。

――やれるだけのことはやった。悔いはないさ。

清々しい漢の貌《かお》は、長く敵対していた新政府方の人々をも魅了してやまなかったと伝えられている。

「立見殿をはじめとする桑名藩の面々は大山というところへ移り、謹慎しながら沙汰を待っておるらしいが、いかが相成るやら。なまじ戦果を挙げられておるからこそ、恨みも買っておられようほどにな」

「戦ですから、致し方のないことでしょう」

「道理としては、そのとおりでござる。しかし、相手は——特に同志を討たれた長州の面々は口実を求めておるでしょうな」

鈴木の言うとおりだった。敵の中には仲間を殺された復仇《ふっきゅう》に燃える者もいるだろう。事の理非など正すつもりもなく、はなから罪を着せる気でいるかもしれなかった。

「どうすれば鑑ノ字を——立見鑑三郎を救うことができるでしょうか」

「そうですな……」

鈴木はしばらく腕組みをして考え込んでいたが、やがてぽつりとひとこと、

「やはり定敬殿次第でしょうな」

と、言った。

「この桑名のことにせよ、立見殿たちのことにせよ、結局は定敬殿の降伏恭順が実現いたさぬかぎりは前へ進みますまい」

「……」

「聞けば定敬殿は会津から米沢、さらには仙台と各地を転戦なされ、ついには榎本武揚殿の軍艦に乗って蝦夷地へ向かわれたとのこと。何度敗れても挫《くじ》けず戦いつづける気概はまことに見上げたものと感服いたすほかはないが、おそらくどこまでいっても勝ちの目は出ますまい」

「蝦夷地……。わが主は今、蝦夷地におられるのですか」

「我々はそのように聞き及んでおり申す。なんでも榎本殿は幕府海軍の軍艦を何隻も引き連れて蝦夷地へ赴き、彼の地に新たな独立国を築く肚積もりとか。途方もない夢物語としか思われぬが、彼等が本気でそれを目指すつもりであれば、いずれ新政府軍の攻勢にさらされることとなろう。奥羽越まで失った旧幕府軍には、もはや逃げ場はござらぬ。蝦夷地で戦に敗れれば、待っているのは死のみでござる。定敬殿も頃よきところで矛を収めねば、やがてはお命を落とすこととなるでござろう。そうなってからでは遅うござるぞ、酒井殿」

　鈴木が声を励ました。

「なんとしても定敬殿に戦を止めていただかねば。恭順の姿勢を示してさえくだされば、あとはわが尾張藩も力を尽くす所存。改めてどなたかを遣わし、定敬殿にそうお伝えくださらぬか」

「わかりました」

　孫八郎は眦を決して、

「私がまいります」

「なんと」

　鈴木が目を見開いた。

「ご貴殿がみずから蝦夷地へ向かわれるというのか」

「いかにも」

孫八郎は大きく頷く。

「これまでも幾度となく使者を送ってきましたが、主は聞く耳を持たぬ様子。このようなことをつづけていても、もはや埒が明きません。こちらの事態が切迫していることをご理解いただくためにも、ここは惣宰たる私がみずから出向き、説き伏せてまいるしかないでしょう」

「しかし、酒井殿。貴殿の奥方はたしか病床に伏せっておられるはず。お側を離れてよろしいのか」

「わが妻の身の上とて――」

孫八郎は語気を強めた。

「藩の完全恭順が果たされてはじめて真に安泰となりえます。今のままでは明日に何が起きるか、わかったものではありません」

「まあ、それはそうだな」

たしかにそのとおりだった。藩主定敬がこのまま戦いつづけ、もし新政府軍に大きな痛手を与えるようなことがあれば、彼等の憎しみは桑名の国元へも当然、向けられるだろう。

鑑三郎たちの働きが憎悪ではなく、桑名に対する畏怖の念になって新政府軍に植え付けられている今が好機なのである。この機に定敬が恭順の意を示してくれれば、おそらく新政府軍はそれをすんなりと受け入れるだろう。その際、桑名の国元にも無体な要求をしてくるとは考えづらい。鑑三郎たちが作ってくれた、この絶好機を、孫八郎は絶対に逃すわけにはいかなかった。

「必ず主を説得して戻ってきます。それまで、藩士たちや私の家族を、どうかよろしくお願いします」

　神妙に頭を下げる。

「わかり申した」

　やわらかく笑いかけながら、鈴木が言った。

「難しいお役目だが、貴殿ならばやり遂げられそうな気がいたす。桑名のことは我等が責任をもってお守りいたすゆえ、留守中のことはご心配なされるな。貴殿はただ、その強い信念のまま蝦夷地へ向かわれ、なんとしても定敬殿をこの桑名へお連れ申し上げてくだされ」

「ありがとうございます」

　孫八郎はそう言うなり、駆け出すようにしてその場から立ち去った。


「では、これから蝦夷地へ？」

「ああ、数日の内には発《た》つつもりでいる」

　その夜、はつの枕元で孫八郎は蝦夷行きのことを話した。

　はつの病は深刻だった。はじめは単なる風邪であろうと本人も周囲も思っていたが、いつまで経っても咳がおさまらず、そのうち高熱を発するようになった。食欲が衰え、夜になってもなかなか寝付かれず、もともと華奢だった体は急速に病み衰えて、ほとんど骨と皮だけのようになってしまっていた。

「病身のそなたを置いて行くのは心苦しい。すまないと思っている。だが、此度のことはどうしても俺自身が蹴りをつけなければいけないんだ」

細い腕で土瓶を持ち、はつの碗に薬湯を注ぎ込む。

「そもそも殿の帰りを待たず、この城を明け渡すと決めたのは俺だ。そうするよりほかに、この桑名を——藩士たちや民百姓を守る手立てはなかった。今でも俺はそう信じているし、この決断が間違っていたと思ったことは一度もない。だが——」

「殿はおひとりで戦をつづけてしまわれた。だから、桑名の戦はいつまで経っても終わらない」

掠《かす》れた声ではつが言う。

「そのとおりだ。みなの頑張りのおかげで完全恭順が受け入れられるまであと一歩というところまで来ている。なのに……、肝腎のあと一歩がいっこうに進められない」

「殿がおられぬから?」

「そうだ。薩長にとって、桑名といえば万之助君ではないし、まして俺たちではない。やはり京都所司代松平定敬公なんだ。その定敬公が頭を下げてはじめて、彼等は桑名を制したということができる」

「でも、殿はそれを受け入れられない」

「あの殿のご気性では、耐えられないだろうな、そんな屈辱」

「そうかもしれませんね」

はつは、クスリと笑った。

「あなたはいつも言っておられましたものね。あんなに効かん気の強い、頑固な殿さまは他にいないと」

「今、改めてそう思っているよ」

孫八郎は口を尖らせる。

「でも、そこがあの方の魅力でもあるのではありませんか」

「ああ、たしかにそうなんだ。鑑ノ字や兄の町田老之丞殿、それに松浦秀八や石井勇次郎など、多くの藩士が殿を慕って関東から越後へと転戦した。他の殿さまだったら、こうはいかなかったかもしれない」

「あなたも殿のことがお好きなのですね」

「好きとか嫌いとか、主君というものがそういう物差しで測っていいものだとは俺もさすがに思っていない。だが、もしそうすることが許されるのだったら――」

「許されるのだったら？」

「それはまあ、嫌いではないだろうな」

「ひねくれ者」

はつは声を立てて笑った。

「好きとはおっしゃらないのですね」

「いや、まあ――」

孫八郎は苦笑して頭を掻く。

「好きなのかな、どちらかといえば」

「好きなのですよ、どちらかと言わなくても」

「そうか」

「私はずっと思っていました。きっと殿とあなたとは似た者同士なのだろうな、と」

「似た者同士？　俺と殿が、か」

「ええ。どちらも効かん気が強くて、頑固」

「いや、俺は――」

「違うと言いたいのでしょう。違いませんよ。あなたは効かん気が強くて、頑固です。一見繊細なようでいて、その実、図太くて芯が強い。それがあなたのいいところです」

「一応、褒めてもらっているのかな」

「もちろん、褒めていますとも」

はつは可笑しそうに笑って、

「そんなあなただからこそ、単身蝦夷地へ乗り込もうなどと突拍子もないことを思いつかれるのです。そして、そんなあなたに慣れているからこそ、私はその突拍子もない考えを聞かされても少しも驚くことなく、平然としていられるのです」

「それは……」

そなたのほうが図太いからだよ、と言いかけた言葉は、はつの喘ぐような咳によってかき消された。

「大丈夫か」

慌てて背中をさする。

病はかなり進行している。その事実が、孫八郎の胸を強く締め付けた。

「俺はな、はつ」

優しく背中を撫でながら、孫八郎は語りかける。

「俺が守りたい桑名というのは、桑名藩という枠組みというか、入れ物というか……、その、なんと言っていいか今ひとつよくわからないが、とにかくそういうものではないんだ。そうではなくて、ここに住んでいる人たちがただ、いつも笑っていられるような、何事にも煩《わずら》わされずに暮らしていけるような……、それなんだよ、俺が守ろうとしている桑名は」

はつの咳が少しずつおさまっていく。

「はっきり言えば、『桑名藩』なんてものはなくなってしまってもかまわない。そこにいる藩士たちや民百姓らが笑って暮らせるのなら、たとえ藩なんて実態はなくなってしまっても、桑名がなくなるわけじゃない。だから……、ああ、うまく言えないな」

「わかりますよ、あなたのおっしゃりたいことは」

咳の止まったはつは、孫八郎に笑顔を見せた。

「あなたらしい考えかただと思います」

「間違っているかな。間違って……いないよな」

「間違っていないと思いますよ、私は」

「なぜ、そう思う」

「なぜって……、なぜでしょう。私があなたの妻だからではありませんか」

「なんだ、それは」

「けれど、そういうものではありませんか。自分がもっとも信じている人が信じていることなのですから、どうしたって信じてしまいますよ」

「そういうものか」

どこか面映ゆげに孫八郎は呟く。

「そういうものです」

はつは力強く応えた。

「大方さまではありませんが、やはり最後は誠なのだと思います。そこに誠があれば人は信じ、従う。託すことができます。そこに誠がなければ、どんなに耳障りのいい言葉でも心から信じ、従うことはできません。人とはそうしたものではありませんか」

「かもしれないな」

「だからあなたは、みずから蝦夷地へ行かれるおつもりなのでしょう。今度は殿に誠を尽くすために」

その言葉に、孫八郎は胸が熱くなるのを覚えた。不覚にも涙が零れそうになる。それを隠すように横を向いて、

「殿にも通じるかな、俺の誠が」

「自信がないのですか、あなたらしくもない」

「別に、俺はいつも自信満々なわけじゃない」

笑いながら、不貞腐《ふてくさ》れる。

「あたりまえだが、殿と俺とでは背負っているものが違う。俺がいくら誠を尽くして話したところで、所詮どこまでも交わり合うことはないかもしれない。だが、それでも俺は行かなければいけないんだ。行って殿を説き、この桑名へ連れ戻す。それを実現しなければ、この桑名の人々が心の底から笑って暮らせる日は訪れない。俺の使命は果たされないままになってしまう」

「たしかに、殿さまとあなたとはお立場が違います。でも、背負っているものは同じではありませんか。一見、色や形が違って見えるかもしれませんが、余計なもの――たとえば面子だったり、意地だったり――とにかく、そういったものをお互い綺麗に取り除いてみれば、実は中身は同じなのだと思います。守りたいものは同じ。守るべきものも同じ。ただ、今はそのための手段が違っているだけ。だから、きっとあなたの誠は通じます」

はつの言葉は、孫八郎の心を激しく揺さぶった。

「ありがとう」

軽くなったはつの体を臥所《ふしど》に横たえながら、孫八郎は言った。

「俺は必ず殿を連れて戻ってくる。そして、この桑名の人々が元どおり自分の家で笑って暮らせる日々を取り戻してみせる。それを実現できたら、俺の役目は終わりだ。おそらく藩なんてものは遠からずなくなってしまうだろう。よくわからないが、きっと何か今までとはまったく違う形になる。そうなったらもう殿も俺もまつりごとからはおさらばだ。殿がどう思われるかは知らないが、俺はそれでいい。煩わしいことからはいっさい離れたところで、ゆっくり過ごそう。だから、その時までに病を治しておいてくれ」

「わかりました」

布団に入ったはつが微笑む。

童女に戻ったような可憐な笑顔。孫八郎の胸を切なさが支配した。

第七章　鬼と人と

「失礼」

低い声で小さく挨拶をして、椅子の上へ静かに腰を下ろしたのは、驚くほど端正な顔立ちをした青年将校だった。

見たところ三十になったかならぬかという年格好だが、落ち着き払った所作からすると、実際は見た目よりも少し上なのかもしれない。背はそれほど高くなく、どちらかといえば痩せ型だが、がっちりとした骨組みの逞《たくま》しい体躯だと服の上からでもよくわかった。

その服というのがまた洒落ていて、全身黒ずくめの洋式軍服である。和装と違って細身の造りになっており、普通の日本人には着こなすのが難しそうだが、目の前の男は、秀麗な風貌とも相俟って、完璧といっていいほどによく似合っている。

切れ長の双眸や綺麗に通った鼻筋は純和風で、欧米人にありがちな彫りの深さはなかったが、これほど違和感なく洋装を着こなしているというのは、よほど秀でた洒落心の持ち主なのに違いない。

「突然の来訪、非礼の段は何卒《なにとぞ》ご容赦願いたい」

男はそう言って、小さく微笑んだ。堅苦しい言葉とは裏腹に、どこか気さくさを感じさせる笑顔である。

——これが、かの有名な。

孫八郎は、意外な思いがした。

何しろ彼の前に座っているのは、かつて京洛の地を尊攘派志士たちの血で赤く染め上げ、烏合の衆だった自身の所属組織を「鉄の掟」で冷厳と統率した人物である。しかし、こうして初

めて対面するその人物の印象は、

——こんなに柔和な笑いかたをする武士がいるのか。

というものだった。少なくとも世間から「鬼」と恐れられた面影を見出すことはできない。だが、

「土方歳三でござる。陸軍奉行並——いや、新撰組副長のほうが通りがよいかもしれませんな」

男はたしかにそう名乗ったのだった。

不思議なことに、その名を耳にした瞬間、さっきまであれほど穏やかだった男の表情が一変したような気がした。決して大きくないその体から発せられる、なんとも形容しがたい緊張感——それは威厳とも威圧感ともまた違う、独特の感覚だった——に、孫八郎は我知らず身が引き締まるのを感じた。

「桑名藩惣宰、酒井孫八郎と申します」

姿勢を正し、名を告げる。

「桑名からの長旅、さぞやお疲れでござろう。このあたりには名高い温泉がいくつかあるが、そちらへはもう行かれましたか」

「いいえ、あいにくまだどこへも。何しろ五日前に箱館入りしたばかりですので」

「そうか、それは惜しいな。せっかく来られたのだ。幸い戦もまだ始まらぬようだし、少しゆっくりして行かれるがいい」

そう言って、また小さく微笑む。張り詰めた空気は消えていないものの、この如才ない接しかたは、かつて薬の行商で生計を立てていたという過去を十分に納得させるものだった。

「ありがとうございます。ゆっくりしたいのはやまやまなのですが、急を要する用件があるも

のですから」

「そのようですな。榎本にたびたび書状をくださっていたと聞いています。会って何を話すおつもりですかな」

視線が鋭さを増す。目を合わせた瞬間、孫八郎は心の臓を撃ち抜かれるような強い衝撃を覚えた。

――やはり、恐ろしい人だ。

彼が「鬼」の異名を取っていたわけを完全に理解したが、今さら後へは引けない。

「わが主松平定敬公に、桑名へ戻るよう口添えしていただきたいのです」

意を決したように強い口調で告げると、

「それはまた意外な。桑名は既に薩長に屈したと聞いているが」

笑みを浮かべたまま、土方が切り返す。

「いかにも。世子松平万之助君以下、藩士一同、新政府に恭順の意を示しています」

「フッ、新政府か」

冷笑に皮肉が混ざる。

「その恭順した桑名の地へ定敬公を呼び戻して、どうなさる。まさか今さら気が変わって、その新政府とやらを相手取って戦をするわけでもあるまい」

「戦は、しません」

「ならば、なんのために連れ戻す」

一見、表情は変わらぬままだが、その言葉は、どんどん圧が強くなってくる。

孫八郎は強烈な咽喉の渇きを覚えた。

「自分たちの処遇をよくしてもらうために、主の首を差し出すのか」

「まさか」

激しく首を振る。

「では、なんのために」

土方が自分の話にどの程度、耳を傾けてくれるかはわからない。もしかすると逆鱗《げきりん》に触れて斬り殺されるかもしれない。

だが、それでもかまわないと思った。ここでこの関門を乗り越えておかなければ、定敬を桑名へ連れ戻り、藩士たちを謹慎生活から解放するという目的を果たすことは、とうてい叶わないだろう。それに――彼は今、目の前にいる土方歳三という名うての剣客と「勝負」してみたい衝動に駆られていた。

むろん剣を取って戦うのではない。みずからの肚の内をすべてさらけ出し、それを正面からぶつけてみたくなったのだ。おのれの弁舌と、心意気と、誠によって、「鬼」と呼ばれたこの男を説き伏せてやりたい――そんな闘志が湧き上がってきたのである。

「我等は徹頭徹尾、戦を避ける道を選びました」

孫八郎は言葉にあらんかぎりの気迫を込めた。

「私は人を斬ったことがありません。戦に出たこともありません。だから、戦は怖い。斬られて死ぬのも恐ろしい。それは事実です。しかし、桑名の城を明け渡し、みずから寺で謹慎してまで恭順を認めさせようとしたのは、決して臆病ゆえではありません。城下に暮らす多くの民百姓を守るため、桑名の地を戦火に巻き込まぬためです」

土方は孫八郎を鋭い眼差しで見据えている。

時折、視線がぶつかるたびに小さく体が震えるのを感じた。だが、ここで気圧されてはならぬと、声を張り上げる。

「私たちは耐えました。屈辱にも、ひもじさにも。藩を守り抜くために、みなが一丸となって恭順の意を示しました。それこそが私たちの戦いでした。幼い世子万之助君を筆頭に、懸命に戦いました。今もなお彼等は戦っています。しかし、この戦いにはあるひとつの条件が加わらぬ限り絶対に終わりが来ない。そう気づいたのです」

「条件？」

「そうです。私たち藩士がいくら恭順の意を示していても、肝心の主の姿がそこにない限り藩の総意とは見なされない。そう、この蝦夷地で今まさに開戦の時を待っている松平定敬公に桑名へお戻りいただき、私たちと行動をともにしていただくことが、この戦いを勝利に導く唯一無二の条件なのです」

息を継ぐこともせず、一気に言葉を吐ききった。

嗤《わら》うか、怒るか。

息を呑むような思いで、対手の反応をうかがう。

土方はしばらく沈黙していたが、やがてぽつりとひとこと、

「なるほど」

と、呟いた。

ふたたび沈黙が訪れる。

重苦しい空気が、両者の間に流れた。

「桑名藩といえば――」

いくぶんやわらかな声音で、土方が語りかける。

「京にいた頃、よく立見鑑三郎君と語らう機会がありました」

華やかなりし昔を懐かしむかのような視線を、遠くに向けている。

「貴殿とは年齢も近いのでは？」

「ええ、同年です。藩校や私塾で机を並べた学友です」

「ほう、そうでしたか」

土方は知己を得たかの如く喜んでみせた。

「たしか公用方を務めておられたはずだが、年齢に似合わずしっかりとした若者だと感心しておりました。先頃も宇都宮でともに戦いましたが、用兵の術もすばらしかった。残念ながら庄内で降伏してしまったそうだが、当節あの若者よりすぐれた将帥はそう何人とはおらぬでしょうな」

「ああ、それはどうも」

面映ゆげにはにかむ孫八郎。別に自分が褒められたわけではないのだが、なぜだかひどく照れ臭かった。

何しろ新選組の「鬼の副長」土方歳三といえば、今や幕府方の武士にとって「生ける伝説」ともいうべき存在なのである。そんな相手から幼馴染の朋輩が褒められたことが、わがことのように嬉しくもあり、また気恥ずかしくもあった。

「鑑ノ字は——ああ、すみません。私は幼い頃から奴のことをずっとそう呼んでいるものですから——、そう、鑑ノ字は昔から一本気で、負けず嫌いで、剛直な桑名武士の理想をそのまま体現したような、そんな男でした。わが主も、そんな奴の才覚や気概を愛してくださったからこそ、公用方として京へ連れて行き、側近くに置いてくださったのだと思います」

「そうでしょうな。実に気持ちのいい若者でした。われら新選組の局長を務めていた近藤勇という男には少々気難しいところがあって、人の好き嫌いなども存外激しいほうでしたが、立見君のこととなると手放しで褒めちぎっていた。あれは将来、必ずや真の豪傑になるだろう。唯一の欠点は酒があまり呑めぬことだが、その点も自分に似ていて、いよいよ好もしい。そんなことを、いつも言っていましたよ」

新選組局長、近藤勇。幕末の京に君臨した剣客集団、新選組を束ねた総帥である。泣く子も黙る強面だが、実際には繊細な神経の持ち主だったらしく、甲陽鎮撫隊の敗北後は土方らとは行動をともにせず、新政府軍に投降して斬首刑に処せられている。

——近藤勇は下戸だったのか。

意外な事実に可笑しみを覚えながら、孫八郎は朋友立見鑑三郎の過ぎし日の栄光にしばし思いを馳せた。

あの頃、京洛は天誅流行りで荒《すさ》みきっていた。いつ命を落とすかも知れぬ危険な役回りながら、鑑三郎は上洛が決まった時、嬉々とした様子で、

——京の平穏は俺たちが取り戻す。不逞浪士らを一掃して帰ってくるから、盛大な出迎えの

宴を用意しておいてくれ。

そんな軽口を叩いてみせたものだった。

結果的に、彼等は京を守りきることができなかった。しかし、鑑三郎は近藤や土方ら当代一流の剣客たちにその人物を見込まれ、さらには関東、北陸での戦ぶりによって、広く世人に優れた用兵家としての能力を知らしめた。

——やはり凄い奴だなあ、鑑ノ字は。

改めて、わがことのような誇らしさを感じる孫八郎だった。


それからしばらく他愛もない思い出話をして、土方は帰っていった。

土方を見送ったついでに宿所を出て、しばらくひとりで歩いていると、

「酒井殿、酒井殿ではありませんか」

背後から大きな声が聞こえてきた。

振り返ると、大柄な武士がこちらに向かって駆けてくる。

「驚いたな、こんなところでお会いするなんて。いつから箱館に?」

息を切らせて訊ねたのは、石井勇次郎だった。

鳥羽伏見の敗戦後、桑名へは戻らず、関東から北陸へと転戦していたことは孫八郎も噂に聞いていた。鯨波合戦では鑑三郎らとともに奮戦し、新政府軍の心肝を大いに寒からしめたようだが、その後の消息はつかめていなかった。鑑三郎とともに降伏したのかと思ってもいたのだが、

——箱館に来ていたのか。

剛毅な石井の性格を考えると、その行動も納得できた。

「五日前に着いたばかりだ」

「そうでしたか。しかし、またどうして。まさか我等と一緒に官賊と戦おうというのではないでしょう」

孫八郎は石井の後ろへ近づいてくる何人かの姿を認めて、苦い顔をした。

いずれも見覚えのある顔ばかり――桑名藩士たちである。みな鳥羽伏見から関東、北陸と戦場を渡り歩き、ここへ辿り着いたのだろう。

「そういうわけではないよ」

言いながら、目を伏せる。彼等の顔を正視するのが無性に辛かった。

どの顔も明るく、希望に満ちていた。ここに至るまでの戦の激しさを物語るようにやつれたり、傷を負って包帯を巻いたりしているのだが、みな表情が清々しく、明るい未来を信じて疑わぬ一途な目をしていた。

――まさか本当に勝てると思っているのか。

蝦夷地の片隅で籠城などしていたところで、援軍の当てもない以上、先は見えている。結局、最後は降伏するか討死にするかしかないのだ。

にもかかわらず――いや、だからこそか。武士として華々しく散る場所を得られたことの喜びが、彼等をこれほど明るい気持ちにさせているのか。

――馬鹿馬鹿しい。

心の奥を激しく掻き乱される。

――所詮、こいつらにはおのれの矜持以外に守るべきものがないのだ。だから、こうやって好きなように戦い、好きなように死んでいける。そして、世の人々から天晴武士の鑑などと褒めそやされる。

決して羨ましいわけではない。断じて羨ましいとは思わない。

どこかで自分にそう言い聞かせているおのれ自身が、たまらなく厭だった。

「では、私はこれで」

石井たちに背を向けて、宿舎へ戻ろうとする。その背中に、

「知っているぞ」

荒々しく言葉を投げかけた者がいる。

まだ二十歳をいくつか超えたばかりだろう。いかにも精悍な赤ら顔の青年だった。なんという名かは知らない。おそらくそれほど高い身分の者ではないのだろう。

「あんたは殿を桑名へ連れ戻しに来たんだろう」

「なんだと」

周囲の面々がざわついた。

「まことか、酒井殿」

孫八郎は答えない。振り返ることさえせず、足を速めようとする。

「待たれよ、酒井殿」

石井の大きな手が、孫八郎の細い肩を強く掴む。

「何をする、放せ」

「放しません。今のこと、まことでございますか」

「なんのことだ」

「貴殿は、殿を連れ戻すためにここへまいられたのか」

「……だったら、どうする」

「なんということだ」

石井の声が震えた。

「聞きましたぞ、酒井殿」

別の声が被さってくる。さっき、荒々しい言葉を投げかけてきた男だ。

「あなたは藩論が抗戦か恭順かに二分された時、神前にて籤引きをし、公明正大に決を採ろうと言いながら、その籤に密かに細工を施し、藩論をおのれの思う恭順へと導いたのだと、もっぱらの噂だ。それに反対した山本さまや小森さまに難癖をつけて詰め腹を斬らせ、挙句、まだ年端もゆかぬ万之助君を人質同然に連れ出し、勝手に城の明け渡しまで決めてしまったそうではありませんか」

——滅茶苦茶だ。

爆発しそうになる感情を、必死の思いで押し殺す。今、ここで彼等と悶着《もんちゃく》を起こしてしまえば、箱館に逗留しつづけることは難しくなるだろう。それだけは避けなければならない。なんとしても定敬を説得し、桑名へ連れ帰らなければ……。

「京で我等と行動をともにしていた会津藩は、最後まで勇敢に官賊と戦い抜いた。武運拙く敗れはしましたが、その士道の崇高さは後世にまで語り継がれるでしょう。対するわが桑名藩はどうです。会津とともに幕府を守るべき立場にありながら、一戦も交えず敵に屈し、挙句の果てには主の裁可も得ぬまま城を明け渡す始末。これでは世間の嗤い者になったとて仕方ないでしょう。どうにかそれを避けられたのは我等が関東から北陸、あるいは奥羽諸藩とともに戦い、薩長の奴等にひと泡吹かせてやったからです。中でも立見鑑三郎殿の采配はまさしく不敗の軍神と呼ぶに相応しく、薩長の芋侍らを大いに悩ませました。我等がそうやって懸命に取り返してきた桑名藩の名誉と誇りを、あなたはまた地に堕とすおつもりですか」

「士道の崇高さだと？」

駄目だ、ここで感情を爆発させては——そう思った次の瞬間、

「その崇高な士道とやらが、いったい何人の人間を死なせたと思っているんだッ！」

自制できなくなった孫八郎は、ほとんど無意識のうちに叫んでしまっていた。

「戦で死人が出るのは当然のことでしょう」

「ふざけるな。俺たち武士はそれでかまわないさ。だが、民百姓は違う。彼等には戦に巻き込まれて死なねばならぬ道理などないッ！」

「それは、しかし——」

「会津武士の意地といったな。そのためにどれだけの民百姓が、どれだけの女子どもが犠牲になったと思う。それでも彼等のやったことが崇高だというのか。命を落とした者たちに、以て瞑《めい》すべしと言えるのかッ！」

「くっ……」

怒髪天を衝く勢いで捲し立てる孫八郎に、男はすっかり気圧されて、無言のまま後ずさった。

実際、会津藩は新政府軍との戦いで甚大な被害を受けた。戦の終盤、飯盛山を行軍中に隊長とはぐれた白虎隊士二十名は、山から見下ろす若松城が炎に包まれている様子――この時、実際に燃えていたのは近隣の住宅であって、城そのものではなかったが――に絶望し、全員がその場で自刃。唯一蘇生した一名を除く十九名の少年が若い命を散らした。

その後、城下に新政府軍が雪崩れ込んでくると、娘子隊の女性たちも槍や長刀を持って果敢に応戦したが、猛然と襲い掛かる男たちの前に次々と斃れた。彼女たちの中には猛り立つ新政府軍の兵に凌辱される者や、その恥辱を受けるまいとみずから舌を噛み切る者などもおり、その有様は凄絶のひとことに尽きた。

「俺は、桑名をそんなふうにしたくなかった。だからこそ、どんな屈辱にも耐えてみせると誓った。これが俺にとっての戦なんだ」

気迫を込めた眼差しで、男を睨みつける。

「誰ひとり無駄死にはさせない」

「無駄死に……。酒井殿、あなたは会津の誇り高き戦いを無駄のひとことで切り捨てるおつもりですか」

男が反撃に転じた。

「そのような雑言、いくらなんでも許せません。今すぐ取り消していただきたい」

「取り消す必要はない」

「取り消してください」

「厭だ」

「取り消せと言っているんだッ！」

憤激した男は、孫八郎の胸倉に掴みかかってきた。

孫八郎はもがき、その手を引き剥《は》がそうとするが、膂力ではとても敵わない。

男が優勢のまま、ふたりが揉み合いになる。

「やめろ、いくらなんでも相手はわが藩の惣宰だ」

石井が男を制したが、真剣に止める気がない証拠に、あえて近付いてはこない。彼も内心では男に同調しているのだろう。

ぐいぐい押してくる男の手に、孫八郎が転がされようとした、その時である。

「よさぬか」

威厳に満ちた声とともに大きな手が伸びてきて、男の腕を掴んだ。

「何をする。放せ」

振り払おうとして後ろを向いた、次の瞬間——あっ、と小さな声を発して、男はみずから手を引いてみせた。

「し、失礼いたしました」

ばつの悪そうな顔をして、石井の背中に隠れるように退いていく。そのさまを横目で見送った後、威厳に満ちた声の主は、

「久しぶりだな」

と、笑いかけた。

「森さん！」

「驚いたな、まさかこんなところで孫に会うとは」

森弥一左衛門はそう言って、孫八郎の肩を叩いた。

森はいつも孫八郎のことを「孫」と呼んでいた。ちなみに立見鑑三郎のことは「鑑」と呼ぶ。ふたりにとっての森は時に厳しく、時に優しい父親のような存在だった。

「私のほうこそ驚きました。森さんは上野の山へ行かれたと聞いていたものだから、てっきり――」

「ハハハ、くたばったと思っていたか」

豪快に笑い飛ばしてみせる。

「そう簡単に死にはしないさ」

そう言って、森はここに至るまでの経緯を語り始めた。


上野戦争終結後、残党狩りの網を掻い潜って江戸を出た森は、成瀬杢右衛門らとともに北を目指し、会津で主君定敬と再会を果たした。

会津藩が降伏した後も、森たち桑名兵は仙台へと移り、新政府軍と戦いつづける。やがて会津藩につづき仙台藩も降伏を余儀なくされたが、定敬も森たちも戦意は些かも衰えていなかった。

折しも藩領の寒風沢島へは榎本武揚率いる旧幕府艦隊が来ていた。彼等もまた戦いをやめるつもりはなく、この上は蝦夷地へ渡って独立国家を設立し、新政府軍に相対せんと意気軒高な様相だった。

定敬はその艦隊に同乗し、蝦夷地へ渡ることとなった。当然、森たちも同行を願ったが、榎本は藩主に従う者は三名までとするよう厳命し、それ以外の面々の乗船を認めなかった。

途方に暮れる森たちに救いの手を差し伸べたのは、土方歳三だった。

奥羽越列藩同盟が事実上崩壊した今もなお旺盛な戦意を失っていない点では彼もまた森たちと同じだった。主君と行動をともにすることが許されず、切歯扼腕する森たちの姿を見て、かつて京でも親交のあった旧友の誼《よしみ》から、

――よかったら我等新選組とともに蝦夷地へ行かないか。

そう声を掛けた。森たちは渡りに舟とばかりにその申し出を受け、蝦夷地へやってきたのだった。

「今、我等は新選組に籍を置いている。儂は隊長の役割を与えてもらい、ここにいる石井や沢《さわ》采女《うねめ》、関川代次郎らとともに、もっぱら箱館の市中見廻りに精を出しているのだ。今もちょうど夜の見廻りから引き上げようとしていたところさ」

「新選組に」

意外な面持ちで、孫八郎は森の精悍な顔を見詰めた。

新選組といえば、かつては京洛で武名を高めた佐幕派きっての剣客集団だが、肝心の幕府が消え去り、局長近藤勇は斬首。隊内屈指の遣い手といわれた沖田総司も江戸千駄ヶ谷で病死しているし、他の主立った隊士たちも多くが落命するか、または行方知れずとなっている。往時の面影はほとんどなくなっており、わずかに副長土方歳三のみが孤軍奮闘していると伝え聞いていたのだが、よもや自藩の藩士の多くが隊士になっていようとは――。

「そうだ、孫。知っているかもしれぬが、鑑は庄内藩で薩長に降伏したぞ」

「風聞は耳にしています」

「関東から北陸、会津に至るまでのあいつの戦ぶりは神がかっていた。越後朝日山の戦いでは総大将格の長州藩士を討ち取る手柄まで立てたのだから、大したものだよ」

「あいつは軍神ですから」

「軍神？」

「そうです、不敗の軍神です」

孫八郎は我がことのように胸を張って応える。

「そうか」

森は人の好さそうな笑みを浮かべて、

「あいつにとって降伏は無念だったに違いないが、儂はそれを知って正直、胸を撫で下ろしたよ。何しろあいつは若い。まだ死んではいけない男だからな。孫、そういえば、おまえはあいつと同い年だったたか」

「ええ」

「いくつになる」

「二十四になります」

「若いな。羨ましいかぎりだ」

森はしみじみと嘆息して、

「おまえもそうだぞ、孫。その若さで死んだりなどしてはいけない」

「はあ」

「話は聞いた。殿を桑名へ連れ戻しに来たそうだな」

単刀直入に訊かれて、孫八郎は思わずこくりと頷いた。反射的なその動作に、

「やはり、そうか」

後ろにいた男たちがいきり立つ。森はそれを大きな手で制して、

「儂も殿には桑名へお戻りいただいたほうがよいと思っている」

思いがけぬことを言った。

驚きの表情を浮かべている男たちを尻目に、

「ここはもうすぐ戦場になる。これまで以上に激しい戦となるだろう。そうなれば、殿の御命とて危ない。儂としては、その前になんとかここから殿を逃がして差し上げたいのだ。おまえがこうして来てくれたのは、まさに願ってもない僥倖《ぎょうこう》だ」

「殿はお聞き入れくださるでしょうか」

「なかなか、難しかろうな」

森は苦笑する。

「ここまでの負けをこの蝦夷で取り返すのだと息巻いておられる。本気で最前線へ出られるおつもりでな。人見さんや中島さんも正直なところ、些か持て余しておられる」

人見勝太郎《ひとみかつたろう》と中島三郎助《なかじまさぶろうすけ》はいずれも旧幕臣で、今は榎本軍の中枢にいる。ともに頭脳明晰で、性根も据わっており、榎本軍の策戦立案を主導する立場にあった。彼等にとって、定敬や板倉勝静、小笠原長行《おがさわらながみち》ら――いずれも奥州の敗戦後も戦意を失わず、榎本艦隊に同乗する形で、こ

の蝦夷地へやってきていた——旧藩主系の人々は粗略には扱えず、さりとて無駄飯を喰らわせておくこともできない、なんとも厄介な存在であった。前線へ出して死なれても困るし、後方で無為に過ごされても士気に悪影響を及ぼす。どうにもこうにも使いにくい「駒」たちであった。

「あの人たちは、おそらくおまえが殿を連れ戻したいと言えば反対はしないだろう。土方さんもああ見えて存外、物わかりのいい人だから、なんとかなるかもしれない。ただ、問題は——」

森は難しい顔をして、

「榎本さんには、もう会ったのか」

「いいえ、まだこれからです。明日にでもお伺いしようと思っているのですが」

「そうか、あの人は難物だぞ」

腕組みをしたまま、森は呟く。

「何しろ幕府軍きっての堅物で有名な人だからな。おまけに洋行帰りで学があって、弁も立つときている。これを崩すのは至難の業だ」

「もとより覚悟の上です」

孫八郎は強い口調で切り返した。

「そう簡単に殿を連れ戻すことができるとは考えていません。周囲の反対はもちろんのこと、殿だってすぐに首を縦に振ってはくれないでしょう。それは、わかっています。わかってはいますが……、それでも私は殿を連れて帰らなければならない」

「桑名で待つ藩士たちのために、か」

「ええ。それに、民百姓たちも」

「強くなったな、孫」

染み入るような笑顔を浮かべて、森は孫八郎の頭にポンと手を置いた。

国元にいた頃と違って総髪になっている頭の上に、大きくて武骨な掌がずっしりと乗っている。

温かい。頭皮を通じて心の奥底にまで、この人の優しさが伝わってくるようだ。

――ああ。

孫八郎は静かに目を閉じた。

彼は今、桑名の風景を思い出していた。

七里の渡しの朝。鑑三郎とふたり肩を並べて、桑名の明日を守ろうと誓い合った日。

あの時、森は桑名にはいなかった。彼は桑名へ立ち寄ることなく、そのまま江戸へ向かったはずだ。だが、孫八郎の脳裏に今、浮かんでいる情景は――七里の渡しで誓いを交わす若き朋友同士。その後ろから、森が慈父のごとき眼差しでふたりを見守っているのだった。

――あなたはずっと見守ってくだっていたのですね。私や鑑ノ字を。

ふと気づけば、孫八郎は涙を流していた。慌てて拳でそれを拭う。

「さて、我等はそろそろ屯所へ戻るとしようか」

森は後ろを振り返って、石井たちに呼び掛けた。

「孫、元気そうな顔が見られてよかった」

こちらへ向き直らぬまま、森は歩き出した。涙を、見なかったことにしようとしてくれているのだろう。孫八郎はその広い背中に向かって頭を下げ、

「私もです」

つとめて声の震えを抑えて言った。

森は背中越しに手だけを上げて、ひらひらと振ってみせた。


「久しいな、孫八郎」

一年ぶりに会う定敬は、相変わらず血色のいい顔をしていた。

「どうしたのだ、わざわざこんな遠くまで。まさか我等とともに戦おうというわけでもあるまい」

屈託《くったく》のない口調も以前のままだ。ここまで敗戦に敗戦を重ねてきた身とは思えない悲壮感のなさに、胸の奥底から怒りが込み上げてくる。

「息災のご様子で何よりです」

暴発しそうな感情を懸命に押し殺して、それだけ言うのがやっとだった。

「そなたもな」

定敬の軽やかな返事が、孫八郎の気持ちをいっそう逆撫でする。

「別に私は息災でもありませんが」

「どこか具合でも悪いのか」

「いや、別に具合が悪いわけでは……、少し疲れているだけです」

「そうか。箱館は遠いからな。旅の疲れが出たのであろう。もともと、そなたは体があまり丈夫ではないからな。いつ、この箱館へやってきたのだ」

「忘れました。数日前です」

「そうか、まあ、まだしばらく大きな戦も起こらぬようだし、ゆっくり養生すればいい。なんなら、しばらく私の宿所に滞在してもよいぞ」

「遠慮いたします。宿所は榎本さまに手配していただきましたので」

「おお、そうか。さすが榎本、気が利くな」

駄目だ――と、孫八郎は声に出さず溜息を吐いた。会話がまるで噛み合わない。

定敬の表情は、実に晴れやかだった。これから、この箱館の地で、一世一代の大戦を戦うのだという昂揚感が顔に出ている。上方と奥羽越で一敗地に塗《まみ》れた苦い記憶を払拭《ふっしょく》する機会をようやく得られたという喜びが充溢《じゅういつ》しているのだった。

今、この相手に向かって、

――ただちにここを出て、桑名へお戻りください。そして、新政府に頭を下げてください。

などとは、とても言えない。たとえ言ったとしても、おそらく聞く耳は持たないだろう。

ようやく長い旅を経て、ここまでやってきたのだ。そして、果たした再会。桑名で待つ人々の命運は、目の前にいる相手を自分が説き伏せられるか否かにかかっている。ここは慎重にいかなければならない、と孫八郎は思った。

定敬は直情径行で、頑固な一面を持っている。最初に臍《へそ》を曲げられてしまうと、後の説得が難しくなるだろう。

――これは、越年も覚悟しなければいけないな。

桑名に残してきたはつのことを思うと、一日も早く朗報を持ち帰りたいところだったが、

――焦りは禁物。急がば回れと言うではないか。

孫八郎はみずからにそう言い聞かせた。

「しかし、蝦夷地の寒さには驚きました。京の冬もずいぶん冷えると思いましたが、蝦夷地の冬は桁違いです。私はこれほどの豪雪を生まれて初めて見ました」

「桑名は温暖だからな。余が生まれ育った高須では冬になるとよく大雪が降ったぞ」

「そうでしたか。それでは、寒さには慣れておられますね」

「いや、それでもやはり蝦夷地の冬は違うな。なんというか、体の芯から凍てつくような底冷えなのだ。高須にいた頃にも、ここまでの寒さは経験したことがない」

定敬はそう言って、遠い目をしてみせた。少年の頃を過ごした故郷を思い出しているのだろう。そして、同じ家に生まれた兄弟たちのことも。

会津藩主となった兄容保とは京で苦労をともにし、その後も手を携えて戦った。結果、容保はひと足先に敗れ去り、戦線を離脱したが、定敬は今なおこの蝦夷地で戦いつづけている。

その定敬がいなくなった桑名の地を接収することになったのが、同じく兄の慶勝だった。藩主の座は退いたとはいえ、依然、尾張藩内で絶大な影響力を持つ慶勝。その心配りのおかげで、薩長の憎しみを強く受けているはずの桑名が、未だ完全とはいえぬまでも恭順を受け入れられている。

――思えば数奇な運命を辿《たど》ってこられたご兄弟だな。

世が世なら、徳川連枝の一員として何不自由ない殿さま暮らしを送ることができたはずなのだ。それがこんな動乱の時代に生まれ落ちたばかりに敗者となり、辛酸を舐めながらみずから戦の最前線に立ちつづけなければならなかった。

桑名へ養子に来ると決まった時は、まさかこんな人生が待っているとは思ってもみなかっただろう。洋々たる未来を信じて、やってきたはずなのだ。

——気の毒なことだ。

孫八郎は心底からその境遇に同情したが、

——だからといって、いつまでも好き勝手をしていただくわけにはいかない。

と、思い直す。

——申し訳ないが、それだけのものを背負ってしまわれたのだ。観念していただくほかはない。

それからなおもしばらくの間、世間話に花を咲かせた後、

「今日のところは、これで」

と、孫八郎は退散した。

「ああ、いつでも訪ねてまいるがよい」

上機嫌で手を振る定敬。屈託のないその笑顔を見て、

——やはり、これは長期戦になりそうだ。

孫八郎は、気を引き締めた。

正月が過ぎると同時に、孫八郎は精力的に活動を開始する。孫八郎がみずから書き残した日記からその様子を拾ってみると、

一月六日　榎本・土方と面談
一月十四日　榎本・土方と面談
一月十九日　土方と面談
一月二十五日　土方と面談
一月二十八日　土方と面談

はじめは律義に対応していた土方も、あまりのしつこさに辟易《へきえき》し、

「私のところへばかり来られても困る。それほどご主君を連れ帰りたいのならば、総裁の榎本のところへ行って直談判なされよ」

半ば厄介払いをするように逃げた土方の言葉どおり、今度は孫八郎は榎本武揚の元へ足しげく通い始める。

一月二十九日　榎本と面談
二月一日　榎本と面談
二月二日　榎本と面談
二月三日　定敬と榎本にそれぞれ書状を送る。その後、榎本と面談
二月四日　榎本と面談

これまた、日参の勢いであった。

榎本武揚は大政奉還当時、幕府海軍副総裁を務めていた。若き日にオランダ留学の経験を持つエリートで、幕府内でもその将来を大いに嘱望《しょくぼう》された人物である。どっしりとした風格を備え、彫りの深い顔貌に濃い髭がとてもよく似合う。

「桑名候の志の純粋さ、気高さには我等一同、つねづね感服しておるのです」

落ち着きのある低い声で、榎本は語りかける。

「国元の桑名は既に西軍の手に落ちたが、後継ぎの万之助君はじめ主立った皆さまは恭順の意を示されて無事だと聞き及んでおります。京都守護職として新選組の面々を率い、薩長の憎悪の的となっていた会津中将さまでさえ降伏を受け入れられ、命を奪われることはありませんでした。桑名候とて今、恭順の意を示せばそう悪くない待遇が保証されるに違いありません。にもかかわらず、あの方は我等とともに戦う道を選ばれた。徳川家への忠義を尽くすためか、あるいはご自身の誇りを守られるためか、いずれにせよ、その志はこの地に集いし将兵たちの士気を大いに高めております」

朗々とした口調は、どこか芝居じみた感じにも聞こえる。

「むろんそれがしとて、桑名候の身の安全には十分に配慮するつもりでおります。ほどなく戦が始まりますが、桑名候に危険な最前線までお出ましいただこうとは考えておりません。候には五稜郭に留まっていただき、戦局を見守りながらみなを鼓舞していただく所存ですから、安心していただきたい」

――なるほど。

孫八郎は榎本の言葉の裏を読んだ。

――つまるところ、殿は戦力としてはまるで当てにされていないのだな。

当人の気負い込んだ様子を思い出すと、なんだか無性に切なくなった。

実は定敬と会った後、孫八郎はやはり蝦夷地へ来ていた板倉勝静・小笠原長行のふたりとも面会している。ともに旧幕時代は閣僚だった人物で、板倉は備中松山藩主、小笠原は肥前唐津藩の世子である。

話をしている間、ふたりともひどく気力に乏しい表情をしていた。これから新政府軍を相手に一世一代の大戦を始めようという気概がまるで感じられなかった。

不思議に思いながら話していくうちに、孫八郎は彼等の表情が曇っている理由に気付いた。彼等は知っていたのだ。自分たちが戦力としてまるで当てにされていないことを。

――たしかに榎本にしてみれば、扱いづらい人たちだろうな。

閣僚としては優秀だったかもしれないが、武人として秀でているわけではない。さりとて実際に将兵らを指揮する土方や人見勝太郎、中島三郎助たちからすれば明らかに身分が違うから、顎で使うわけにもいかない。最前線へ出して討死されても困るし、かといって後方に置いておくにはよほど上手くやらないと、かえって機嫌を損ねられてしまう。これほど扱いの難しい「部下」はなかろう。

要するに、定敬の置かれている立場もこのふたりと同じなのだ。お荷物――ひとことで言ってしまえば、そういうことである。

ところが、定敬だけはおそらくそのことにまだ気付いていない。

――先は長いな。

暗澹《あんたん》たる思いを抱えながらとぼとぼと歩いていると、

「孫」

不意に後ろから声をかけられた。

振り返ると、森が微笑みながらゆっくりと近付いてくる。

「精が出るな。今日も榎本さんのところか」

「ええ、まあ」

「難物だろう、あの御仁は」

からかうような口調に、孫八郎は苦笑する。

「何しろ幕臣きっての英才と評判のお方だからな。自分から相手に対して折れるということのできぬ性分なのさ」

「……」

「実際のところ、殿や小笠原さま、板倉さまの処遇には大いに苦慮している。だから、きっと頭では、箱館から脱出させて差し上げることも考えているはずだ」

「であれば、なぜ素直にそう言い出さないのです」

「そこが榎本さんの立場の難しいところさ」

森は意味ありげに笑って、

「榎本さんにしてみれば、殿や小笠原さま、板倉さまを前線に送り出したところで、実際には大した働きなど期待できぬとわかっている。とはいえ、仮にも将軍家の御一門や老中職であられた面子だ。あまりすげなく扱うこともできぬし、ましてこれを自分から切り捨てるとなると、兵たちの反発を招き、士気の低下につながりかねないことも、十分に理解されている」

「なるほど」

「おそらく内心では、榎本さんは待っているのではないかな」

「待っている？　何をです」

「殿や小笠原さまたちが、みずからこの箱館を出たいと申し出てくれるのをさ」

思わぬ言葉に、孫八郎は驚きの表情を浮かべてみせる。

「でなければ、忙しい合間を縫って、何度もおまえに会ったりはしないだろう」

森はあくまで冷静な口振りで、

「榎本さんは機会を待っているのだ。おまえを通じて殿から箱館離脱の申し出を引き出す機会をな」

「それなら、なおさらはっきりそう言ってくれればよいではありませんか」

「だから、それでは駄目なのだよ」

森は苦笑する。

「榎本さんにとって大切なのは、あくまで自分は押し切られたという格好を取ることだ。それならば、兵たちの怒りが殿やおまえに向けられることはあっても、榎本さんに向けられることはないからな」

「ずいぶんと虫のいい話ですね」

「まあ、あの人もそれなりに苦悩しているのだろう。何しろ蝦夷共和国総裁だからな」

「大人の駆け引きというやつですか。私はそういうのは苦手だ」

「よく言うよ、神籤に細工をした奴が」

「いや、それはですね――」

「ハハハ、よいではないか。おまえらしい信念の貫きかただと思うぞ」

ばつの悪そうな顔をしてみせる孫八郎に、

「本気だぞ、孫。俺はおまえのやったことを認めている」

森は真摯な眼差しを向けて言った。

「ごちゃごちゃ屁理屈を並べたてる連中の、無責任な声など気にしなくていい。おまえの決断が桑名を戦禍から守った。あるのは、その事実だけだ」

「森さん……」

「石井や関川は未だに不服のようだが、俺はそう思っている。一方では鑑のように圧倒的な軍才を見せて薩長の奴等を瞠目《どうもく》させた男がいて、また一方ではおまえのような知略と胆力で藩を守ろうとする男がいる。おかげで俺たちはこうして幕府軍のみなから一目置かれ、今日まで胸を張って戦いつづけることができているのだ。おまえたちには本当に感謝しているよ」

染み入るような笑顔を見せる森の言葉に、孫八郎の涙腺が崩壊した。

「優しいです……。優しいですよ、森さんは。昔から、ずっとそうだ。俺たちはね、そんな森さんの背中をずっと追いかけてきたんです。桑名でも、京でも……。降伏し、謹慎の身になっている鑑ノ字にも、その言葉を聞かせてやりたいですよ。きっと喜びますから」

「そうかい」

森は照れ臭そうに頭を掻いて、

「なら、おまえの口からそう伝えてやってくれ。俺はもう顔を合わせる機会もないだろうから」

「森さん！」

「いや、なに。別に死に急ぐつもりはないのだがな。しかし、残念ながら、この戦、我等にはもう万にひとつの勝ち目もないだろう」

「……」

「俺たちは新選組の一員として、この戦に加わっている。おまえも知っているだろう、新選組という組織の苛烈さを。負け戦となれば生き残るわけにはいかないだろうさ。そんな甘っちょろい戦いかたを、土方さんは決して許してくれないからな」

それはそうだろうな、と孫八郎は思った。

土方歳三という男は、まさに「戦う鬼神」である。平素は穏やかで感情を表に出さず、行商で培われた如才なさも垣間見せるのだが、ひとたび戦場に身を置けば別人のように変貌する。立ち居振る舞いから表情に至るまでが瞬時に鋭く研ぎ澄まされて、触れるものすべてを切り裂く刃のようになるのだ。その威風堂々たる姿に、指揮を受けるすべての者が奮起する。その凄絶なまでの戦ぶりに、勇気づけられる。そして彼に率いられた兵たちは死を恐れず、ただひたすら前のみを見て戦うようになる。そんな土方の下で働く以上、中途半端な戦いは許されないだろう。

「孫、なんとしても殿を説得してくれ。この箱館から脱出していただくのだ」

森はそう言うと、孫八郎の華奢な肩をしっかりと掴んだ。

「ほどなく薩長の奴等との全面対決が始まる。おそらく我等は負けるだろう。だが、殿をここで死なせてはならない。そんなことになったら、我等の面目が立たない。頼む、孫。我等に代わって殿をお助けしてくれ。おまえならば、きっとやれる」

「……わかりました」

孫八郎は決然として言った。

「そのために私はここへ来たんです。必ずやり遂げてみせますよ」

その言葉を聞いて、森は大きく、力強く頷いた。


それから孫八郎は、箱館でさまざまな人物に会った。

まずは大鳥圭介。土方や鑑三郎とともに宇都宮城を攻略した男だ。彼もまた奥羽越の各地で新政府軍と戦って連戦連敗を喫し、この蝦夷地へ最後の活路を見出しにやってきていた。

「そうか、君はあの立見君の朋友か」

大鳥は懐かしげな面持ちで、

「彼とはしばらく一緒に戦っていたが、実に気持ちのいい若者だった。今、どこでどうしているのだ」

茶菓で孫八郎をもてなしながら訊ねた。庄内で降伏し、謹慎中であると伝えると、心底から痛ましそうな顔をして、

「そうか、それは心配だな」

と、沈痛な声で言った。

「まあ、聞くところによれば庄内の戦後処理は薩摩の西郷吉之助が受け持つという。西郷は敵

ながら立派な男だ。彼ならば敗軍の将といえども粗略には扱うまい。誠意をもって相対してくれるだろう」

西郷吉之助（隆盛）は、薩摩藩のみならず新政府軍を代表する人物のひとりである。若い頃、英邁《えいまい》を謳われた藩主島津斉彬《しまづなりあきら》に見出されて政治活動に奔走し、後には斉彬の弟久光に疎まれて何度も流罪に遭うという挫折を経験しながらも、そのたびに仲間たちに——もっといえば「時代に」必要とされて不死鳥の如く舞い戻り、ついには薩摩藩を討幕勢力の先鋒にまで導いた男である。

その人柄は、ひとことでいえば誠実無比。一度でもその謦咳《けいがい》に触れた者は、彼を慕わずにはいられないという人物だ。むろん政治活動に奔走する間には幾多の謀略に手を染めてきたし、決して清廉潔白な人生を歩んできたわけではない。それでいながら、およそ精神に一片の汚れをも感じさせないようなところがある。大いに矛盾したその印象を矛盾と感じさせない、なんとも不思議な魅力を備えた一個の傑物であった。

「しかし、立見君というのは勇敢なだけでなく、司令官としても一流だったなあ。いったいどこであのような軍略を身に着けたのだろう」

大鳥は、しみじみとした口調で言う。

「昔からそうだったのかい」

「いや、まあ、私も一緒に戦場へ出たことはないので、はっきりしたことはわかりませんが……、きっと才能はあるだろうな、とは思っていました」

「ほう、なぜそう思った」

大鳥が身を乗り出す。

「あまりうまくは言えませんが、物の見かた、考えかたでしょうか」

大鳥は興味深げに目を輝かせている。いい年をしているはずだが、その表情はまるで少年のようだ。

「とにかく生真面目で粘り強いのですよ。たとえば難しい書物を読んでいて、わからないところが出てきたとします。私の場合はまず、その箇所が全体を理解する上でどの程度重要かを考えるんです。そして、これは重要だと感じればとことんまで調べ尽くして理解するよう努めますが、そうでもないと思えば躊躇なく読み飛ばします。口はばったいようですが、そのあたりを見極める力は、私は多少持っているようなのです。ところが鑑ノ字は違いました。あいつは、たとえどんなに些細なことでもわからぬことがでてくれば必ず立ち止まり、そこを完璧に理解できるまで決して次へ進もうとはしませんでした」

「……」

「ある時、私は鑑ノ字にその理由を訊ねました。すると、あいつはこう言いました。およそ一冊の書物としてまとめられた以上、この中に重要でない部分などはないと考えるべきだ。そんなものは、書物にまとめる時点ではなから省かれているはずだと」

「なるほど」

「省かれなかった以上、必ずその叙述が存在する理由があり、意味がある。たとえその箇所を読んでいる時は無意味だと思っても、読み進めていくうちに意味を成してくるかもしれない。あの部分さえ理解できていれば、もっと深く全体を味わうことができたのに——そんな後悔を俺はしたくないのだと、あいつは言いました」

「完璧主義者なのだね、立見君は」

大鳥は大きく頷き、

「たしかに戦には局面を緻密に把握し、そこから全体を見極める眼力が必要だ。いくら理論を身に着けていても、そうした天分が備わっていないと名将にはなれないのだよ。そして、残念ながら私にはその天分がまるでない」

と、屈託なく笑った。

「君も噂ぐらいは聞いたことがあるだろう。私は立見君とはまるで逆でね。これまで指揮した戦には、ことごとく負けている」

もちろん孫八郎もそのことは知っている。だが、ここまであっけらかんとした調子で言われると、嗤う気にはなれなかった。

「私は本当に駄目でね。自分で言うのもなんだが、理論は完璧だと思うのだよ。閑谷学校でも適塾でも、つねに優秀な成績をおさめてきたからね。ただ、どうにも実践が伴わない。たぶん私は軍学者には向いているが、司令官には不向きなのだろうね」

「……」

「以前はそんな自分が本当に厭でね。若さに似合わぬ立見君の軍才には大いに嫉妬したものさ。今にして思えば、見苦しい振舞いだったと思うよ。どれほど足掻いたところで、所詮、凡人は天分を持つ者には敵わない」

そう言って笑う大鳥の表情は、晴れやかだった。

「ただ、こんな私でも軍学を生業《なりわい》にする者として、やはりこのまま終わってしまうのはどうにも口惜しくてね。一度でいいから立見君のような晴れやかな勝ち戦を経験してみたい。ここまで私が戦いつづけてきた理由は、もはやそれのみと言っていい」

口調はあくまで柔和だが、その眼差しは真剣そのものだった。

「この戦自体は、おそらく我等に勝ち目はない。蝦夷共和国は遠からず瓦解《がかい》するだろう。だが、そこに至るまでの、たとえわずかな局地戦であっても、私は勝ちを手にしてみたい。私を今、突き動かしている思いはそれだけなのだよ」

「……わかるような気がします」

いくぶん躊躇を覚えながら、孫八郎は言った。

「私も幼い頃からの朋友ながら、時に鑑ノ字を妬ましく思うことがあります。幸い私も学問はできるほうで、周囲からずいぶん褒められもしたものですが、やはり鑑ノ字に向けられる称賛とは似て非なるものでした。此度の戦での華々しい活躍を聞くのはもちろん嬉しかったのですが、反面、形容しがたい口惜しさを覚えたのも事実です」

「……」

「私は今、桑名にいる藩士たちや民百姓を助けたい、そして、力尽き降伏した鑑ノ字たちを救いたい。その一心で、主君定敬を説得しにまいりました。でも、心のどこかにそれを成し遂げて認められたい、鑑ノ字よりも上だと言われたい。そんな気持ちがないこともないのです。その考えの浅ましさを思う時、私はいたたまれなくなります。精一杯の力を出し尽くして戦った鑑ノ字に合わせる顔がない、という気持ちにもなります。それでも私は誰かに認められたい。

そんな思いが心の奥底にずっとわだかまっていることは認めざるをえないのです」

「君はいい奴だな、酒井君」

大鳥は莞爾と微笑んだ。

「そうやって、おのれの弱さを認められる人間というのは、実はなかなかいないものだよ。私だって、それができるようになるまでずいぶん時間がかかったからね」

「そうですか」

「そうだとも。その若さでそれができるのは、君がきわめて誠実な人間だからに他ならない。そんな君の説得にならば、定敬公もきっと耳を貸してくださるだろう」

「だといいのですが……」

「なあに、定敬公は聡明なお方だ。ご自身がこれからどういう行動を取るべきか、頭の中ではおそらくもうわかっておられるはずだよ。だが、きっかけがない。京都所司代として京の治安維持に努めた過去、自分を慕ってここまでついてきてくれた家臣たちへの思い――さまざまなことが枷《かせ》となっているのだ」

理路整然とした語り口に、孫八郎は、

――さすがに当代きっての俊秀と謳われただけのことはある。

と、印象を新たにした。

当人も言うとおり、理論は完璧なのだろう。だが、実践の能力とそれは必ずしも一致しないものなのだ。これだけの理論知を実践に生かす力を持たなかったことは、大鳥にとって不幸としかいいようがなかった。

「君の説得が、定敬公の枷を外して差し上げられれば、定敬公にとっても喜ばしいことだ。行け、酒井君。主君と藩の行く末を守ることができるのは君しかいない。使命感を胸に、定敬公を説き伏せるのだ」

「わかりました」

孫八郎は力強く応えた。

「これは私の戦なんです。大鳥さん、ひと足先に勝ち戦の味を味わわせてもらいますよ」

「おう」

大鳥が笑顔で応じる。

「君が勝ち戦をおさめたら、私にとっても励みになるからね。ともに頑張ろう」

「はい」

「そうだ。戦に向かう前に、もうひとり会っておくといい男がいる。さっき薩摩の西郷吉之助の話をしていて思い出したよ。君は会津藩の元家老、西郷頼母を知っているかね」

「名前だけは」

たしか京都守護職を務めていた会津藩の家老職にあった人物だ。しかし実際に会った記憶はない。そう言うと大鳥は首を傾げ、

「そうか。彼も今、この箱館に来ている。とにかく一度、訪ねてみたまえ」

と、意味ありげに笑ってみせた。

「それがしに何か御用かな」

小さな家屋の扉を開けて姿を現したのは、見るからに陰気な感じのする初老の男だった。こちらに向けられた視線の、なんともいえない虚無感に、孫八郎は恐怖すら感じた。

「桑名藩惣宰、酒井孫八郎と申します」

頭を下げながら名乗ると、

「存じておる。京で一、二度お会いしたことがあるゆえな」

乾いた返事が返ってきた。

思わず弾かれたように顔を上げる。

その顔に、まったく見覚えはなかった。だが、大鳥も、

――君の立場なら、きっと以前にも会ったことがあるはずだがなあ。

と、不思議がっていた。

――ただ、いろいろあって、その頃とは面相が変わってしまっているだろうから、どちらにしてもわからないだろうがね。

とはいっても、百年も前の話ではないのだ。どこかに面影は残しているはずである。

そう思って不躾《ぶしつけ》なほどしげしげと眺めていると、男はほとんどわからぬぐらいに小さく口元を歪めて、

「おわかりになるまいな。儂自身、時折鏡を見て、本当にこれが自分かと疑いたくなることがあるぐらいだ」

と、自嘲した。

「申し訳ありません。あの……」

「大鳥殿から仔細はうかがっている。このようなところで立ち話もなんであろう。狭苦しいところだが、中へ入られよ」

男はそう言うと、孫八郎を家の中へ招き入れた。


会津藩家老、西郷頼母。ごく最近までは恰幅もよく、精悍な表情に自信が漲っていて、いかにも大藩の家老に相応しい威厳を備えていた。主君松平容保に対しても、間違っていると思えば遠慮呵責《かしゃく》なく諫言し、容保からは信任を些か通り越して畏怖されているという噂を、孫八郎も何度か耳にしたことがある。それほどの硬骨の士——いかにも会津武士に似つかわしい風格ある人物だった。

しかし、今ここで相対しているのは、およそ生気というもののない、貧相な初老の男である。風格などと呼べるものは微塵もなく、もし彼の過去を知らぬ者に、

——かつては会津藩の家老を務めたお方だ。

といっても、おそらく誰も信じようとはしないだろう。

「驚かれたようだな」

「すみません。あまりにも、その……勝手に思い描いていた印象と違っていたものですから」

「フフ、正直な御仁よ」

男はまた小さく口元を歪めた。

「すみません」

「なんの、詫びることはあるまい。本当の話だ」

孫八郎は、ぐるりと室内を見回した。

ひどく殺風景である。最低限、生活に必要なもの以外は何も置いていないようだ。

とりあえず腰を下ろし、出されたぬるい茶を飲み干す。なんだか相対しているだけで息苦しくなって、無性に咽喉が乾く。

西郷頼母は、そんな孫八郎の様子を無言でじっと見詰めている。生気のないその眼差しを向けられていることで、いっそう息苦しさが募った。

「あの、こんなことを申し上げてよいかどうかわかりませんが――」

いたたまれなくなって、孫八郎は口を開く。

「会津の戦はずいぶん苛酷なものだったと聞き及んでいます。多くの方が命を落とされ、藩主容保さまも新政府軍の監視下で謹慎なされているとのこと。そうした中にあって、家老だった西郷さまが単身蝦夷地へ渡り、戦をつづけておられることが、私には意外に思われます。いったい何故でございますか」

「……」

「死んでいった方々の無念を晴らすためですか。それとも――」

孫八郎は上目遣いに西郷の乾いた顔を見て、

「よくいう、死に場所を探しに、というやつですか」

探るように訊ねた。

西郷は、かすかに笑って応える。

「死に場所なら、とうに失った。今さら探したとて、儂にはもう見つかるまいな」

「と、申されますと」

「酒井殿、貴殿は会津の戦がどのようなものであったか、ご存知かな」

「……噂には聞いています。苛酷で、苛烈で……、むごたらしいものであったと」

「さよう」

西郷は声を震わせながら、

「まことに苛酷で、苛烈で……、そして、むごたらしい戦であった」

訥々と語り出した。


列藩同盟を結んだ奥羽越諸藩を討伐するために北進する新政府軍にとって、もっとも憎むべき敵こそが会津藩であった。

——徹底的に叩いてやる。

鬼気迫る勢いで攻め込んできた新政府軍に、会津藩兵も頑強な抵抗を見せたが、相次いで要衝を落とされ、敗色が濃厚となっていく。

それでもなお新政府軍の攻め手が緩むことはなかった。こと会津戦争に関する限り、

——京で殺された仲間たちの恨みを晴らしてやる。

彼等を突き動かしていたのは、もはやその一念のみであったといってよかった。だからこそ降伏を勧告することもなく、城下へ乱入して狼藉の限りを尽くした。

幕末から維新にかけての佐幕・討幕両派の対立は、突き詰めて言えば、どちらにもそれ相応の言い分があり、「正義」がある。ゆえに、これを善悪で語ることはきわめて難しいし、また、

あえてそうすべきでもないだろう。

だが、この会津において生み出された数多くの悲劇だけは、絶対に忘れるべきではない。むろん、それは恨みの連鎖としてではなく、後世への教訓として、であるが――。

藩士の妻子など、本来ならば戦に関わりのない者たちの多くが、虎狼《ころう》と化した新政府軍の毒牙にかかった。

殺戮、凌辱、略奪……。「官軍」を称した新政府軍の中に――あるいは、それはひと握りに過ぎなかったというかもしれないが――こうした非道に手を染めた者がいたことは、煌《きら》びやかに時代を彩った志士たちの「汚点」というほかないだろう。

その毒牙からみずからの身と「誇り」を守るために、西郷頼母の母や妻子など一族の女性たち総勢二十一名は、屋敷の一室に身を寄せ合い、迫り来る砲声をたしかに感じながら、壮絶な集団自決を遂げたのだった。

孫八郎は、言葉を失った。

心の奥に重石《おもし》を載《の》せられたような苦しさに喘いでいた。

戦にこの手の悲劇は付き物、といってしまうのは容易い。それでもなお息苦しさに窒息しそうな思いがした。

――この世にそんな辛いことが起きていいはずがない！

気付けば双眸から滂沱の涙が溢れている。その涙に咽《むせ》びながら、声にならない叫びを、彼は胸の内で上げていた。目の前にいる男から往年の生気を奪い取った、戦というものの残酷さ、無益さに、身震いするほどの憤りを覚えた。

会津藩はもともと抗戦派が多数を占め、新政府軍との激突は必至と見られていた。唯一、全面衝突を避けようとした若き俊英神保修理は藩内で轟々《ごうごう》たる非難を浴び、みずから命を絶つことを余儀なくされてしまった。

だが、勇武の士は数多くいたが戦略的な視点、才覚を持つ人材に乏しく、兵制も古色蒼然としていた会津藩は終始劣勢に立たされた。それでも彼等が戦いつづけた理由はただひとつ、

——会津武士の意地と誇りを守るためだった。

——そのお題目が白虎隊の少年たちや西郷殿のご家族の命を無残に奪ったのだ。

孫八郎の胸は、怒りで張り裂けそうだった。

「儂も弱かったのだ」

西郷は、ひとりごちるように言った。

「守護職を拝命して京へ行くことも、会津で戦をすることも、儂は反対だった。それをすれば、どのような結末が待っているか、口幅ったいことを申すようだが、儂にはわかっていた。わかっていながら、どうすることもできなかったのだ」

「……」

「儂と違い、堂々と非戦を主張し通した神保修理は、鳥羽伏見の敗戦の後に腹を切った。それはまことに理不尽極まりない死であったが、儂のようにひとり生き永らえて卑怯者の誹りを受けることは免れた」

孫八郎の脳裏に吉村権左衛門の笑顔が浮かぶ。彼もまた非戦を是とし、それを唯一無二の道と信じて、定敬を説こうとした。その信念は凶刃によって無残に斬り裂かれたが、彼もまた最期の瞬間までおのれの信じる道を貫きとおした「強い」人生だった。

「修理に比べれば、儂はいかにも弱かった。非戦こそ会津が生き延びる唯一の道と知りながら、戦が始まればズルズルと引きずられて前線へ送り出され、下手な采配で敗戦を繰り返した。結句、なんの貢献もできぬまま城は落ち、儂の家族は……」

西郷の声が震える。膝の上で握り締めた両の拳に、涙の雫が落ちた。

「酒井殿、儂はおのれの弱さゆえにすべてを失った。だが、貴殿はまだ間に合う。なんとしても定敬公を説き伏せ、桑名藩の完全恭順をその手で成し遂げられよ」

万感の思いを込めた西郷の言葉に、孫八郎は大きく頷いてみせた。

西郷と会った翌日、孫八郎はまた定敬のもとを訪ねた。

「今日は一段と冷えるな、孫八郎」

数日前に会った時とは打って変わって、定敬の表情が暗い。

「お疲れのご様子ですね」

「なにぶん、思うに任せぬことが多くてな」

「と、仰せられますと」

孫八郎の問いかけに、定敬は無言のままそっぽを向いた。気の強そうな横顔に、口惜しさが滲み出る。

――なるほど、ようやく気付かれたというわけか。

孫八郎は得心した。

榎本ら上層部が自分を持て余していることに、定敬はやっと気付いたのだ。よもや直接告げられたわけではないだろうから、決して敏感なほうではない定敬ですら察せざるをえないような「何か」があったのであろう。

胸にかすかな痛みを覚える。

「殿、桑名へ帰りませんか」

感情の揺れを悟られまいと、単刀直入に切り出す。

「大方さまも万之助君も、みな待っています」

「待っているかな」

定敬は泣きそうな顔をしてみせた。

「余はきっと恨まれているだろう。何しろ鳥羽伏見で戦っている家臣たちを置き去りにして、江戸へ逃げてしまったのだからな」

「仕方ありません。上さまのご命令とあらば、背くわけにはいかなかったでしょう」

「逆らえぬまでも、身を挺《てい》して諫言すべきであった」

「諫言に従う上さまではありますまい。何しろ頑固なことでは有名なお方ですから」

「それは、そうだが……」

「どのみち結果は変わらなかったはずです。その点を悔いるのはやめましょう」

「相変わらず冷めているな、そなたは。余の気持ちなどまるでわかろうともしないで」

定敬は苦笑しつつ責めたが、その口振りに怒りや憤りは含まれていなかった。

「まあ、いい。大方さまも万之助も、息災にしているのか」

「はい」

「そうか。藩士たちもか」

「みな息災にしております。しておりますが……。謹慎が完全に解けたわけではありません」

「……」

「幸い新政府軍から目付役を任されたのが親戚筋の尾張藩でしたから、これまでのところ、ひどい目には遭わずに済んでいます。しかしながら、その尾張藩の力をもってしても、新政府からわが藩の完全なる赦免を勝ち取ることができずにいます。桑名にいる者たちも努力しているのですが、これればかりは私たちだけの力ではどうしようもありません」

「……余が桑名へ戻って、恭順の意を示すことが必要なのだな」

呟くような定敬の言葉に、孫八郎は大きく頷く。

「桑名へ戻る……。その資格が今の余にあるだろうか」

定敬の声が震えた。

「藩士たちはみな、それぞれの信じる道を精一杯に生きたのであろう。その結果、山脇や町田は縦横無尽に戦場を駆け、桑名武士の武名を大いに轟かせた。そなたの幼馴染の立見鑑三郎に至っては軍神の異名まで取り、薩長の奴等の心肝を大いに寒からしめたというではないか。余を喜ばせようと思ってか、この箱館でも立見の武勇伝を微に入り細をうがって聞かせてくれる者がいるが、余はそれを聞かされるたび、胸の痛みやうずき――もっと言ってしまえば、息苦しさのようなものを抑えられなくなるのだ。余がここまで無為な日々を過ごしてきた間に、彼等は……」

語るうちに感情が激してきたか、その双眸から大粒の涙が零れ始める。嗚咽を交えながら、定敬の独白はつづいた。

「一方で国元では、そなたが藩論をよくまとめ、一滴の血も流さず城を明け渡してくれた。むろん最初は腹が立ち、そなたの弱腰を詰ったこともあったが、今となってはそなたの判断が正しかったのだと迷いなく信じられる。そなたがいなければ今頃、桑名では数えきれぬほどの武士や民百姓が、無惨に命を落としていたことだろう。長岡や会津のように……」

孫八郎の胸にチクリと痛みが走る。決して一滴も血が流れなかったわけではない。おのれのやりかたの拙さ、判断の甘さで山本・小森のふたりを死なせてしまったのだ。

「何より悔やまれてならぬのは、吉村のことだ」

その名を口にした瞬間、定敬の声の震えがいっそう激しくなった。

「吉村は心底から桑名藩の行く末を案じていた。藩の存亡がかかった今、我等が何をなすべきかを誰よりもよく理解し、強い信念をもってそれを果たそうとしていた。だからこそ、あの男は余に対して強い態度で臨んできた。余にはそれが許せなかったのだ。だからこそ余は……、余は……」

涙はいよいよとめどなく溢れ、その思いはもはや言葉にはならなかった。まるで幼児のように大きな声を上げて、彼は泣いた。

「吉村さまは覚悟されていたと思います」

そんな定敬の顔を真っ直ぐに見据えながら、孫八郎は強い口調で言った。

「みなが抗戦を叫ぶ中で、ひとり恭順を口にすることの危うさを、吉村さまは十分に理解されていたはずです。にもかかわらず自説を曲げなかったのは、そうすることが桑名藩を救う唯一の道であると信じておられたからでしょう。そういう意味では、吉村さまの死は戦場で散った者たちと変わらぬ意味を持っています。本望とまでは言えないかもしれませんが、おそらく隼太郎や剛次郎のことを、むろん殿のことも、恨んだりはしておられぬはずです」

「隼太郎も剛次郎も、心底から桑名のため、余のためを思って刃を振るったのだ。彼等に罪はない」

「わかっています。吉村さまのことを思うと悲しいですし、口惜しくもありますが、世の流れですから仕方ありません」

「彼等もまた忠義の士なのだ。今もこの箱館で最後の一戦に臨もうと、こちらへ向かっているらしい」

「ふたりとも森さんのことを尊敬していますから。その指揮の下でひと暴れしてやろうと、腕を撫しているでしょうね」

「森か……。あの男にもずいぶん苦労をかけてしまった」

「実は、その森さんから、なんとしても殿をお連れするようにと頼まれました」

「そうか。森が、そう言ったか」

定敬はゆっくりと目を閉じた。

「森は忠義の士だ。なんとしても余を死なせまいとしてくれているのだろう。その思いは痛いほどよくわかる」

　流れる涙は、まだ止まらない。

「その思いに応えてください、殿」

　孫八郎が言葉に力を込めた。

「森さんだけじゃありません。家中の誰もが殿の無事を願っています。私を含めた藩士たちは、薩長が作る新しい世を生きる覚悟ができています。しかし、それも殿とともに――殿や大方さまや、それに万之助君とともに、であればこそなのです。殿がこの地で命を落とされ、自分たちだけが生き残ったら……、私たちは胸を張って新しい世を生きていけない。殿は私たちの象徴なのです。殿が生きてあればこそ桑名藩が生きているといえる。殿こそが桑名藩なのです。だからこそ、殿ひとりが恭順の姿勢を見せてくださることで、藩のみなが救われる。それだけの力を持っているのは、桑名広しといえども殿おひとりなのです。それはつまり殿こそが桑名藩であり、殿こそが私たちの象徴だからです。わかりますか、殿」

「孫八郎……」

　定敬は大きな声を上げる。

「余は……、余は……」

　涙が止まらない。いくぶんやつれた端正な顔を鼻水が濡らしていくのもお構いなしだった。しばらく子どものように泣きじゃくった後、

「……帰ろう」

　ぽつりと呟くように言った。

「ようやくわかったよ、孫八郎。余は今すぐここを出て、桑名へ帰るべきだ。彼の地で待つ、みなのために」

「殿!」

瞬間、堰《せき》を切ったように孫八郎の目に涙が溢れ出した。

「よくぞ……、よくぞ、ご決断くださいました。これで桑名が、藩士たちが、民百姓が救われます」

「思えば美濃高須藩から養子入りしてより、余はずっとそなたたちに苦労ばかりかけてきた。桑名松平家の当主として恥ずかしくないよう振る舞わなければならぬとみずからに強く言い聞かせ、これまで生きてきたつもりだ。しかし率直に申せば、余にとって決してそれは楽な日々ではなかった。つねに気を張りつづけ、周囲の目や評価を気にしつづけ、真におのれが何をしたいのかなど考える余裕がまるでなかったのだ。ただ何をしなければならないか、何をなすべきか、それればかりを考えていた」

「……」

「むろん、そんなおのれの生きかたを後悔はしていない。だが、此度の役割を果たした後、すなわち新政府に恭順し、そなたや藩士たち、民百姓の安全をたしかなものとした後は、少しおのれの思いのままに生きてみたい気もするのだ」

「それはもう」

孫八郎は泣き笑いで頷いた。

「存分にそうなさいませ。そのために私がお手伝いできることがあるのならば、なんなりとさせていただきます」

「まことか、孫八郎」

定敬の表情が明るくなる。

――まったく、相変わらず無邪気な子どもみたいな顔をするなあ。

そんな定敬のことが、やはり孫八郎は嫌いではない。むしろ、その願いをなんとかして叶えてあげたいとさえ思ってしまう。

「たとえば何がしたいのです」

孫八郎は微笑みながら問いかける。

「そうだな」

定敬は少し考えてから、

「異国へ行ってみたい」

「異国へ？」

「ああ。余はこれまで江戸と京、それに高須と桑名だけしか知らなかったが、此度の戦で図らずも奥羽越の諸藩や、果てはこの蝦夷地にまで足を運び、さまざまな風物に触れることができた。同じ日本国内であっても、かように異なる風土や文化を持っているのだ。異国へ行けば、もっと多くの発見があるかもしれぬ。そういったものを見聞きし、おのれの小ささを実感することができれば……。薩長に膝を屈し、敗者として生き永らえていく上で、少しは足しになるだろう」

寂しげに笑う定敬。

「わかりました。その願い、私が必ず叶えて差し上げます」

孫八郎は力強く請け負ってみせた。

第八章　最後の試練

定敬ら一行が箱館を離れたのは四月十三日のことである。

出航から二日後に、箱館へ山脇隼太郎と高木剛次郎のふたりがやってくる。ひと足違いで主君との再会を逃した彼等は、森の計らいで新選組に加わり、箱館戦争最後の激戦を経験することになる。

その後、ふたりはともに生き残って明治の世を迎えた。隼太郎は名を正勝《まさかつ》と改めて米国へ留学し、彼の地で商法を学んだ。帰国後は岩崎弥之助《いわさきやのすけ》に誘われて三菱へ入社し、出世を重ねていく。最終的には三菱長崎造船所の所長にまで上り詰め、日本の商業界に重きを成した。

剛次郎は貞作《ていさく》と名を改め、同じく商法を学んで、商法講習所（一橋大学の前身）で講師を務めた後、銀行員として活躍。米国での生活も経験するなど、こちらも一流のビジネスマンとして第二の人生を歩んだ。


二十六日、定敬らの船は横浜に到着した。

ここで孫八郎は、定敬に驚きの提案をする。

「私はひと足先に船を降りて江戸へ向かい、殿をお迎えする段取りを整えてきます。殿はそれまでしばしお待ち願えませんか」

「なに、待てとな。この横浜でか」

「さにあらず」

「では、余はどこにおればよいのだ。よもや、ひと月もの間、この船に留まれと申すのではあるまいな」

「まさか、そんなことは」

孫八郎は笑いながら、

「おっしゃっていたではありませんか、異国へ行ってみたいと」

「なに」

「この船は、実はこれより上海へ向かいます」

「上海だと。あの清国のか」

「いかにも、その上海です。今はエゲレスの支配下に置かれ、華やかな西欧文化が花を咲かせる一方、清国人は不当な扱いを受け、虐げられているという噂です。私はじかにこの目で見たわけではありませんが、話に聞く限り、わが日本国も一歩間違えば同じ道を辿っていたかもしれない。そう感じさせる光景が広がっているのだと思います。今、長い戦乱を経て新しい世を生きる決意を固めた私たちが見ておくべき世界が、そこにあるかもしれない。私はそんなふうに思うのですが、いかがですか」

「興味深いな」

定敬は真剣な顔で頷いた。

「我等には薩長の奴等が作る新しい世を監視しつづける責務がある。それは彼等を敵として戦い、多くの仲間を死なせた我等にとって、大いなる贖罪《しょくざい》でもあろう。そのためにも上海の惨状をしかとこの目に焼き付けておくのは悪くないかもしれぬ」

「いつか世の中が落ち着いたら、殿にはもっと楽しい異国への旅をしていただきます」

「ああ、楽しみにしている。その時は孫八郎、そなたも一緒に行こう」

「そうしましょう。鑑ノ字や森さんや、隼太郎や剛次郎、それに万之助君も大方さまも、とにかくみなで行きましょう」

「それはまた、ずいぶんと賑《にぎ》やかな旅になるな」

「せっかくですから、楽しくまいりましょう」

ふたりは船上で大いに夢を語り、笑い合った。


船を降りた孫八郎は、その足で江戸へ向かう。

この頃、江戸は既に新政府の手によって「東京」と改称されていた。

まずは、かつて定敬が謹慎生活を送っていた霊厳寺を訪れ、住職に定敬の無事を報告。定敬帰京後の居場所を確保した。

次いで孫八郎は、市ヶ谷の尾張藩邸へ向かう。ここで尾張藩を通じて、新政府に定敬の帰京を願い出る嘆願書を提出した。

この時、たまたまかつて桑名の統治に携わっていた尾張藩士のひとりに、孫八郎は再会を果たしている。ここに至るまでの顛末《てんまつ》を聞かされたその藩士は、双眸に涙を溢れさせながら、

「よくぞ、よくぞここまで漕ぎ着けられた」

と、孫八郎の功を称えた。

「貴殿の働きを無にはいたさぬ。必ずやわが尾張藩が新政府より定敬公のご赦免を取り付けてみせるゆえ、ご案じめさるな」

涙声でそう約束した藩士は事実、精力的な働きかけを行ってくれたらしい。ほどなく孫八郎

のもとへ、

——定敬公本人から直接、釈明書を提出されたし。さすれば桑名藩の士民ことごとくご赦免、と相成り候。

との通達が舞い込んできた。

——ようやくここまで来たか。

瞬間、孫八郎の胸の内をさまざまな思いが去来した。

鳥羽伏見の敗戦を受けた桑名城での評定。

気持ちよさげに藩史を語る好々爺の杉山。

鎮国守国神社での神籤。

無念の自刃を遂げた山本と小森の、在りし日の笑顔。

毅然たる振舞いを見せた幼い万之助と、それを見詰める大方さまの眼差し。

いかにも薩摩隼人然とした剛毅な海江田信義と、爽やかな長州人木梨精一郎。

大人の風格を漂わせる吉村権左衛門の微笑み。

桑名武士の誇りをかけて戦う関川、石井、山脇、高木ら若き藩士たち。

そんな彼等を束ねる森弥一左衛門の精悍な面差し。

そして、

——鑑ノ字。

走馬灯の如く駆け抜ける、人々の面影——みな孫八郎にとってかけがえのない、大切な人々だった。この人々を守るために、俺は戦い抜いたのだ。

――はつ。

国元で待つ、愛しい妻。

――俺はやったよ、はつ。

胸の内で、呼び掛ける。今はただ無性にその笑顔が見たかった。

定敬が上海行きを経て横浜へ戻ったのは、五月十八日のことである。

船着き場まで迎えにやってきた孫八郎の姿を見つけた定敬は、微笑みを浮かべながら小さく手を上げた。たったそれだけの所作だったが、孫八郎にははっきりと、

――殿はお変わりになったな。

と、感じられた。

うまく言葉で表すことはできないが、このひと月近く上海で目にしたものが定敬の心に大きな変化をもたらしたことはたしかなように思われた。

ともに東京へ向かう途中、定敬はずっと無口だった。怒っているとか、不機嫌だとか、そういうわけではなさそうである。それよりはむしろ、上海で見たものを孫八郎にどう伝えるか、その言葉を慎重に考えているように見受けられた。

ぽつりぽつりと語り出しては、すぐに口を噤んでしまう。そんな自分がじれったいのか、時折、大きな溜息を吐く。

孫八郎はいっさい言葉を挟まず、そんな定敬に黙って付き合うことを選んだ。

殊更に調子を合わせることもない。ただ淡々と定敬の短い言葉に耳を傾けつづけた。

時に長い沈黙がふたりの間に流れたが、それも決して気まずいものではなかった。

やがてふたりは東京へ着く。

去り際、定敬は言った。

「此度の機会を余に与えてくれたこと、感謝している」

先程までとは打って変わって、力強い声だった。

「上海で見たものは、すべてが衝撃的であった。一歩間違えば、わが日本国もこのようになっていたかもしれぬと悟った時、余は背筋が凍り付くような恐怖に襲われた。わが国では己丑以来、幾多の争いごとが起き、あまたの人命が失われた。むろん、その中には余が失わしめた命も含まれている。敵対した者たちしかり、忠義の家臣たちしかり」

「……」

「彼等はなんのために死んでいったのか。なにゆえ十年もの長きにわたり敵味方に分かれていがみ合い、殺し合うことになってしまったのか。余は上海の現状を目の当たりにして、はじめてその理由を知ったような気がした。そして、わかったのだ。誰も間違ってはいなかった。すべては不幸なすれ違いによって生まれた悲劇だった。だからこそ一刻も早く終わらせなければならぬ。一度すべてを終わらせて、みなが同じ方向へ向き直すことができたなら、わが国は今後も決して上海のようにはならぬ。我等は同じ方向へ向き直ることによって、この国を上海のようにせぬよう努めなければならぬ。そうであろう、孫八郎」

「仰せのとおりです」

孫八郎は大きく頷いてみせる。

「それこそが、此度の戦で命を落とした者たちに対して、生き残った私たちが果たすべき使命だと、私は考えています。殿が上海でそのことをお感じいただけたということは、私のこの考えかたが間違っていないということだと思います。であれば私たちは胸を張って新しい世を生きていくべきです。死んで行った者たちに恥ずかしくないように」

「ありがとう、孫八郎。余にそのことを気付かせてくれたのは、そなただ」

定敬の言葉に、孫八郎の双眸が潤む。

「世の中が落ち着いたら、そなたも異国へ行ってみるといい。そなたは頭がいいから、余などよりもずっとさまざまなものを持ち帰ってくるだろう。それを桑名の者たちにも分け与えてやってほしい」

「わかりました。しかし――」

孫八郎は悪戯っぽく笑って、

「それは少し休んでからにいたしましょう。正直なところ、私は些か疲れました」

と、おどけるような口振りで言った。

「そうだな。それがいい」

定敬は満面の笑みで頷いた。

「孫八郎、本当によくやってくれました」

定敬投降の報告を携えてやってきた孫八郎に、珠光院は労いの言葉をかけた。

「私のところへも尾張藩の使いの者がまいりました。潔く恭順の意を示された定敬公を決して粗略には扱わぬゆえ、安堵なされよと」

「慶勝公は新政府の要人らとも関わりが強うございますから、しかとお口添えくださいましょう」

「新政府はどう出てくるでしょう」

「さあ、それはなんとも言えません。ただ、こちらとすればやるべきことはもうすべてやり尽くしました。後は天命を待つしかないでしょう」

「たしかに、そなたの言うとおりですね」

珠光院は憂い深げな面持ちで頷く。

「今はここまで漕ぎ着けただけでも、よしとしなければいけませんね。そなたのおかげです」

「いや、私は……」

言いかけて、珠光院の顔を見詰める。

心なしか目元の皺《しわ》が増えたような気がする。それだけ大きな心労を抱える日々だったのだろう。

「大方さまこそ、よくここまで戦われました」

「戦い——そう、私にとって、この数ヶ月は本当に戦をしている心持ちでした」

珠光院はしみじみとした口調で言う。

「これは私の戦。なんとしても勝って、そなたの戦を助けなければいけないと、そう思って踏ん張っていました」

「大方さまの頑張りは、私にとってはこの上なく力強い援軍でした。私ひとりで今日のこの日を迎えることは絶対にできなかったはずです」

「少しは役に立ちましたか」

「少しどころか……。どれだけ感謝しても足らぬ思いです」

「そう。ならば、よかった」

珠光院が面映ゆげに笑いかける。その表情の可憐さに、孫八郎は我知らず戸惑いを感じた。

「そうそう、心強いと言えば――」

慌てて話題を変える。

「万之助君にもずいぶん助けていただきました。あのお年であれほど毅然とした態度を取られるお方は、なかなかいないでしょう。行く末、名君となられることは間違いないと思います。大切にお育てしないと」

「あの子もこの数ヶ月でずいぶん大人になりました。最近はよく私のところへ来て、世の中が落ち着いたら異国へ行ってみたい、などと申すのですよ。困ったものです」

「なんの、よいではありませんか。ぜひ実現させましょう」

「ええっ、異国へなど、そんな危険な――」

「そうやって過保護にしていたら、せっかくの資質を腐らせることになりますよ」

「しかし……」

「大丈夫ですよ。万之助君は大方さまが思っておられるよりも、ずっとしっかりしておいでです。城明け渡しの時もそうだったではありませんか。気の利いた者を何人か供に付ければ、心配は要りません。なんなら私がお供しますよ」

「そなたが？」

「私も異国へはぜひ行ってみたいのです。そうだ、私だけでは何かあった時に心許ないから、鑑ノ字も一緒に連れて行きましょう」

「鑑三郎もですか」

「あいつもきっと異国へは行ってみたいはずです。私とあいつとで万之助君をしっかりお守りします。それなら大方さまも心配ないでしょう。そうだ、それがいい。ぜひ実現させましょう、そう遠くないうちに――」

孫八郎は勢い込んで言うと、激しく咳き込んだ。

「まあ、そんなに慌てなくても」

珠光院が呆れたように笑う。

「わかりました。たしかに、そなたと鑑三郎が付いていてくれるのならば安心ですね。では、世の中が落ち着いたら考えてみましょう」

孫八郎はまだ咳をしつづけている。苦しげに喘ぎ、細い肩を上下に大きく揺らす。

「大丈夫ですか」

怪訝そうな顔で訊ねる珠光院。

孫八郎の咳は止まらない。時折、気管から空気が洩れるような音がする。

「孫八郎」

尋常でない様子を見て取った珠光院が、駆け寄って背中をさする。

「どうしたのです」

「……な、なんでもありません」

掠れた声で、孫八郎は応えた。

「風邪ですか」

「まあ、そんなところです」

ようやく落ち着いたらしく、大きくふーっと深呼吸をしてみせる。

「箱館の寒さがこたえたみたいでしてね。横浜へ帰ってきてからも、時々こんなふうに咳が止まらなくなるのです。おおかた悪い風邪をひいて、こじらせてしまっているのでしょう。心配は要りません」

「しかし……」

「本当ですよ。熱もないし、食欲もちゃんとありますから」

「ならば、よいのですが」

珠光院はなおも心配そうな顔で、

「そなたはもともと体があまり強くありませんからね。このところずっと無理をしてきたでしょうから、少し休息を――」

「大丈夫です」

強く遮《さえぎ》るような調子で、孫八郎は言った。

「もうひと息なのです。桑名藩のすべての藩士や民百姓たちが完全恭順を認められるまで。だから、まだ休むわけにはいかない」

「孫八郎……」

「わかっています。この件が片付いたら、私はしばらく休みます。万之助君をお連れして異国へ行くためにもね」

「そうですとも」

珠光院の頬を涙が濡らしていく。

「そんな病身では、とてもあの子のことを預けられませんからね。私が安心してあの子を託せるよう、しかと養生なさい」

「だから、わかっていますよ。そう何度もおっしゃらなくても」

不貞腐れる孫八郎。

泣き笑いの珠光院。

以前と変わらぬやり取りに、ふたりの顔が綻ぶ。

「ようやくですね」

珠光院の呟きに、

「ようやくです」

孫八郎はしみじみと応えた。

「あとは殿にできるだけ軽い処分が下ることを願うのみです。尾張藩の力で、少しの間の謹慎ぐらいで済ませてもらえればいいのですが」

「そうなるよう、天に祈りましょう」

「そうですね。私たちにできることは、もうそれしかありません」

「本当にここまで長い道程でした。もうこれ以上、誰も傷つくことがなければよいのだけれど

「……」

珠光院はそう言うと、静かに手を合わせた。

これ以上、誰も傷つかないように——珠光院の願いは、叶わなかった。

定敬はほどなく謹慎を解かれ、自由の身となった。だが、その代わりに、——藩主定敬を推戴《すいたい》し、多くの藩士たちが新政府に楯突いた。その罪、軽からず。藩士らの中から首謀者と見なせし者一名に腹を斬らせよ。

という非情の命が下されたのである。

藩士たちは騒然としたが、そうした中でひとり冷静沈着に、

「それがしでよろしゅうござるか」

名乗り出たのは、森弥一左衛門だった。

箱館戦争は幕府軍の敗戦に終わっていた。森たち新選組は鬼神の如き働きを見せ、新政府軍の心肝を大いに寒からしめたが、衆寡敵せず。総司令官たる土方歳三の壮絶な戦死によって力尽き、降伏した。

公用方の要人として長く京で活動した森ならば、桑名藩の「顔」として新政府側にも異存はないだろう。さらにいえば、藩士たちの中でもっとも長く戦いつづけたのも森なのだ。

申し出は受け入れられた。森は藩の未来を一身に背負って自裁することとなった。

孫八郎は取るものも取り合えず藩邸へ駆けつけた。一室に謹慎していた森は泰然とした様子

で、

「よく来たな」

と、部屋の中へ招き入れた。

「おぬしがそんなふうに慌てて来てくれるとは、思ってもみなかったよ」

そう言って、からからと笑う。香を焚《た》いているのだろうか。室内に涼やかな香りが満ちていた。

「まったく、おぬしも損な性分だな。そういう熱さを持っていることが、どうにも周囲に伝わりにくい」

「そうみたいですね」

「だが、俺は知っているぞ。おぬしが藩のことを思う気持ちの強さと深さを。それは箱館まで戦い抜いた俺たちと比べてもまったく遜色のないものだ。ただ、やりかたが違っていただけでな」

森の表情は穏やかだった。

「俺もおまえのように頭がよかったら、あるいは違う道を進んでいたかもしれぬ。人にはそれぞれ見合った生きかたがあるのだ。自身の立場や能力を見極めて、おのれが何をなすべきかを考え、信念をもって行動する。結局のところ、人生とはそれに尽きるのだろう」

訥々と、おのれの言葉を噛み砕くように語る。孫八郎はひとことも聞き漏らすまいと、意識を集中させた。

「桑名の者はみな、その信念を貫いたと俺は思っている。吉村さんはじめ死んでいった者たちも含めてな。そんな中、藩内でもひときわ優秀なふたりの若者が幸いにして命を落とすことなく今日を迎えられた。おぬしと鑑三郎だ。俺はな、孫。おぬしや鑑三郎がいるからこそ、こうして穏やかな気持ちで死出の旅路に着くことができるのだ」

「森さん……」

「頼んだぞ、孫。俺が腹を斬れば、桑名の戦はすべて終わる。新しい世の中がいよいよ始まるのだ。それは俺たちと長年にわたって敵対してきた薩長の奴等が作る世の中だ。当然、桑名の者たちは不遇をかこつことになるだろう。世間の風当たりは強く、口惜しさに打ちのめされることもあるだろう。時には絶望感に苛《さいな》まれることさえあるかもしれない。そんな時、みなの支えになることができるのは、おぬしであり、鑑三郎だ。おぬしらはみずからの生きざまをもって桑名の人々を勇気づける使命を、これから背負うことになる。その覚悟はしかと持っていてほしい」

「覚悟は……、持っています」

孫八郎の表情が苦しげに歪む。

「しかし、私には正直なところ、自信がありません。先に吉村さんがいなくなり、今また森さんまで……。鑑ノ字は未だ謹慎中の身です。私ひとりで……、いったい何ができるでしょうか」

「孫」

森の声音がやわらかくなる。

「おぬしなら大丈夫だ。現におぬしは今日まで桑名藩を――そこに住まう人々を守り抜いてくれたではないか」

「それも……、鑑ノ字や森さんの戦いがあってこそです」

「いいや、それは違う。俺たちはたしかに桑名武士の名を高め、誇りを守ることはできたかもしれない。だが、桑名藩そのものを守ったのは俺たちじゃない。紛れもなく、孫、おぬしだ。おぬしの智恵と度胸が我等の故郷を守ったのだ」

孫八郎の顔が涙でくしゃくしゃになる。

「どうした、孫。おぬしらしくないぞ」

森は快活に笑って、孫八郎の肩を叩いた。分厚い掌から、薄い肩を伝って森の体温が流れてくる。

「孫、人間は小さいものだ。ひとりひとりにできることなど、たかが知れている。そんな小さい人間が大事を成そうとする時、必要なことはただひとつ。いつ、いかなる時も、誠を尽くすこと。それだけだ」

「誠を、尽くす……」

孫八郎はその言葉を何度も繰り返し呟いた。

「私にできることは、誠を尽くすこと……」

「そうだ、誠だ」

森は力強く頷いてみせる。

「俺が新選組に入ったのも、ただ蝦夷地行きの船に乗りたかったからではない。彼等の掲げる『誠』の旗印に惹《ひ》かれたからだ。実は京にいた頃から、密かに羨ましく感じていた。あの旗印の下で戦ってみたいと思っていたのだよ。最後の最後に念願が叶ったというわけさ」

晴れやかな面持ちで、森は語る。

「孫、俺はおぬしの誠を信じている。それゆえにこそ、桑名の未来をおぬしに託すのだ。だから、頼む。どうか最後に自信を持って『後は任せろ』と言ってくれ。俺を安心して死出の旅路へ向かわせてくれ」

「森さん……」

「孫、どうだ。桑名の未来、おぬしに託してよいか」

「……」

「孫ッ！」

「わかりましたッ！」

声を震わせて、孫八郎は叫んだ。

「尽くします、いかなる時も、誠を。そして桑名を、みなを守ってみせます。だから……、だから森さんは、どうか……、どうか、ご立派な……」

そこから先は、もはや言葉にならなかった。

ひたすら嗚咽しつづける孫八郎の細い肩から、森がそっと手を放す。

静かに立ち上がり、ゆっくりと歩き出す。

「森さん！」

すがるような孫八郎の声に、振り返らず、ただ頷く。

涙で霞《かす》む視界の向こうへ、大きな背中がゆっくりと、遠くなった。

第九章　尽くす誠の

「久しぶりだな、孫サ」

そう言って部屋へ入って来た鑑三郎は、思わず息を呑んだ。その様子を見て、

「どうした、鑑ノ字」

孫八郎が皮肉げに笑ってみせる。

「俺があんまりやつれているから、死神とでも見間違えたか」

「いや」

否定したものの、つづける言葉が見つからない。

実際、久しぶりに会う旧友は、さながら幽鬼のような姿をしていた。もともと痩せて小柄だったが、

――婦人の如し
といわれた容姿は、見ようによっては可憐だった。その面影はすっかり失われ、ただ凄惨な雰囲気だけを漂わせている。

維新後、孫八郎は藩を恭順に導いた功績を認められ、桑名藩の大参事に任ぜられた。その後、廃藩置県によって桑名藩が消滅すると東京へ上り、しばらくは役人暮らしをしていたが、ほどなく体調を崩して官を辞した。以来、病床に臥せりがちであるとは聞いていたが、よもやこれほど悪いとは――。

「起きていて大丈夫なのか」

「ああ、俺は大丈夫だよ。もっとも、医者が見たら怒るだろうがな」

「孫サ……」

「まあ、いいじゃないか。どのみち、もうそれほど長くは――」

言いかけたところへ、

「失礼いたします」

部屋の戸が開き、うら若い女性が中へ入って来た。品のいい笑顔で鑑三郎に一礼し、そっと目の前に茶を置く。

「ああ、どうも」

孫八郎の前へも茶を置くと、もう一度、鑑三郎に小さく会釈をして部屋の外へ出て行った。

その華奢な背中を見送りながら、

「今のは?」

と、鑑三郎が問いかけた。

「妻だよ」

「風の噂で死別したと聞いていたが」

「ああ、前のとはな」

孫八郎の表情に一瞬、苦い色が浮かぶ。

妻のはつは、孫八郎が定敬を連れ帰り、桑名藩の完全赦免を勝ち取ってほどなく、病のためにこの世を去った。恰《あたか》も孫八郎が大仕事を成し遂げたのを見届けて、安心したかのように――。

「後妻か。どこからもらった」

「どこからだと思う」

「わかるものか」

「聞いたら驚くぞ」

「いいから教えろ」

「桑名藩主松平家さ。殿の妹御だよ」

鑑三郎は驚いて、孫八郎の顔をまじまじと見つめた。

「前妻を亡くして塞《ふさ》ぎ込んでいた俺を憐れと思われたんだろうな。何度もぜひにと話を持ち掛けてこられた。珠光院さまも一緒になってな。だから断り切れなかったのさ」

「殿らしいな。あの方は昔から情に脆《もろ》かった」

「本当のことを言うと、もう妻はいらないと思っていた。俺はこの体だから、たぶんそう長くは生きられないだろう。だとしたら、残される妻は不憫だ」

「何を言ってるんだ」

鑑三郎は声を潜めて、

「せっかくあんなに綺麗な奥方をもらったんだ。早く元気になって、かわいがってやらないとな」

殊更に下卑《げび》た調子で、からかうように言ったのは、弱り果てた旧友を励まそうとしてのことだろう。

「まだまだ老け込む年齢じゃないだろう、俺もおぬしも」

「ああ」

孫八郎はしかし、苦しげに息を吐きだすようにしか、それに応えることしかできない。どうやら長く話しているだけでも、そうとう体力を消耗してしまうらしかった。

「今日のところは帰るよ」

鑑三郎は立ち上がった。

「どうせ大した用があったわけじゃないんだ。また日を改めることにしよう」

「もう帰るのか。まだいいだろう」

いっそうか細くなった手が、鑑三郎の固く太い腕を掴む。

「せっかく来たんだ。晩飯ぐらい食って帰れよ」

「しかし――」

「ああ、そうか。この後の予定があるのだな。何しろ鑑ノ字は今や帝国陸軍期待の新鋭だものなあ。聞いたぞ、鹿児島での活躍ぶりは」

明治三年（一八七〇）に赦免を得た鑑三郎は、桑名藩で少参事を務めた後、やはり孫八郎と同じように東京へ上る。はじめ司法省に出仕して法律家への道を歩んでいた。

ところが、やがて新政府に不満を抱く士族らが相次いで叛乱を起こし始めると、政府は軍事力の増強に着手。皮肉なことに、かつて鑑三郎の采配によって煮え湯を飲まされた薩長の面々は、その記憶から鑑三郎の存在を呼び起こし、彼を陸軍に招聘した。

明治十年（一八七七）、維新の立役者のひとりでありながら新政府と袂を分かち、郷里の鹿児島へ引き籠もっていた西郷隆盛が、弟子たちを従えて叛乱を起こした。世にいう「西南戦争」である。不平士族中、最大の難敵といわれた鹿児島兵を相手に、鑑三郎は持ち前の将才を如何なく発揮。政府軍に勝利をもたらす原動力となった。これによって鑑三郎は一躍、帝国陸軍の期待を一身に背負う存在となったのである。

「まったく、いつの時代も変わらず俺たちの誇りだよ、鑑ノ字は」

そう言った後、孫八郎はまた激しく咳き込む。

「おい、大丈夫か」

慌てて背中をさすり、静かに体を横たえさせる。

「あまり無理をしないほうが」

「大丈夫だよ。これぐらいは、もう慣れている」

苦しげに喘ぎながら、孫八郎はかすかに口元を歪めた。笑っている――つもりなのだろう。

鑑三郎はしばし痛ましげにそのさまを見詰めていたが、やがて莞爾と笑って、

「わかったよ」

と、言った。

「せっかく来たんだ。殿の妹御が作る夕飯のご相伴《しょうばん》にあずかるとしようか」

それを聞いた孫八郎は、嬉しそうに微笑んだ。


久方ぶりでともに味わう夕餉の味は格別だった。

話題の中心は、やはり昔の思い出話だ。

少年時代に藩校立教館や、大塚塾で机を並べて学んだこと。

藩政に携わるようになった青年時代の、夢見るような昂揚感。

動乱のさなか京へ赴き、討幕派勢力とつばぜり合いを演じた日々。

すべてが懐かしく輝いていた。

鳥羽伏見の戦いで幕府軍が敗れ、不本意ながら江戸へ向かった定敬不在の中、知恵の限りを尽くして藩論を恭順開城に導いた孫八郎の苦悩。

関東から北陸まで戦い抜き、名将の評価を確固たるものとしながら、最後には投降を余儀なくされた鑑三郎の口惜しさ。

そんな苦い記憶でさえ、今ではどこか甘酸っぱい思い出のように感じられた。

これが時の流れというものだろうか。しみじみと感慨に耽る鑑三郎に、

「知っているか、鑑ノ字。殿は今度、森さんを弔《とむら》うための石碑を建てられるそうだ」

と、孫八郎が話題を向けた。

「ああ、その話なら俺も聞いたよ。やはり殿は情がお篤い」

「森さんが責めをすべて背負って腹を切ったことで、桑名は大きな傷を負うことなく明治の世を迎えることができた。殿は今でもつねづねそのことを口にしておられる」

「そうか。あの世の森さんも浮かばれることだろう」

「嬉しさよ　尽くす誠の　あらわれて　君に代われる　死出の旅立ち」

「……なんだ、それは」

「森さんの辞世さ」

「そうか。森さんらしい、真っ直ぐないい句だな」

ふたりはしばしその句の響きを心の中で噛み締めた。

「尽くす誠、か」

孫八郎がぽつりと呟く。

「あの一年余り――鳥羽伏見の敗戦から箱館戦争の終結まで、俺たち桑名の人間はひとりひとりがおのれの信念に従い、それぞれの誠を尽くしてきた。俺もおぬしも、森さんも、吉村さまや山脇さん、石井や関川、そして殿も万之助君も、珠光院さまも……。みな、おのれの信じる道をがむしゃらに走っていた」

「そうだな」

「結果だけを見れば、桑名は負けたかもしれない。だが、俺たちはこうして今を生きている。俺なんかはちっぽけな存在でしかないが、おぬしみたいに陸軍で確固たる地位を築こうとしている奴だっている」

「買い被るな。俺はまだまださ」

「戦に敗れた俺たちが今、新しい世を生きていられるのは、むろん俺たち自身が努力したからでもある。だが、それだけじゃない。俺たちは譲れない使命を背負っているんだ。森さんや吉村さま、山本殿や小森殿……。亡くなった人たちが尽くそうとして果たしきれなかった誠を、生き残った俺たちは受け継がなければいけない」

口吻が熱を帯びるにつれて、孫八郎の息遣いが荒くなる。

「孫サ、疲れただろう。少し休め」

優しく促す鑑三郎。

孫八郎は、今度は逆らわなかった。友の手にしっかりと支えられながら、ゆっくりと臥所に体を横たえる。

「情けないよ、鑑ノ字」

先程までとは一変して、消え入りそうなか細い声で、孫八郎は言った。

「俺はもう本当に長くはないだろう。みなの想いを受け継ぎ、誠を尽くして明治の世を生きることは、もはや叶わぬ望みだ」

「弱気なことを言うな。希望を捨てずに養生すれば、きっとよくなるさ」

鑑三郎は声を励まして言った。

「たしかにずいぶんやつれているから少しばかり驚いたが、何しろまだ若いんだ。気持ちを強く持て」

「そうだな。鑑ノ字らしくもない気休めだが、まあ、ありがたく受け取っておくよ」

「気休めではないさ。おまえ自身がたった今、言ったではないか。俺たちは志半ばで散っていった者たちの想いを受け継ぎ、この明治の世を誠を尽くして生き抜いていかなければならない。そうだろう」

「ああ、そうだな」

孫八郎は、強張った表情を懸命に崩してみせる。

「今日のところは、これで失礼するよ。だが、必ず近いうちにまた来る。それまでに必ず元気になっていろ。いいか、これは頼みじゃない。命令だ」

「わかったよ、帝国陸軍の新鋭殿」

冗談めかして笑う姿も、ひどく弱々しかった。

立ち去り際、覚束《おぼつか》ぬ足取りで玄関まで見送りに出た孫八郎に、

「そういえば、ひとつ、おぬしに教えてやろうと思っていたことがあるんだ」

振り返った鑑三郎が言った。

「桑名にいた駒吉という少年を覚えているか」

「大工の倅の駒吉のことか」

「そうだ。おまえはよく駒回しなどをして遊んでいたな。あいつは今、東京に出て来ている」

「なぜ、あいつが東京へ？」

「慶應義塾で学んでいるんだ」

「なんだって！　あの駒吉が？」

慶應義塾は豊前中津藩出身の福沢諭吉が東京の芝新銭座に開いていた私塾である。海外渡航の経験を持つ福沢は西欧の事情に通じ、当時としては卓越した学識を持っていた。そんな福沢の名を慕って、全国から多くの若者たちがその門を叩いた。

「そうか、あの駒吉がなあ」

孫八郎の脳裏に駒吉の面差しが蘇る。

――孫サ、桑名は負けんよな。

そう言って孫八郎に縋《すが》るような目を向けていた駒吉。どれほど成長したのだろう。

「福沢諭吉という人は元幕臣だが、なかなか偉いお人のようでな。門閥《もんばつ》制度は親の仇だと公言して憚らず、士族であれ平民であれ、門弟たちにはいっさい分け隔てのない態度で接し、学問に励みやすい境遇を与えてくれるのだという」

「ああ、たしか『天は人の上に人を作らず、人の下に人を作らず』だったかな」

福沢の高明な著書『学問のすすめ』の冒頭の一節である。

「そうだ。だから、慶應義塾では努力さえすればいくらでも高みを目指せる」

「すばらしい。旧幕時代には決してありえなかったことだ」

「聞けば、新政府の要職に多くの人材を輩出した長州藩の松下村塾という私塾にもそうした雰囲気があったらしい。塾を主宰していたのは安政の大獄で処刑された吉田松陰という男だが、維新前にこの世を去った高杉晋作のような上士出身者も、足軽出身の伊藤博文《いとうひろぶみ》や山県有朋らも、すべて等しく扱っていたそうだ。認めたくはないが、そういうところで俺たちは薩長に一歩も二歩も後れを取っていたのかもしれない」

「そうかもしれないな」

孫八郎は、深々と溜息を吐いた。

「で、どうなのだ。駒吉は。他の塾生に後れを取ったりはしていないのか」

「いや、それがな、孫サ。あいつ、なかなか優秀らしいぞ」

「ほう、そうなのか」

それほど頭がいいという印象はなかった。が、純真でまっすぐな心根の持ち主だった。あの駒吉なら地道な努力を積み重ねていくことはできるだろう。

「頑張ってもらいたいな」

「聞けば、いつか桑名へ戻って教師になるのが夢なのだそうだ」

「そうか。あいつなら、きっといい教師になれるだろう」

「俺もそう思うよ」

「しかし、俺の息子をあいつに預けるのは、なんだか心許《こころもと》ないなあ」

「ハハハ、たしかにそうだ」

ふたりは腹を抱えて笑い合った。

思えば、こうしてふたりで声を立てて笑うのも、ずいぶん久しぶりだった。

「あの時以来、かな」

「ああ、そうだな」

ふたりの心にしっかりと刻み込まれた記憶——それは、桑名藩が開城恭順を決め、ふたりが「それぞれの戦」を前にした夜のことだった。

七里の渡しで夜通し語り合った、あの時——孫八郎は迫り来る新政府軍から桑名藩の民百姓を守り抜くための交渉の場へ向かおうとしていた。一方の鑑三郎は桑名武士の意地と誇りを賭けた新政府軍との合戦の場へ赴《おもむ》こうとしていた。

互いの行き先や目的は違っていても、あの時からふたりはずっと心のどこかでつながっていた。結果として孫八郎は見事、桑名藩を無血開城へと導き、桑名の人々に苦難の道を歩ませることを防ぎきった。海江田信義らを相手取って正々堂々と論陣を張り、恭順を勝ち取ったその活躍は世人に認められる機会こそなかったが、紛れもなく彼こそが「桑名を守った男」だった。

一方、幾多の戦場で新政府軍の心肝を寒からしめた鑑三郎は「不敗の軍神」と称えられて、大いに面目を施した。桑名武士の生きざまを象徴するかのような彼の姿は、維新後も桑名の人々にとって誇りであり、励みであり、そして心の支えとなった。むろん、それは孫八郎にとっても同じだったに違いない。

いってみれば、このふたりは、あの幕末維新の動乱期を懸命に駆け抜けた桑名藩の象徴的な存在だった。彼等ともうひとり――すべてを一身に背負って切腹した森弥一左衛門の三人のことを思う時、桑名の人々は、自分たちの望んだものとは異なる時代を生きることに強く背中を押されるような、思わず背筋を伸ばして胸を張りたくなるような、そんな感覚を得ることができるのだった。

むろん当の本人たちは、そんなこととはつゆ知らない。もとより、そうした存在になろうと思って行動していたわけでもないのだ。

自分たちがそういう存在だと知らされたところで、きっと鑑三郎は当惑し、曖昧にはにかむような仕種を見せるだけだろう。あるいは、

――たしかに俺は全力で戦った。その結果、敗れることはなかったが、勝つこともできなかった。軍人としては失格だよ。

などと自嘲するかもしれない。

孫八郎は、例によって皮肉をひとつふたつは口にすることだろう。だが、結局のところ、さほどの興味は示すまい。ひっそりと笑って、適当なところで受け流してしまうはずだ。そして森は、

――儂は当然のことをしたまでだ。

律義にそう謙遜するに違いなかった。

「なあ、孫サ」

立ち去りかけたところで、鑑三郎はもう一度、後ろを振り返った。

「改めて礼を言うよ。おぬしのおかげで桑名は死なずに済んだ」

「どうしたんだ、藪から棒に」

「もしも、あの時——鳥羽伏見の戦の後、桑名藩が城に立て籠もって徹底抗戦する道を選んでいたら、どれほど多くの命が失われていたことか。きっと多くの民百姓が犠牲になっていただろう。駒吉だって今頃は生きていなかったかもしれない」

「まあ、そうだな」

「俺たちより少し後に大塚塾に入ってきた加太三治郎という少年を覚えているか」

「加太三治郎……。ああ、あいつか」

孫八郎は桑名開城の折、秋山断とともにおのれを糾弾した少年の姿を思い出した。

「頭のよさそうな奴だったな」

「あいつ、藩から貢進生に選ばれて東京へ出て来ているらしい」

貢進生というのは、いってみれば公費留学生である。藩が特別優秀な者を選んで学費を奨学金として与え、上京させて学ばせるのだ。

「大学南校で周囲を驚かせるような立派な成績を修めて、今では司法省の明法寮学校随一の俊秀と謳われているそうだ。たしか名も加太邦憲と改めたと聞いた」

「そうか、あの少年が……」

感慨深げに嘆息する孫八郎。

「駒吉や三治郎のように、桑名には優秀な人材が数多く眠っていたんだ。彼等は今、明治という新しい時代の中でその優れた資質を目覚めさせ、活躍の場を見つけようと努力している。その機会を彼等に与えたのは、孫サ、おぬしだ。あの難しい局面で、なにがあっても桑名を戦火にまみれさせぬという道を選んだおぬしの決断が正しかったからこそ、彼等の今がある。おぬしが感情に流されず、周囲の反対や誹謗中傷を恐れず、命を狙われる危険をも顧みずに取った行動が彼等を、桑名のみなを守ったんだ」

「……」

「正直に言えば、あの頃の俺には、戦わずして敵に膝を屈するというおぬしの決断に対して、なんのわだかまりもなかったわけではない。頭では理解していながらも、やはりどこか複雑な感情を拭い去ることができずにいた。だが、今は違う。俺はただひたすらおぬしに感謝しているし、おぬしを尊敬している。おぬしのおかげで俺はこうして郷里の後輩たちの活躍に胸を躍らせることができている。ありがたいことだ」

「鑑ノ字……」

「きっと、おぬしが尽くしてきた誠が天に通じたのだろうな」

「ありがとう、鑑ノ字」

孫八郎の落ち窪《くぼ》んだ目から滂沱の涙が零れ落ちた。痩せこけた頬を、瞬く間に濡らしていく。

「おぬしにそう言ってもらえるのなら、俺にはもう何も思い残すことはないよ」

「また、そんな縁起でもないことを言う。まずは涙を拭け」

「すまない」

拳で乱暴に涙を拭う。

「そうだ、孫サ。体の具合がよくなったら、一度ふたりで七里の渡しへ行かないか。あの時みたいに腰を下ろして、よもやま話をしよう」

「ああ」

孫八郎は涙声で頷いた。

「そうしよう。俺たちが誠を尽くして守り抜いた桑名の地の、もっとも美しい光景を見に行こう」

「そうだ、そうしよう」

頷き返す鑑三郎の目にもまた、光るものがあった。

終章　〜語り継ぐ未来へ〜

酒井孫八郎がこの世を去ったのは、明治十二年（一八七九）四月十五日のことである。享年三十五。

死因は定かではないが、やはりもともと頑健でなかった体に、維新前後の労苦が追い討ちをかけたのであろうと人々は噂した。亡骸《なきがら》は深川霊巌寺長専院に葬られ、後に青山墓地へと改葬された。


孫八郎の死を、鑑三郎は自邸で知った。

折しも朝食を摂っていた彼は、その手から箸を取り落とし、声を発することなく静かに落涙したという。この剛毅な男が、さめざめと泣きつづけるさまを、家人たちは痛ましげに見守るしかなかった。

きつく目を閉じて、小刻みに肩を震わせながら、彼は脳裏に浮かぶ亡き盟友の面影にそっと語りかけた。

——孫サ、疲れただろう。あの世へ行って、ゆっくり休め。

頭の中の孫八郎は、最後に会った時のやつれ果てた姿とはおよそ程遠い、明るく澄んだ表情をしていた。それは、まだ世の中が幕末維新の動乱期に突入するよりも前、ふたりが大塚塾で机を並べて学んでいた頃の面影に他ならなかった。

屈託のないその笑顔は、まるで憑《つ》き物が落ちたように晴れ晴れとしている。

——ああ、よかった。

鑑三郎の双眸から大粒の涙が零れ落ちた。

――孫サ、おぬしはもうこの世の重荷から解き放たれ、永遠の安らぎを手にすることができたのだな。

そう思うと、薄命だった朋友の死を、むしろ祝福さえしたくなった。

――桑名を戦火から救ったのは、紛れもなくおぬしだ。向こうへ行ったら森さんや吉村さまにも会えるだろう。その時、お主は胸を張って言えばいい。あなたたちの愛した桑名は、この私がしっかり守り抜いてみせましたよ、とな。

机に両手をつき、体を支えるようにして、鑑三郎は立ち上がった。

ゆっくりと部屋の外へ出て、顔を上げる。

うららかな春の陽光。空は、抜けるように青かった

この空の下で、今日も桑名の人々は働き、遊び、生きている。幕末維新の動乱期、戦禍による大惨事をぎりぎりのところで回避しえたからこそ、この今がある。そのことを決して忘れてはならないと、鑑三郎は思った。

そのためには、語り伝えなければならない。愛する故郷を守るために「戦わない道を選ぶ」戦いに挑み、見事完遂した男の生きざまを――。

彼は戸棚の奥から脇差を持ち出してきて、食卓の机の上にそっと置いた。

それは、かつて孫八郎から託された脇差だった。

七里の渡しで互いのなすべきことをたしかめ合った時、渡されたものだ。今までずっと大切に仕舞っておいた。

「孫サ、おぬしが尽くした誠は、俺たちが必ず後世に語り継いでいく。桑名の人々が誇り高く、

この新しい明治の世を生き抜いていけるようにな」

鑑三郎は脇差に語りかけながら、亡き友に誓った。

――俺たちはこれからも誠を尽くして生きていく。孫サ、おぬしはあの世からそれを見守っていてくれ。

眦に漲る決意が陽光に照らされた時、彼の目にもう涙はなかった。


松平定敬は、孫八郎の死から二年後の明治十四年（一八八一）二月、定教と名を改め、養子となった万之助とともに、桑名十念寺に森弥一左衛門の慰霊碑を建立した。みずからの身代わりとして、一身に責めを負って切腹した忠臣の記憶は、維新後十四年という長い歳月を経てもなお定敬の心から片時も離れることがなかった。彼はこの年の十一月、所《ゆ》縁《かり》の深い東京深川の霊巌寺にも同じく森の慰霊碑を作っている。

さらに六年後の明治二十年（一八八七）には、桑名城跡地にみずからの文字で「精忠苦節」の文字を刻ませた。

明治三十二年（一八九九）には定教に先立たれるという不幸に見舞われる。

異国への強い関心から外務省への出仕という道を選んだ定教は、あまり体が丈夫ではなかった。かつて桑名城開城に大きく貢献した万之助少年は、享年四十三という若さで黄泉路《よみじ》へ旅立ったのである。

後に定敬は、兄容保も勤めた日光東照宮の宮司に就任。二年ほど勤めた後、病を得て職を辞した。

明治四十一年（一九〇八）七月二十一日、六十一歳で死去。

立見鑑三郎は尚文と名を改めて参謀長、陸軍少将、台湾総督府軍務局長などを歴任。さらに陸軍中将に昇進して日露戦争に参加し、黒溝台の合戦で圧倒的な数的不利を覆してロシア軍を撃破したことにより「東洋一の用兵家」と称賛されるに至った。

のち男爵、陸軍大将。旧幕府軍出身者としては異例の出世を遂げたといっていい。

もっとも当の本人は寡黙にして性沈毅。最後まで誇り高く清廉な生きざまを貫き通した。平素から部下に対しては思いやり深く接し、決して声を荒げるようなことをしなかった。

そんな彼らしい逸話がひとつ残されている。ある時、薩摩藩出身の陸軍高官が戊辰戦争当時の武勇伝を下士官らに聞かせていた。かなり酒も入っていたのだろう。いかにもつまらぬ手前味噌な自慢話で、みなが辟易していたところへふらりとやってきた鑑三郎は、その高官の顔を見るなり、さも懐かしげに近付いていて、

「ああ、その戦のことなら俺もよく覚えている。たしか貴公はあの時、刀を放り投げて我先に逃げていってしまったなあ」

ポンポンと肩を叩きながら、豪快に笑い飛ばしてみせた。高官は青い顔をして、気まずそうに立ち去っていったという。

明治三十七年（一九〇四）、勲一等瑞宝章。

二年後には功二級金鵄勲章、旭日大綬章。

数えきれぬほどの栄光に浴しながら恬淡と晩年を過ごした、この不世出の軍略家は、明治

四十年（一九〇七）三月七日、六十二歳で静かにこの世を去った。

§　§　§

「先生、もうすぐ出番ですね」

椅子《いす》に深く腰かけ、微睡《まどろ》むように目を閉じていた老人の耳元へ、青年がかしづくような所作で告げる。

「ああ」

老人は掠れた声で応え、講堂の中を見回した。

数年前から患っている眼病の影響で、ひどく視界がぼやけている。それでも、広い講堂のほぼすべての席が聴衆で埋まっていることは認識できた。

「それにしても、ずいぶんたくさん入ったね」

「それはもう、先生のお話を拝聴《はいちょう》できる機会など、そうはありませんから」

青年が興奮気味に応える。

「昔は毎日のように講義をしていたが、さすがに最近は年を取ってしまったからね」

「目の具合は、あまりよろしくないのですか」

「ああ、よくないね。そのうち何も見えなくなってしまうのではないかと時折、不安を覚えるよ」

「……」

「まあ、私はもともとあまり体が丈夫ではなかったからね。幕末維新の動乱から四十年あまり。ここまでよく無事に生きてこられたものだと、我ながら思うよ」

「先生は、戊辰の戦争にも加わっておられたのですか」

「加わろうとしたのだがね。あいにく間に合わなかったのさ。桑名から勢い込んで上方へ馳せ参じた時には、鳥羽伏見の戦いは既に終わり、桑名藩は敗軍、それも賊軍の汚名を被せられてしまっていた。それからの一年間は、本当に長かったよ」

「日露戦争の英雄、立見大将の華々しいデビューがあったのは、まさにその時のことですね」

「ああ。郷里の先輩が不敗の軍神などと持て囃《はや》されて、我等も鼻が高かったよ」

老人はそう言って、遠い目をした。

「実は今日、私はその桑名藩の人々のことを話そうと思っている」

「桑名藩、ですか」

「君は、何年の生まれかね」

「私ですか？　明治二十二年です」

「そうか……。となると、もう酒井さまも亡くなられた後だな」

「酒井さま、といいますと？」

「酒井孫八郎さま――維新当時、桑名藩の惣宰、つまり家老を務めていたお方だよ。鳥羽伏見の敗戦で混乱する藩内をまとめ上げ、降伏恭順に導いた人物だ」

「ということは、先生たちとは対立されていたわけですか」

「うむ。はじめは私たちも一戦も交えることなく敵に膝を屈するなど、卑怯者のすることだと、ずいぶん反発したものだったよ」

「はじめは、ですか」

「そう、はじめはね。しかし、近くで接しているうちに次第にわかってきたのだ。この方は降伏恭順を勝ち取ることに命を賭けている。これが、この方にとっての戦なのだと」

老人の口吻が熱を帯び始める。

「君は若いから、あの頃の世情は想像もつかないだろうが、私たち桑名藩や会津藩は、新政府軍の中枢を成す薩摩や長州の人々から凄まじい憎しみを買っていた。彼等はなんとしても私たちを滅ぼし、積年の恨みを晴らそうとしていたのだ。酒井さまは、それにひとり敢然《かなぜん》と立ち向かわれた」

「そうでしたか。しかし、一方では桑名藩は新政府軍に激しく抵抗したと聞いています。とりわけ立見大将率いる雷神隊の働きは目を見張るものがあったとか」

青年が言うと、老人は嬉しそうに笑って、

「立見さま——あの方こそは、私たち若い桑名藩士にとって、まさに誇りだった。私は桑名で逼塞《ひっそく》していたが、遠く奥羽越から立見さまの活躍を耳にするたび、まるで自分がそこにいて、ともに戦っているかのごとく血沸き肉躍ったものだよ」

「そうでしたか」

「ところが、そんな中でも酒井さまは決して我を失わず、降伏恭順への道をひたすら模索しつづけておられた。そして、ついには単身蝦夷地へ渡り、五稜郭で抗戦の構えを見せていた旧主定敬公を桑名へ連れ戻されたのだ」

「なんと、はるばる蝦夷地まで」

「榎本武揚公率いる旧幕府艦隊が、決戦の時を前にして腕を撫す蝦夷地だ。危険でないはずがない。ひとつ間違えば血祭りに上げられてしまうところへ、あの方は恐れず乗り込んでいかれた。そして、鬼と呼ばれた新選組副長、土方歳三らを説き伏せ、とうとう定敬公を蝦夷地から脱出させて新政府に恭順させ、桑名藩を守り抜いた」

「凄い」

「ああ、凄い。本当に凄い人物だったのだよ、酒井孫八郎というお方は。君たちは桑名藩というと立見さまのことしか知らないだろうが、一方でそういうお方がおられたということを、私は郷里の後輩として語り継いでいかないといけないと思っている。……嬉しさよ」

「えっ」

唐突な言葉に驚く青年。

老人はまたひとつ小さく微笑み、

「嬉しさよ　尽くす誠の　あらわれて　君に代われる　死出の旅立ち」

と、呟くように詠み上げた。

「誰の句ですか」

「森弥一左衛門さまといってね。桑名藩の公用方として幕末の政局を切り盛りしたお方だ。後に新政府軍への謝罪のため、藩を代表して切腹したお方だが、このお方こそ酒井さまや立見さまが父とも兄とも慕い、おそらくはおのれの生きる模範とされた人物なのだ。そのお方が遺された辞世だよ」

「森弥一左衛門さま、ですか」

はじめて聞いた名であったらしい。青年は何度かその名を反芻《はんすう》してから、

「よい句ですね」

慨嘆《がいたん》するように言った。

「辞世であるにもかかわらず何か未来への明るささえ思わせる、そんな感じがします」

「君もそう思うか」

老人は嬉しそうに頰を緩《ゆる》めて、

「森さまはおそらく死を迎えるに際して、一片の後悔もない清々しい心持ちであられたのに違いない。それは、もちろん酒井さまや立見さまのような優れた若者たちがおのれの志を継いでくれると信じていたからに他ならないだろうし、何よりおのれが尽くしてきた誠に絶対の自信を持つことができていたからだと思う」

「それで、さっきの句を詠まれたわけですか」

「そうだ。君を含め、今日の講話を聴く若者たちはみな法律を学んでいる。法律とはすなわち理によって事の是非を正し、公明正大に判を下すために存在する。だが、人はそれを用いる時、絶対に忘れてはならぬことがある。なんだかわかるかね」

「さて――」

問われた青年は首を捻り、

「あえて正面からそう問われると、咄嗟には答えが思い浮かびません」

と、恐縮して応える。

「それはね」

老人は言葉に力を込めた。

「まさに誠を尽くすことなのだよ」

「誠を尽くす、ですか」

「法律とは、とかく血の通わぬ冷ややかなものになりがちだ。それを用いる人間も、ともすれば冷ややかな感情に拠《よ》りがちになってしまう。だが、法律が相手にするのもまた、人なのだよ。すなわち法律はそれ自体に存在意義があるのではなく、それを用いることによって人の営みを滑らかに、あるいは人の世を平らかにすることではじめて意義を成すものなのだ。では、そのためにはどうすればよいか」

「……」

「目の前で起きているひとつひとつの事柄に対して、それを用いる者がつねに誠を尽くすよう心掛けることだ。そうすれば、たとえ異なる考えかた同士であっても、最後には必ず理解し合える。私は今日、それぞれの誠を尽くして桑名を守り抜いた先人たちの話をすることで、君たちにそのことをわかってもらおうと思っている」

「先生」

傍らで、囁《ささや》くような声がした。こちらもまだ若い学生のようだ。

「そろそろ出番です」

「ああ」

老人は頷き、ゆっくりと立ち上がった。

老齢ながら、体の動きはしっかりしている。腰もピンと伸び、小柄ながら堂々たる威厳を感じさせた。

「お話、しかと拝聴いたします」

その背中に、学生が声を掛ける。

老人は振り返らず、軽く手を上げて応じた。

「みなさま、お待たせいたしました」

演台の裾《すそ》のほうで、司会者と思しき正装の青年が告げた。

「いよいよ先生のご講話です」

「それでは先生、お願いいたします」

囁きかけてきた案内役の学生に促されて、

「うむ」

老人はゆっくりと歩き出す。

「加太邦憲先生、ご登壇です」

朗々と響き渡る、青年の声。

階段を一歩一歩踏み締めるように上っていく老人の小さな体を、万雷の拍手が包み込んだ。

主要参考文献

桑名市教育委員会『桑名藩史料集成』
桑名市教育委員会『酒井孫八郎日記　移封記』
桑名市博物館図録『京都所司代松平定敬』
桑名市博物館図録『幕末維新と桑名藩―一会桑の軌跡―』
相川司『新選組隊士録』（新紀元社）
稲川明雄『越後戊辰戦争と加茂軍議』（新潟日報事業社）
加太邦憲『自歴譜』（岩波書店）
菊地明編著『土方歳三日記（下）』（筑摩書房）
郡義武『桑名藩戊辰戦記』（新人物往来社）
郡義武『シリーズ藩物語　桑名藩』（現代書館）
新人物往来社編『松平定敬のすべて』（新人物往来社）
須藤隆仙編『箱館戦争史料集』（新人物往来社）
瀧澤中『昭和を生きた新選組』（経済界）
土屋新之助『立見大将傳』（マツノ書店）
中島欣也『戊辰朝日山　長岡城攻防をめぐる九人の青春像』（恒文社）
中村彰彦『義に生きるか裏切るか　名将がいて、愚者がいた』（講談社）

野口武彦『鳥羽伏見の戦い―幕府の命運を決した四日間』（中央公論新社）
バーバラ寺岡『幕末の桑名―近代ニッポンの基礎を築いた桑名のサムライたち』（新人物往来社）
兵頭二十八『新解函館戦争』（元就出版社）
星亮一『大鳥圭介』（中央公論新社）
星亮一編『「朝敵」と呼ばれようとも』（新人物往来社）
堀田節夫『幕末の会津藩家老　西郷頼母』（歴史春秋出版）
三重県高等学校日本史研究会編『三重県の歴史散歩』（山川出版社）
水谷憲二『「朝敵」から見た戊辰戦争　桑名藩・会津藩の選択』（洋泉社）
水谷憲二『戊辰戦争と朝敵藩―敗者の維新史』（八木書店）
横山高治『伊勢伊賀　藤堂藩戦記』（新人物往来社）
横山高治『三重幕末維新戦記　藤堂藩・桑名藩の戊辰戦争』（創元社）
好川之範・近江幸雄編『箱館戦争銘々伝（下巻）』（新人物往来社）
西羽晃「幕末維新の桑名藩」（みえきた市民活動センター　ホームページ連載）

＊本書は書き下ろしです。

百舌鳥 遼（もずりょう）

1975年三重県生まれ。

関西学院大学大学院文学研究科博士前期課程修了（日本史学専攻）。

『犬坊狂恋』で祭り街道文学賞、『妖異の棲む城 大和筒井党異聞』で歴史群像大賞最優秀賞を受賞。

その他の著書に『剣豪の城 北畠具教』『異 天正記（全2巻）』『イゴッソウ戦記』（以上、深水聡之名義）、『薩州隠密行 隠島の謎』『鎌倉鬼譚 大江広元残夢抄』（以上、百舌鳥遼名義）などがある。

尽くす誠の 桑名藩の維新

2023年5月12日　初版1刷発行

著　者　百舌鳥 遼

発　行　樹林舎
〒468-0052　名古屋市天白区井口1-1504-102
TEL:052-801-3144　FAX:052-801-3148
http://www.jurinsha.com/

発　売　株式会社人間社
〒464-0850　名古屋市千種区今池1-6-13　今池スタービル2F
TEL:052-731-2121　FAX:052-731-2122
e-mail:mhh02073@nifty.com

印刷製本　シナノ印刷株式会社

ISBN 978-4-908627-94-1